ANUNNAKI

Narrativa

261

© 2024 – Gilgamesh Edizioni
Via Giosuè Carducci, 37 – 46041 Asola (MN)
gilgameshedizioni@gmail.com – www.gilgameshedizioni.com
Tel. 0376/1586414

ISBN 978-88-6867-758-9

Questo romanzo è frutto di pura fantasia. Nomi, personaggi, avvenimenti e circostanze sono un effetto del reale, ma irreali nella loro illusione referenziale. Autentica è solo l'immaginazione dell'autore. Luoghi e date sono utilizzati secondo il criterio dell'artificio narrativo. Un'apparente rassomiglianza con fatti avvenuti o persone esistite o esistenti è fortuita e indipendente dalla realtà.

In copertina: Progetto grafico di Dario Bellini.

Christian Monti

IL PIANO GRANDE CINA

Il primo caso
dell'ispettore Baroni

A Ilario e Antonio

Castello sull'Argine, Mantova

Sbagliò più volte a comporre il numero sulla tastiera; le dita gli tremavano troppo. Era nel panico, ma doveva riuscire a parlare al più presto con Yang.

Quando squillò il telefonino arancione, Yang Wu sapeva già che tipo di chiamata l'attendeva. Per ciascuna categoria di collaboratori teneva un cellulare dedicato: quello arancione corrispondeva agli informatori di nazionalità italiana.

– Centro massaggi? – chiese Ferrari.

– Sì, buongio/no – rispose Yang con tono suadente. Sapeva pronunciare la erre in modo perfetto e parlava correttamente l'italiano, ma a volte si divertiva a recitare la copertura di innocua *maîtresse* cinese. Quella copertura serviva per non dare nell'occhio alle autorità italiane, ma nella comunità cinese tutti sapevano chi era e cosa faceva.

– Vorrei prenotare una seduta per stasera, possibilmente con Diao.

Yang, a quel punto, riconobbe la voce di Giulio Ferrari, l'agricoltore che coltivava i campi nel Mantovano. Con lui poteva anche parlare normalmente.

– Con Diao? Sicuro?

– Sì, sì, con Diao.

Yang si allarmò: il suo interlocutore sembrava molto nervoso, agitato, e chiedere un appuntamento con Diao significava, in codice, che qualcosa non andava per niente bene: un'emergenza indifferibile o una novità così importante da non poter essere trattata al telefono.

– Certo... Va bene alle nove questa sera?

– Sì, va benissimo, a dopo.

Ferrari chiuse la telefonata; stava sudando e le sue mani continuavano a tremare. Sudava non certo per il caldo estivo, ma per la paura, una paura tremenda di essersi cacciato in un guaio serio.

Quella mattina due carabinieri avevano bussato alla sua porta, chiedendogli di seguirli. Li conosceva di vista, erano della caserma di Borghetto sul Chiese. I militari non si erano dilungati in spiegazioni, gli avevano chiesto solo di seguirli. Lui era uscito di casa ma, con sua grande sorpresa, i carabinieri non si erano diretti alla loro macchina parcheggiata sull'aia davanti all'ingresso, come aveva immaginato, ma verso la vecchia porcilaia dismessa. Vi girarono intorno, e Ferrari vide altre due volanti in fondo al campo, ferme lungo una capezzagna che divideva il suo fondo.

– Cos'è successo? – chiese, allarmato.

– Venga, ci segua e lo vedrà lei stesso – rispose uno dei militari che lo stavano accompagnando.

Arrivati all'estremità del campo, Ferrari vide un cadavere disteso a terra, sulla schiena. Era vestito normalmente, con scarpe da ginnastica, pantaloni di una tuta sportiva e una maglietta con il logo della Nike. Gli indumenti erano puliti, gli occhi chiusi, non c'erano tracce di sangue o di violenza: sembrava un jogger che riposava, o al massimo colto da infarto durante una corsetta in campagna. Si trattava di un cinese, maschio, di circa cinquant'anni. Accanto al cadavere lo stava aspettando il maresciallo Salvemini insieme ad altri due carabinieri.

Ciò che stonava in modo allarmante in quella scena, il particolare che rendeva inverosimile qualsiasi ipotesi di una ragionevole e naturale dinamica dell'accaduto era la fossa vuota scavata lì a fianco.

Era perfettamente rettangolare, profonda oltre un metro. Di lato, un mucchio di terra ancora fresca e due pale.

Ferrari strabuzzò gli occhi sorpreso, assumendo l'espressione di chi aveva appena visto qualcosa che non poteva essere, non nel suo campo.

– Buongiorno, signor Ferrari – lo salutò Salvemini, ma non era un saluto cordiale.

L'agricoltore gli fece un cenno del capo, senza distogliere lo sguardo dal cadavere e dalla fossa.

– Come si spiega questa cosa?

– Non ne ho la più pallida idea, maresciallo – rispose balbettando Ferrari. – Sono allibito, senza parole, non capisco...

– C'è poco da capire, signor Ferrari, il terreno è suo?

– Sì, certo.

– E allora come si spiega che nel suo campo ci siano un morto e una fossa vuota per seppellirlo?

– Non capisco, non me lo spiego, maresciallo, glielo giuro... Sono sconvolto... Non so nulla...

Ferrari aveva iniziato a sudare freddo e si stava asciugando la fronte con il palmo della mano. Il medico gli aveva spiegato tempo addietro che quel tipo di sudorazione improvvisa era una naturale reazione fisiologica a certi suoi stati emotivi, quali forte ansia, picchi di nervosismo o... di paura. Non c'era modo di evitarlo.

Stava ancora pensando alle parole del medico, quando il maresciallo lo scosse per un braccio. – Sta bene, signore? – gli domandò, con sguardo severo. – Sicuro di non sapere nulla?

L'uomo rimase in silenzio ancora per qualche secondo. Poi guardò il carabiniere con aria spaesata.

– No, no, glielo assicuro. Non riesco proprio a capire... È tutto così assurdo...

Nel frattempo erano arrivati da Mantova anche una squadra della Scientifica e i necrofori della Polizia mortuaria.

– Maresciallo, venga a vedere – chiamò improvvisamente un agente in tuta bianca. – Guardi! – E gli mostrò la mano del cadavere: i polpastrelli erano stati bruciati con l'acido.

Salvemini si voltò verso Ferrari, questa volta con aria quasi incredula, poi si fece di nuovo serio. – Temo che dovrà venire con noi in caserma, signor Ferrari.

Borghetto sul Chiese, Mantova

Il viaggio per la caserma di Borghetto sul Chiese durò pochi minuti, ma Ferrari aveva ormai perso la cognizione del tempo; era evidentemente sotto choc.

– Valente, inizia a verbalizzare e chiedigli se vuole fare dichiarazioni spontanee – ordinò il maresciallo all'appuntato in servizio mentre indicava al Ferrari una sedia.

– Fra poco arriva il comandante Ceccarelli da Mantova – avvertì poi ad alta voce i presenti. – Mi raccomando, ragazzi!

Ferrari, nel frattempo, era stato fatto accomodare alla scrivania dell'appuntato Valente, che aveva già iniziato a trascrivere i suoi dati anagrafici, quando, all'improvviso, l'agricoltore cambiò atteggiamento e alzò la voce. – Guardate che io non c'entro niente con questa storia, non ho fatto nulla! Qualcuno ha commesso quel reato nel mio fondo, a mia insaputa, perché mi trattenete qui? Devo chiamare un avvocato?

Valente lo guardò negli occhi e stava per rispondergli per le rime, poi ci ripensò. – C'è un morto, signor Ferrari. Ci sono degli accertamenti da fare, delle procedure da seguire. È una pura formalità, non si preoccupi. Non ci sono ipotesi di reato a suo carico e lei non è sospettato di nulla. – "Per ora..." pensò.

– Dobbiamo solo verbalizzare le sue generalità e la sua versione dei fatti, nulla di più. Siamo di fronte a un'ipotesi delittuosa grave: tentato occultamento di cadavere e forse anche omicidio, lo stabilirà l'autopsia. Ha qualche dichiarazione da fare in merito?

– No, dormivo, non so nulla – replicò Ferrari con aria mesta. – Questa mattina sono stato svegliato dai suoi colleghi, che mi hanno fatto vedere quel morto. Non mi ero accorto di niente e non so spiegarmi come mai sia successo proprio nel mio campo.

– Non si preoccupi – lo rassicurò Valente, mentre controllava ciò che aveva appena messo a verbale. – Se lei è estraneo alla vicenda fra poco sarà di nuovo a casa, ma le circostanze in cui è stato trovato il cadavere sono alquanto anomale. Capisce che dobbiamo perlomeno redigere un verbale, sentire la sua versione dei fatti in quanto proprietario del luogo in cui si è cercato di seppellirlo? Poi non la tratterremo oltre e potrà tornare a casa...

Il maresciallo Salvemini, nel frattempo, prese posto accanto a Valente. – Signor Ferrari, capisco il suo sconcerto, ma la prego di collaborare, così potrà andarsene quanto prima. Ora stanno arrivando da Mantova un ispettore di Polizia e il comandante Ceccarelli. Le faranno alcune domande, poi ci recheremo tutti insieme sul luogo del ritrovamento del cadavere e penso che la cosa, per lei, potrà finire lì, salvo imprevisti. Stasera potrà tornarsene a casa sua in santa pace, d'accordo?

– D'accordo – rispose Ferrari, guardando nel vuoto.

In quel momento nessuno dei presenti poteva intuire l'enormità della voragine che si stava aprendo ai loro piedi, nessuno eccetto Giulio Ferrari, detto "il Bomba".

Questura di Mantova

– Baroni, ti cerca il commissario capo.

– E che vuole ancora... – sospirò Baroni. Stava finendo di redigere la relazione di servizio sull'ennesima retata, compiuta nella zona industriale di Torre San Michele, a caccia di laboratori clandestini. Vi avevano trovato trentotto operai cinesi, ridotti praticamente in schiavitù, che lavoravano e vivevano in un enorme scantinato, dediti diciotto ore al giorno al confezionamento di capi di abbigliamento. Come sempre, il rapporto doveva farlo lui, anche se all'operazione avevano partecipato almeno altri quattro ispettori e un commissario.

– Pare che i Carabinieri abbiano trovato un cinese morto in un campo a Castello sull'Argine – gli rispose Lucibello, affacciandosi alla porta. Lucibello era un brillante neoispettore di Polizia, specializzato nello scansare i lavori più spiacevoli. – Il commissario capo ha chiesto espressamente di te, ha detto di andarci tu che sei lo specialista di cinesi. Ti aspettano alla caserma dei Carabinieri di Borghetto.

Baroni alzò lo sguardo per replicare, ma Lucibello si era già dileguato, ridacchiando. Rimase seduto immobile fissando la porta per qualche secondo. "A buon rendere…" pensò. Guardò l'orologio: erano le undici e mezzo.

"Bene, se non altro ti farai un pranzo decente a spese della Questura a Curtatone, nel tuo ristorante preferito. È proprio sulla strada..." gli suggerì una voce dal profondo del suo inconscio. Baroni s'infilò la giacca e, dopo venti minuti, aveva già imboccato la provinciale per Borghetto sul Chiese.

– Buongiorno, maresciallo Salvemini, sono l'ispettore Baroni della Questura.

Baroni stava chiamando il maresciallo dalla macchina per preannunciare il suo arrivo. Lo conosceva solo di vista e non era sicuro che si ricordasse di lui.

– Baroni, che piacere sentirla. Chiama per il cinese trovato nel campo, immagino. Ho saputo che ci assisterà nelle indagini.

– Sì, esattamente, maresciallo, il commissario capo mi ha chiesto di affiancarvi, su ordine del questore, e sto venendo a Borghetto. Sarò lì fra un'oretta, un'oretta e mezzo; anzi, facciamo fra due ore.

– Certamente, ispettore, la aspettiamo.

"Mangiar bene è una delle poche soddisfazioni della vita." Baroni ci credeva veramente e ripeté più volte quell'asserzione mentre saliva in macchina, pregustando il pranzo che lo attendeva. Ci sarebbero voluti non più di quaranta minuti per raggiungere la stazione dei Carabinieri, ma prima di arrivarci si sarebbe fermato al ristorante, una buona trattoria con i tavoli all'aperto, per fumare mentre pranzava... Era una delle poche situazioni che lo mettevano di buon umore anche nelle giornate peggiori.

"Bigoli con le sardelle, stracotto d'asino con un po' di polenta e un buon lambrusco. Cosa vuoi di più dalla vita, Baroni! E se poi aggiungi anche un buon toscano siamo al top!" Sorrise compiaciuto, accendendosi l'ammezzato.

In effetti, bastava poco per renderlo felice. La vita non era stata molto clemente con l'ispettore Baroni, e lui si accontentava di quelle piccole soddisfazioni. Quarantotto anni, un matrimonio fallito, nessuna possibilità di avere figli, un mutuo da pagare per i prossimi vent'anni e l'amore della sua vita, Elisabetta, l'ex moglie di cui era ancora innamorato, da poco risposata con un ricco imprenditore. L'aveva intravista in un ristorante a Perugia, poco prima del suo trasferimento a Mantova: sembrava felice con il suo nuovo uomo. L'aveva osservata per qualche momento, sconsolato. Avrebbe fatto l'impossibile per riconquistarla, ma lei voleva a tutti i costi diventare madre e la sorte aveva deciso che no, non sarebbe stato lui il padre dei suoi figli.

Anche sul lavoro Baroni non aveva avuto una vita facile, per colpa del suo caratteraccio: non si era mai piegato alle tipiche dinamiche e convenzioni che si creano in certi ambienti lavorativi, dove le relazioni prevalgono sul merito e sulla capacità. Tantomeno tollerava le ingiustizie e l'arroganza. "Soprattutto quella dello stupido, è la più insopportabile" si diceva spesso, e questo gli era costato più volte un meritato avanzamento di carriera. Dopo oltre venticinque anni in Polizia era ancora ispettore, nonostante la laurea e i numerosi encomi. L'ultima bravata, che gli era costata il trasferimento da Perugia a Mantova, era stata l'arresto di un consigliere regionale colto in flagranza mentre consumava un rapporto con una prostituta minorenne. "Aveva quattordici anni, mannaggia. Quell'animale non poteva passarla franca" pensò con rabbia Baroni mentre percorreva la statale con la Stelvio di servizio del vicequestore che era in ferie.

Gli succedeva spesso, mentre guidava, di pensare ai momenti salienti della sua vita, alle persone che più gli stavano a cuore o, come in quel caso, a episodi che in qualche modo gli avevano cambiato l'esistenza. Il suo diretto superiore, all'epoca, gli aveva fatto forti pressioni affinché lasciasse perdere e chiudesse un occhio su quella vicenda, visto il politico coinvolto, e molto probabilmente anche il suo capo le aveva ricevute da ancora più in alto. Ma lui era rimasto irremovibile.

– Vuoi veramente rovinare una persona per bene per una scappatella con quella zingara... Un padre di famiglia? – gli aveva urlato il commissario, battendo i pugni sulla sua scrivania dopo che lui si era rifiutato per l'ennesima volta di stracciare il verbale di arresto.

Quella voce continuava a rimbombargli nella mente, anche a distanza di anni. Concentrato sulla guida, l'artrosi all'anca si fece di nuovo sentire con un fastidioso dolore, sopportabile per fortuna, mentre i ricordi di quella scabrosa vicenda riaffioravano alla mente sempre più nitidi, quasi come sullo schermo di un cinema.

Effettivamente, la ragazza apparteneva all'etnia sinti. I genitori la facevano prostituire in un bilocale nei pressi della stazione ferroviaria di Perugia, e quel viavai di clienti era stato più volte segnalato alla Questura dagli inquilini dello stabile. Quando, finalmente, su ordine della Procura, il commissario si decise a intervenire, mandò Baroni con una pattuglia, in borghese. Baroni interrogò prima qualche inquilino e tutti confermarono che in quell'appartamento viveva una coppia di zingari con la figlia di quattordici anni. Poi fece installare una minuscola telecamera-spia alimentata a batteria in un angolo dell'androne che dava sull'ingresso dell'appartamento.

Dopo due giorni aveva raccolto sufficienti riscontri per procedere e il commissario gli diede il via libera. L'andirivieni in quell'appartamento era effettivamente più che sospetto: nell'arco della prima giornata di osservazione almeno sette uomini, tutti di mezza età, erano entrati nell'appartamento ed erano usciti circa quaranta-quarantacinque minuti dopo. Pensando a quella povera ragazza l'ispettore aveva provato un'enorme rabbia. Così, dopo l'okay del commissario, si era deciso di procedere la sera stessa. Lui e l'agente scelto Mezzalancia si sarebbero appostati nei pressi dell'abitazione e, al primo cliente che fosse entrato, avrebbero fatto irruzione e colto in flagrante tutti.

Passati venti minuti, un uomo elegante, di mezza età, evidentemente estraneo a quell'ambiente degradato, entrò nello stabile, salì le scale e, arrivato al primo piano, si fermò davanti alla porta dell'appartamento; si guardò intorno e suonò il campanello. Baroni aveva seguito tutta la scena dalla telecamera. La porta si era aperta dopo qualche secondo. Baroni vide il padre della ragazza affacciarsi, i due che confabulavano pochi secondi sull'uscio e lo zingaro che faceva entrare il nuovo arrivato. Baroni disse ai suoi di aspettare una decina di minuti, poi diede l'ordine di irruzione. Si ritrovarono tutti e quattro di fronte alla porta e iniziarono a bussare con forza qualificandosi, dopodiché la sfondarono a spallate e calci. La porta in legno cedette immediatamente e i genitori della ragazza si scagliarono addosso agli agenti per impedire il loro ingresso, ma inutilmente. Il cliente e la ragazza erano ancora sdraiati nudi sul materasso nella camera adiacente.

Vedere quell'omone sudato accanto alla giovane gli fece quasi venire il voltastomaco. Il caso aveva voluto che il cliente fosse un importante consigliere regionale. Sposato, tre figli. Dopo aver verificato i documenti, Baroni procedette all'arresto dei genitori e del consigliere, il quale tremava dalla disperazione e cominciò a piangere come un bambino.

L'ispettore spiegò ai presenti la situazione. – La ragazza è minorenne. L'arresto in flagranza di reato in casi di prostituzione minorile è obbligatorio, qui poi c'è anche lo sfruttamento. Siete tutti in arresto. Anche lei, signor consigliere. Si vesta e ci segua.

Non appena saputo dell'arresto, il commissario Marletti si precipitò da Baroni, che aveva stilato il suo verbale subito dopo il rientro in Questura. – Ma cosa hai fatto? Ma lo sai chi è quello, vero?! Vieni nel mio ufficio immediatamente – gli sibilò in un orecchio con aria minacciosa.

L'ispettore lo seguì e chiuse la porta dietro di sé.

– Tu non sei normale, Baroni! Non ti rendi conto del contesto in cui operi! – urlò Marletti, sbattendo un fascicolo sulla scrivania.

– Quell'uomo è intoccabile, sarà probabilmente il prossimo governatore della Regione. Non puoi arrestarlo per una cazzata del genere!

L'ispettore guardò nel vuoto, senza dire una parola, con aria impassibile.

Il commissario squadrò il suo collega per un istante, poi, di colpo, cambiò tono e tattica, divenendo più conciliante. Si avvicinò nuovamente a Baroni, lo prese sottobraccio come un vecchio amico e lo portò con sé di fronte alla finestra che dava sulla piazza principale. – Baroni, io ti comprendo. Scusa se mi sono agitato, ma cerca di capire, questa è una bomba atomica, finiamo sui telegiornali nazionali, rischiamo un terremoto politico dalle conseguenze incalcolabili. Dobbiamo disinnescarla subito, adesso, prima che sia troppo tardi.

Marletti aveva guardato Baroni fisso negli occhi per alcuni secondi: voleva accertarsi che lo stesse seguendo nel discorso, ma iniziò a dubitarne quando l'ispettore si svincolò cautamente da quell'abbraccio.

– Baroni, non pensare che ti diano una medaglia per questo! No, no, anzi ti farai terra bruciata intorno... Io non posso ordinartelo e mi guardo bene dal farlo, ma da amico ti consiglio di stracciare il verbale d'arresto – gli ripeté per l'ennesima volta ma con tono deciso, forse preoccupato anche per le eventuali conseguenze che potevano riversarsi indirettamente sulla propria carriera.

Il commissario fece poi un ultimo tentativo. – Dimentichiamoci di quello che è successo e vedrai che ne usciremo tutti bene, soprattutto tu. Possiamo sempre dire che c'è stato uno scambio d'identità, un errore di identificazione, che la ragazza non era minorenne... qualsiasi cosa! Insomma, Franco, non sei scemo, non te lo devo spiegare io come fare, giusto?

Baroni continuava a non manifestare alcun segno di ravvedimento o di comprensione per le argomentazioni del suo capo; sembrava distratto, come se stesse pensando ad altro.

– Darai prova di avere sensibilità politica, – continuò a insistere Marletti – di non essere un cane sciolto. I cani sciolti non piacciono a nessuno, lo sai, Franco. Pensa alla tua carriera, sarebbe ora di fare un salto di qualità, o no? Che ne pensi?

Baroni era rimasto in silenzio durante la ramanzina del suo superiore, nonostante un'improvvisa fitta all'anca gli stesse procurando un dolore lancinante. Aveva cercato di sopportare al meglio quel

terribile attimo e per alcuni istanti aveva chiuso gli occhi soffrendo in silenzio, poi finalmente rispose.
– Se vuole, lo stracci lei quel verbale e se ne assuma le responsabilità. Io non straccio un bel niente, mi spiace. Per me questa vicenda finisce qui.

Con quelle parole l'ispettore si congedò e uscì, lasciando di stucco il commissario capo e la porta del suo ufficio aperta.

Fece solo qualche passo, giusto quanto bastava per sparire dalla visuale del suo capo, poi dovette appoggiarsi alla parete del corridoio. Il dolore all'anca era così forte che avrebbe voluto urlare. Fece ancora qualche passo e finalmente trovò una panca sulla quale sedersi.

Poche ore dopo le agenzie batterono la notizia e scoppiò un enorme scandalo che tenne banco per qualche giorno sulle prime pagine di tutti i media locali e nazionali. Marletti aveva avuto ragione: due mesi dopo quell'arresto Baroni venne trasferito a Mantova.

– E che ci posso fare, sono fatto così – sospirò l'ispettore tirando una nuova boccata dal toscano, mentre usciva dall'ex Strada Statale 10 per percorrere una scorciatoia per Borghetto che attraversava vasti campi coltivati. – Ma adesso c'è un maniaco in meno in circolazione.

Borghetto sul Chiese, Mantova

Quando poteva, Baroni sceglieva sempre strade in mezzo alla natura. Osservare quei campi lo rasserenava, gli trasmettevano un senso di pace. La terra, i trattori che la arano, il frumento, il granoturco, le rotoballe, i vigneti, i canali per l'irrigazione, gli agricoltori e il loro forte legame con la terra: erano scene rurali che si ripetevano da secoli, luoghi e situazioni non ancora contaminati dalla modernità che rendeva ormai tutto virtuale, finto, evanescente.

Baroni aveva ancora una visione romantica della vita in campagna. "Qui la gente ancora si parla, lavora sodo, vive a stretto contatto con la natura, non si manda le faccine sul cellulare per comunicare" pensò con un po' di malinconia.

Alle quattordici e venti Baroni arrivò a Borghetto sul Chiese. Parcheggiò davanti alla stazione dei Carabinieri, accanto alla statua dedicata a Garibaldi, e suonò il campanello della caserma. Teneva ancora in bocca il sigaro che si era ormai spento durante il viaggio.

Il carabiniere di guardia lo riconobbe subito e gli aprì sorridente il portone con un saluto militare. – Comandi, ispettore Baroni.

– Ridi, ridi, Esposito, stasera paghi tu da bere, e guarda che il campionato non è ancora finito... Non è che voi siate messi tanto meglio di noi.

Era la solita pantomima: i due erano vicini di casa in uno stabile nella periferia di Mantova, s'incontravano praticamente tutte le sere e la loro passione per il calcio li aveva resi amici. Quella domenica la squadra di Baroni aveva perso in casa, mentre il Napoli, la squadra del cuore di Esposito, aveva vinto contro la capolista del campionato. Baroni aveva subito capito che il sorriso di Pasquale era riferito a quei risultati calcistici. Per questo gli aveva risposto per le rime, prima fintamente serio, poi abbracciandolo amichevolmente.

– Tutto a posto, Pasquale?

– Ma certo, Franco, e chi sta meglio di noi qui? – rispose il carabiniere sorridendo, mentre gli faceva strada. – Il comandante è già arrivato. Ti aspettano nell'ufficio del maresciallo.

– Buongiorno, ispettore Baroni – lo salutò Salvemini, alzandosi dalla scrivania e stringendogli la mano. – Le presento il tenente colonnello Ceccarelli del Comando provinciale.

Anche l'ufficiale si alzò e salutò Baroni con una stretta di mano. Poi si accomodarono tutti e tre intorno alla scrivania del maresciallo.

– Posso offrirle un caffè, ispettore?

– Molto gentile, maresciallo, ma ne ho già presi abbastanza per oggi. Più che altro vorrei sottolineare che la mia presenza e il mio ruolo in questa vicenda sono unicamente di supporto alle vostre indagini, che rimangono in capo ai Carabinieri. Trattandosi di un cinese, il questore ha ritenuto che io possa essere utile all'inchiesta. Come sapete, abbiamo scoperto diversi laboratori clandestini negli ultimi mesi…

– Siamo già stati informati e apprezziamo la collaborazione – intervenne Ceccarelli.

– Avevo appena cominciato a riassumere al comandante i fatti accaduti fra questa notte e stamattina – riprese il maresciallo. – Allora, alle ore due e quarantacinque una nostra pattuglia in servizio sulla provinciale 353, la strada che porta a Desenzano per intenderci, ha intimato a un motociclista di fermarsi per un normale controllo. Si trattava di una Vespa 50 guidata da un giovane di Castello sull'Argine, immediatamente riconosciuto dai colleghi in quanto già attenzionato per consumo e spaccio di droga; gli avevamo anche ritirato la patente pochi mesi fa per guida in stato di ebbrezza. Il ragazzo, tale Alcide Besutti, non si è fermato e ha continuato la sua corsa, imboccando una stradina sterrata usata di solito solo da mezzi agricoli. Ecco, esattamente qui, poco dopo la rotonda che segna l'ingresso in paese. – Il maresciallo indicò con la biro un punto sulla cartina stesa sulla scrivania.

– La pattuglia – continuò – ha attivato i lampeggianti e ha intrapreso l'inseguimento con la volante fino a qui – di nuovo si sporse sulla cartina e segnò un punto –, per poi proseguire a piedi fino al fosso che delimita questi due grandi campi agricoli. Qui.

Baroni e Ceccarelli seguivano attentamente il rapporto del maresciallo, impazienti di conoscere la parte saliente della vicenda.

– Sulla cartina non si vede – spiegò – ma lungo tutto il fosso c'è una folta siepe alta circa tre metri che si estende fin quasi alla cascina di Ferrari Giulio, il proprietario di quei campi. Qui. – Il maresciallo indicò nuovamente un punto sulla cartina prima di proseguire il resoconto che gli avevano fatto i due agenti. – Era buio pesto, il brigadiere Russo è tornato alla volante e ha acceso il faro orientabile, quando, all'improvviso, ha notato lungo la siepe due sagome con le torce in mano che stavano scappando verso la cascina del Ferrari. Russo ha intimato loro di fermarsi, ma i due soggetti si sono dileguati. Su indicazione del brigadiere, il carabiniere Vanzetti ha controllato lungo la siepe e ha trovato il cadavere di un cinese, con accanto una fossa appena scavata, a circa trenta metri dal canale che separa i due campi. Qui.

Salvemini fece una breve pausa, poi riprese a esporre la dinamica dei fatti.

– Il collega si è avvicinato al corpo e si è reso subito conto che si trattava di un cadavere in chiaro stato di *rigor mortis*. Il morto non presentava segni evidenti di violenza. L'ipotesi di reato primaria era quella di occultamento di cadavere a opera dei due ignoti, ma non possiamo nemmeno escludere un omicidio. La pattuglia ha quindi informato il Comando, e i colleghi sono rimasti sul posto in attesa di rinforzi.

Il colonnello annuì, facendogli capire che avevano agito correttamente.

Salvemini, quindi, proseguì: – Era ancora notte fonda, le tre e due minuti per esattezza, e ancora non sapevamo a chi appartenesse il fondo, così abbiamo lasciato la volante di guardia e aspettato fino all'apertura degli uffici del Comune per individuare il proprietario del terreno e interrogarlo. Si tratta di Ferrari Giulio, nato a Castello sull'Argine il 28 maggio 1968, ivi residente in via Fiumicello 19, di professione imprenditore agricolo. Ora si trova nella stanza accanto, a vostra disposizione.

Il tenente colonnello rivolse uno sguardo a Baroni ed entrambi si alzarono senza dire una parola.

Ferrari teneva le mani congiunte fra le gambe e lo sguardo fisso sulla scrivania. Sentì la porta della stanza aprirsi, ma non ci fece caso.

– Signor Ferrari, buongiorno. Sono il tenente colonnello Ceccarelli, del Comando provinciale. Stia pure comodo, la prego.

Ferrari non aveva fatto cenno di alzarsi, a dire il vero. Era visibilmente agitato e si limitò a balbettare una parola che somigliava a un "grazie".

– Signor Ferrari, lei non è accusato di nulla e non ha nulla da temere. Vogliamo solo rivolgerle alcune domande che ci aiutino a capire cosa è successo.

Il tono del colonnello era cordiale e rassicurante. Si era seduto di fronte al Ferrari, appoggiando il cappello d'ordinanza sulla scrivania e attendendo una sua reazione, una risposta. Ma quello rimase muto, immobile.

– Signor Ferrari, mi ha sentito? – chiese il colonnello, chinando la testa e cercando lo sguardo del suo interlocutore. Passarono alcuni secondi.

– Io non so nulla – rispose finalmente il Ferrari, che aveva riacquistato un minimo di calma, ma mantenne uno sguardo sfuggente. – L'ho già detto ai suoi colleghi, io non so nulla, non capisco cosa sia successo e come mai quel morto si trovasse sul mio campo. Io sono solo un contadino, passo la giornata a lavorare, non ho idea di cosa sia successo.

– Il problema, signor Ferrari – lo incalzò il colonnello – non è solo cosa ci faccia un cinese morto disteso sul suo fondo, ma anche la fossa scavata lì accanto. Chi l'ha scavata e soprattutto perché proprio nel suo fondo? Queste sono le domande a cui dobbiamo trovare una risposta.

– Colonnello, non lo so, come devo spiegarvelo? Non ho mai visto quel cinese prima d'ora, non so chi sia, glielo giuro, non so come sia finito nel mio campo e tantomeno chi abbia scavato la fossa. Mi avete svegliato stamattina e mi sono ritrovato in questo incubo senza avere alcuna idea su cosa e perché sia successo, deve credermi...

Ferrari si esprimeva in un italiano corretto, senza inflessione dialettale e aveva assunto un tono che voleva essere convincente, ma continuava a evitare lo sguardo del colonnello.

– È stato come un fulmine a ciel sereno – continuò. – Io lavoro la terra e faccio solo quello. Non riesco a spiegarmi ciò che è accaduto, è una cosa mai successa prima, perlomeno nella nostra zona, non ho idea del perché quelle persone l'abbiano fatto proprio nel mio campo.

– Lei ha a che fare con persone cinesi? Intendo amicizie, conoscenze, rapporti di lavoro...

– Assolutamente no, non ho nulla a che fare con i cinesi. Ho detto quello che so, colonnello... Se non vi basta, vorrei un avvocato.

Ceccarelli lo fissò negli occhi senza dire una parola e lanciò una rapida occhiata all'ispettore, che era rimasto in piedi accanto a Ferrari insieme al maresciallo. L'ispettore Baroni scrutava minuziosamente quel personaggio: il suo linguaggio del corpo, il portamento, le reazioni alle domande. Serrò le labbra e scosse leggermente la testa. Il suo messaggio al colonnello era chiaro: non ce la sta raccontando giusta.

Ceccarelli annuì, anche lui aveva la stessa impressione: qualcosa non tornava. Anche il suo linguaggio pareva un po' troppo forbito per uno che passava la vita coltivando la terra. Il Ferrari non era il semplice contadino per il quale voleva farsi passare.

– Ferrari, lei non è accusato di nulla, stiamo solo assumendo informazioni sommarie su ciò che è accaduto. Lei è libero di andarsene quando vuole. Le chiediamo tuttavia di collaborare alle indagini, nel suo interesse.

– Io ho già risposto a tutte le vostre domande, non so nulla e ora voglio tornarmene a casa – rispose lui, secco.

– Lei vive solo? Qualcun altro vive nella sua cascina?

– Vivo da solo, sono divorziato.

– Va bene, ora la preghiamo di accompagnarci sul luogo del ritrovamento e poi sarà libero di andarsene, ma rimanga comunque a disposizione, non lasci il comune senza informare prima il maresciallo. Finché non chiudiamo le indagini, dobbiamo sempre sapere dove possiamo trovarla – gli rispose il colonnello, questa volta con un tono molto meno accomodante.

Ceccarelli si alzò, il maresciallo Salvemini aprì la porta e tutti si diressero verso l'uscita della caserma per avviarsi alle macchine di servizio. Il colonnello si accomodò con Baroni sui sedili posteriori della Giulietta, una macchina di servizio del Comando provinciale, mentre il maresciallo e Ferrari, accompagnati da due agenti, fecero strada con una delle vetture in dotazione alla caserma di Borghetto sul Chiese.

Durante il breve tragitto, Baroni e Ceccarelli si scambiarono le loro impressioni sulle dichiarazioni del Ferrari e convennero che non era stato sincero.

– Concordo, comandante, quel Ferrari non ce la racconta giusta, era troppo nervoso e non ha mostrato nemmeno un minimo di curiosità a proposito degli autori o dell'identità del cadavere – disse Baroni.

– Forse vale la pena attenzionarlo per qualche giorno. Manteniamolo sotto pressione, – concluse il colonnello – e domani lo riconvochiamo in caserma.

Dieci minuti dopo le due volanti parcheggiarono davanti alla cascina di Ferrari e tutti si recarono sul luogo del ritrovamento.

Castello sull'Argine, Mantova

La Scientifica era già sul posto e aveva delimitato il perimetro con dei paletti e un nastro di plastica. Un gazebo copriva il cadavere e la fossa scavata lungo la siepe, a circa trenta metri dal piccolo canale di irrigazione che confinava con il campo adiacente.

Un agente in tuta bianca si avvicinò a Baroni e al comandante e fece loro un breve resoconto. – Abbiamo già fatto tutti i rilievi, comandante, potete passare. Non abbiamo trovato elementi utili all'identificazione. Comunque è maschio, età approssimativa cinquant'anni, alto un metro e sessanta, peso circa sessanta-sessantacinque chili, etnia cinese, nessun segno di colluttazione o di morte violenta. Non portava alcun documento. Dentatura sana, fisico robusto, nessuna emorragia o ecchimosi visibile sul corpo, mani curate; certamente non era un vagabondo. Non presenta patologie evidenti e non ci sono elementi per determinare la causa del decesso. Probabilmente si tratta di morte naturale, lo accerterà l'autopsia, ma dal *rigor mortis* possiamo far risalire l'evento a circa tre giorni fa. I polpastrelli sono stati bruciati con l'acido quando l'uomo era già morto. Abbiamo trovato alcune impronte digitali sulle pale e impronte di scarpe. Accanto alla fossa c'era quel sacco, contenente calce viva. Devono aver portato il cadavere in macchina fino a quello spiazzo, – l'agente indicò il luogo dove anche le due volanti dei Carabinieri avevano parcheggiato – lo hanno trasportato lungo il sentiero che costeggia il fosso e poi hanno attraversato il campo fino a qui, accanto alla siepe. Devono essere stati interrotti poco prima di seppellirlo e cospargere il cadavere di calce. Questo è tutto.

Baroni e il colonnello si chinarono sul corpo, sollevarono il telo bianco che lo copriva per guardarlo in faccia e poi si rialzarono.

– Lo ha mai visto prima, lo conosce? – domandò il colonnello a Ferrari, il quale scosse la testa.

L'agricoltore sembrava fortemente turbato e disorientato. Era rimasto immobile, con lo sguardo fisso sul cadavere, ma Baroni notò un leggero tremolio delle mani, evidente segno di nervosismo o di paura.

Un cellulare cominciò a squillare. Il colonnello guardò il display e accettò la chiamata in arrivo, mentre Baroni uscì dal gazebo per riaccendersi il sigaro. Si guardò intorno e iniziò una sua personale ispezione del luogo. Il campo era stato arato da poco.

– Ferrari, cosa viene coltivato qui? – gli chiese, girandosi verso di lui.

– Come vede, – Ferrari indicò con il braccio una piramide di rotoballe situata al bordo del campo – abbiamo da poco raccolto il fieno, erba medica, per il foraggio del bestiame. Ora stiamo preparando il campo per la semina dell'insalata. Per questo è stato arato da poco.

– Lei parla al plurale, signor Ferrari, con chi fa questi lavori? L'aiuta qualcuno?

– Sì, mi faccio aiutare da alcuni contadini della zona; sa, ci si dà una mano a vicenda.

– Ci dovrà indicare i loro nomi e possibilmente dare anche il loro numero di telefono – aggiunse il colonnello, che nel frattempo aveva terminato la telefonata e li aveva raggiunti.

– Certamente – rispose Ferrari. Sembrava a disagio.

– Il campo oltre quel fosso è sempre suo? – domandò Baroni, incuriosito.

Ferrari annuì e l'ispettore notò di nuovo il leggero tremolio alle mani.

– E quando avete arato questo campo? – volle sapere il colonnello.

– La scorsa settimana, lunedì, dopo aver raccolto le rotoballe.

– Ci sono altre persone che hanno accesso al suo campo, terzisti che lavorano per lei, per esempio?

– Assolutamente no. Faccio da me e a volte mi faccio aiutare, come le ho già spiegato.

– Capisco... Okay, per quanto mi riguarda per oggi abbiamo finito – terminò il colonnello. – Immagino che sia stata una giornata dura per lei e che voglia tornare a casa. Vada pure, ma rimanga a disposizione e informi il maresciallo su eventuali spostamenti fuori dal comune. Baroni, ha altre domande per il signor Ferrari? È d'accordo se per oggi la chiudiamo qui?

– Nessuna domanda, comandante, penso che per oggi abbiamo finito.

– Perfetto – concluse il colonnello. – Allora ci sentiamo domani. Buona serata.

Baroni rispose al saluto e fissò nuovamente il Ferrari, che evitò il suo sguardo.

– Lei ha figli, Ferrari? – gli chiese in tono amichevole.

– Sì, una figlia, studia all'università – rispose l'uomo dopo un attimo di esitazione. – Fa Giurisprudenza all'Università Cattolica di Milano, ha una media di voti molto alta.

– Complimenti, deve essere sicuramente una ragazza in gamba. Potrà fare l'avvocato, o magari il magistrato, oppure l'ispettore di Polizia – scherzò Baroni, dando una lieve pacca sulla spalla al Ferrari.

Il contadino rispose con un sorriso di circostanza, visibilmente meno nervoso di pochi attimi prima. Non poteva sapere che quella era una tipica tattica di interrogatorio cara a Baroni: allentare la pressione sul soggetto, parlando del più e del meno, per poi sorprenderlo con una domanda scomoda pertinente all'indagine e vedere la sua reazione.

– Strano però – notò Baroni ad alta voce, in modo che sia Ferrari sia il colonnello, che stava già dirigendosi verso la vettura di servizio, lo sentissero – che abbiano scavato la fossa proprio lì. Che bisogno c'era?

Il colonnello si fermò, si voltò, guardò prima Baroni e poi Ferrari.

– Perché prendersi la briga di attraversare il campo e scavare la fossa proprio qui, a trenta metri dal sentiero che costeggia il fosso? E non, invece, accanto al fosso o magari a uno o due metri di distanza? Avrebbero risparmiato una fatica inutile e sarebbero comunque rimasti coperti dalla siepe.

La domanda di Baroni non era posta a nessuno in particolare, ma il quesito aleggiava sui presenti come un curioso enigma in cerca di soluzione.

– Scavarla lungo la siepe – continuò Baroni, adesso rivolto a Ferrari – ha senso, perché ti ripara dalla vista di eventuali nottambuli che transitano sulla strada provinciale, ma non ha senso inoltrarsi nel campo per altri trenta metri. Che ne pensa, Ferrari?

Questi lo guardò con aria spaesata e cominciò nuovamente a sudare freddo. Sembrava volesse dire qualcosa, ma non riuscì a proferire parola.

Baroni e il colonnello lo fissarono, sorpresi da

quella reazione tanto inspiegabile quanto sospetta.

– Ferrari! Basta con le pagliacciate – gli intimò il colonnello, in tono perentorio. – Se sa qualcosa ce lo dica. Meglio che collabori adesso, prima che sia troppo tardi. Lei ci nasconde qualcosa! Se lo scopriamo noi, sarà peggio per lei!

Ferrari chiuse gli occhi, fece una smorfia e iniziò a scuotere la testa, premendosi le tempie con i palmi delle mani. Non reggeva più la pressione.

Dopo qualche attimo rispose. – Non so nulla, colonnello, deve credermi. La vista di quel poveretto mi ha sconvolto... Sono stanco morto... Ho mal di testa e voglio solo andare a riposare.

– Va bene, Ferrari, ci dorma sopra, ma domani ne riparliamo.

Il comandante si congedò e l'agricoltore rimase immobile, con lo sguardo fisso sulla fossa.

Baroni gli si avvicinò. – Il colonnello ha ragione. Vada a riposare, è stata una giornata faticosa, domani ci rivediamo e parliamo un po' della sua attività. Stia tranquillo, andremo a fondo di questa incresciosa vicenda; soprattutto io, Ferrari, rimarrò qui finché non verrà a galla la verità, non si preoccupi. A domani.

Gli diede una pacca sulla spalla, gli sorrise benevolmente e si avviò verso la volante che lo aspettava. Non voleva certo rassicurarlo, anzi: aumentare la pressione sul Ferrari, fargli capire che non si sarebbe facilmente liberato di lui e che alla fine sarebbe venuto a capo di quel mistero... quello era il suo intento. E lo scopo era stato raggiunto: Ferrari era tutt'altro che rassicurato da quella pacca sulla spalla e da quel sorriso un po' perfido.

Continuava a sudare freddo. Doveva subito chiamare Yang.

Chinatown, Milano

I servizi che forniva il Loto Azzurro erano noti solo a poche persone. Benché si trovasse nel cuore della Chinatown milanese, solo alcuni selezionati clienti facoltosi sapevano che dietro la facciata di quel sedicente centro benessere all'angolo con via Paolo Sarpi si celava uno dei più esclusivi bordelli cinesi della città. Il pianoterra era riservato alla clientela ordinaria, mentre quello superiore ospitava ragazze cinesi da copertina da minimo trecento euro a prestazione.

Yang aveva aperto il centro pochi mesi dopo il suo arrivo a Milano, come copertura. Sapeva che coniugare il proprio lavoro con il sesso facile avrebbe agevolato certe collaborazioni e che, in molti casi, la prospettiva di passare qualche momento intimo con una bella ragazza cinese rendeva molti interlocutori più concilianti e loquaci.

Giulio Ferrari non era un'eccezione. Quando andava a Milano a trovare la figlia, almeno una volta al mese, frequentava spesso le bische clandestine di Chinatown e in quelle occasioni non disdegnava una visita al centro. La passione dei cinesi per il gioco d'azzardo era proverbiale; che fosse il Pai Gow, il Mah Jong, il Sic Bo o il Poker, nelle bische di Chinatown si poteva giocare a qualsiasi gioco dove c'era in ballo del denaro.

La passione di Ferrari era il poker, ma, sfortunatamente per lui, quella passione non era corrisposta dalle carte. Perdeva quasi sempre, ed era stato facile per la mafia cinese adescarlo e coinvolgerlo in un particolare business: l'occultamento di cadaveri.

Spesso e volentieri i padroni dei laboratori clandestini, specie in Toscana e in Lombardia, si sbarazzavano dei loro lavoratori-schiavi deceduti per morte naturale o per un incidente sul lavoro seppellendoli nei campi, quasi sempre a insaputa dei proprietari o dei gestori dei terreni, a volte, invece, con la loro complicità. Era sufficiente trovare un campo isolato, scavare una buca profonda almeno un metro e mezzo, in modo che animali selvatici o cani da caccia non fiutassero nulla, cospargere di calce viva sia il fondo della fossa sia il cadavere e poi chiudere tutto. La superficie della fossa veniva infine ricomposta con una zappa per renderla il più possibile omogenea al resto del campo, o fatta addirittura sistemare dal coltivatore stesso. Il tutto in poche ore e di notte.

A poco più di mezz'ora a sud di Milano si estendevano migliaia di ettari di campi agricoli, con pochi insediamenti urbani. Lo spazio per questo tipo di attività non mancava, e l'eventuale collaborazione di chi gestiva i campi facilitava enormemente le cose e riduceva i rischi.

Spesso e volentieri i padroncini delle fabbriche-dormitorio pagavano la mafia cinese per sbarazzarsi dei loro defunti. Ferrari era stato un colpo di fortuna per le Triadi cinesi a Milano: pieno di debiti di gioco, come garanzia aveva mostrato di essere proprietario di otto ettari di terreno agricolo nel Mantovano. Wong Chong, l'aguzzino a cui doveva denaro, gli aveva prospettato una soluzione che avrebbe ripianato tutti i suoi debiti e gli avrebbe fatto anche guadagnare una bella somma. Inizialmente Ferrari l'aveva trovata un'idea assurda, ma quando Chong gli aveva infilato nella tasca una mazzetta di banconote da cento euro le sue perplessità erano svanite rapidamente.

Ferrari ricordava benissimo come tutto aveva avuto inizio.

Si trovava nella bisca di Chinatown durante i primi giorni di aprile. Era di nuovo una giornata sfortunata al tavolo da poker e stava valutando di abbandonare il locale. La coltre di fumo che vi aleggiava era talmente fitta che a Ferrari bruciavano gli occhi. Prese un fazzoletto per asciugarseli quando il signor Wong Chong, il gestore della bisca, gli si avvicinò e lo invitò a bere qualcosa con lui al bar. Ferrari acconsentì e il cinese, un uomo basso e di stazza robusta, lo prese sottobraccio con fare gentile e insieme si appartarono all'angolo del bancone.

– Lei sa chi sono, vero? – chiese Chong con aria cortese.

– Certamente, lei è il padrone di questo posto.

– Esatto. E lei è il signor Giulio Ferrari, giusto?

L'agricoltore annuì. Non era sorpreso. Il suo nome era noto ai gestori del locale, se non altro a causa dei debiti che aveva accumulato perdendo a poker, oltre ventimila euro.

– Una domanda, signor Ferrari – fece Chong, con un sorriso che forse voleva essere gioviale ma che Ferrari percepì come lievemente inquietante. I suoi occhi a mandorla sembravano spenti, inespressivi, come quelli di uno squalo, e quel ghigno non prometteva nulla di buono. – Sarebbe interessato a estinguere il suo debito con noi e a guadagnare anche dei bei soldi senza dover faticare troppo e senza correre alcun rischio?

Chong non attese la risposta del suo interlocutore, voleva incuriosirlo. Ordinò a una cameriera due Moutai.

– Il Moutai – gli spiegò Chong sorridendo – è un distillato di grano e sorgo, tipico della mia regione d'origine, il Guizhou. Mao Zedong offrì questo liquore al presidente americano Nixon in occasione della sua storica visita di Stato in Cina nel 1972, e Henry Kissinger una volta disse che se bevessimo tutti più Moutai si potrebbe risolvere qualsiasi problema.

Chong fece un ghigno e guardò Ferrari divertito.

La cameriera posò i due liquori sul bancone.

– Prego, assaggi, signor Ferrari.

Chong bevve il suo drink tutto d'un fiato e osservò il suo interlocutore che stava ancora esitando. Ferrari era incerto, stava pensando alla prospettiva di un guadagno facile, e la sua iniziale diffidenza stava lentamente scemando. Prese il suo bicchiere, fece cenno a un brindisi e assaggiò il Moutai.

Chong gli si avvicinò e con uno sguardo furtivo gli fece la sua proposta. Il rumore nel locale era assordante e non li avrebbe sentiti nessuno comunque, ma Chong abbassò la voce al punto che Ferrari dovette porgere l'orecchio per ascoltarlo.

– Dovrei seppellire con discrezione qualcosa nei suoi campi. Per lei sarebbe un problema?

Chong lo fissava sorridendo mentre gli infilava nella tasca una mazzetta di banconote. Ferrari lo guardò prima stranito, poi si irrigidì e assunse un tono serio. – Signor Chong, con tutto rispetto penso già di capire dove vuole arrivare, ma queste cose qui al Nord non le facciamo. Se vuole sbarazzarsi di rifiuti tossici, amianto e roba simile deve rivolgersi a qualcun altro.

Riprese dalla tasca la mazzetta e fece per restituirla a Chong, ma quello gli posò una mano sul braccio.

– È un reato grave e soprattutto danneggia enormemente le colture, per non parlare delle falde acquifere, se lo scordi – continuò Ferrari sottovoce con tono fermo, ma Wong scosse la testa, sempre con quell'irritante sorriso stampato sulla faccia.

– Non stavo pensando a nulla di simile, per chi mi ha preso? Noi cinesi siamo molto rispettosi dell'ambiente e non le proporrei mai una cosa del genere. Stavo pensando piuttosto a qualcosa per nulla inquinante, magari la carcassa di un cane... o di un cavallo. Sarebbe un problema?

Ferrari guardò Wong e rifletté per qualche istante.

– In questo caso il problema dell'inquinamento verrebbe meno – rispose prudentemente. – Ma non so se sarebbe comunque legale. E poi, in cambio di cosa? Dovrei sapere esattamente cosa vuole seppellire e quanto ci guadagnerei.

– Partiamo dalla seconda condizione: per cominciare questa collaborazione, potrei azzerare il debito che ha con noi.

Chong attese qualche istante prima di continuare, in modo che Ferrari soppesasse bene il vantaggio economico dell'affare.

– In cambio le chiedo di farci seppellire tre cadaveri. Sono tre miei amici, morti per infarto. Nessuna morte violenta – lo rassicurò. – Il problema è che sono entrati in Italia come clandestini, non hanno documenti, non possiamo seppellirli regolarmente e le loro famiglie non possono permettersi di rimpatriare le salme.

Aveva assunto un'espressione impietosita per rendere più credibile la sua proposta.

– Ci serve un posto decoroso dove possano riposare in pace, non possiamo buttarli in una discarica o in un fiume. Sarebbe disonorevole.

Chong rimase in attesa di una reazione del Ferrari. In fondo non stava mentendo, stava solo raccontandogli una piccola parte della verità. In genere i cinesi da seppellire abusivamente appartenevano solo in minima parte a famiglie indigenti che non avevano i soldi sufficienti per pagare un funerale o per far rimpatriare la salma. Nella maggior parte dei casi i suoi clienti erano i padroni dei laboratori e delle fabbriche-dormitorio illegali che lo pagavano per sbarazzarsi dei cadaveri degli operai schiavi, regolari, irregolari o clandestini che fossero. A volte c'era anche la necessità di far sparire qualche membro delle gang giovanili cinesi un po' troppo esuberante. Wong Chong la definiva divertito la "lupara bianca alla cantonese" e aveva già iniziato a offrire tale servizio anche alla malavita locale che gravitava nell'area milanese. Infine, in alcuni rari casi, si ricorreva alla sepoltura abusiva anche per le sostituzioni di identità che, fino agli anni Novanta, era una pratica frequente: quando moriva un parente o un conoscente che aveva regolare permesso di soggiorno lo si faceva sparire per regolarizzare un clandestino o un irregolare. Chong aveva ripreso questo business all'insaputa dei suoi capi a Hong Kong perché non era sicuro che avrebbero approvato.

Ferrari fissò Chong, iniziò a riflettere e un senso di orrore lo assalì. "Cadaveri umani..." Non proprio un business da fare alla luce del sole. Poi però considerò anche l'argomentazione di Chong sul problema di dare una degna sepoltura a persone che ufficialmente non esistono e che qualcun altro senza scrupoli avrebbe potuto risolvere in modo molto meno dignitoso.

– Lei non dovrà fare niente – lo rassicurò Chong. – Faremo tutto noi. Dovrà solo indicarci dove e quando e garantirci che potremo farlo indisturbati. Saremo sempre molto prudenti, non correrà alcun rischio. Di casi simili ce ne sono parecchi. Ci pensi, Ferrari.

Il cinese percepiva le titubanze e i dubbi del suo interlocutore, ma era ormai sicuro di aver trovato la persona giusta.

– Annullerebbe il debito con noi e guadagnerebbe un bel gruzzolo senza troppa fatica, una opportunità che capita a pochi – continuò Chong sottovoce, avvicinandosi a un palmo dal viso di Ferrari. Il suo alito era nauseante, sapeva di aglio e di quel distillato cinese che aveva appena ingurgitato. – Altrimenti dovrò chiederle di saldare in settimana il suo debito, con gli interessi si intende... – aggiunse poi con un'espressione che non prometteva nulla di buono.

– Devo pensarci, signor Wong – esitò Ferrari. – Non è una decisione da prendere su due piedi. Mi dia un po' di tempo per rifletterci su.

– Ci pensi con calma, ma ho bisogno di una risposta entro stasera. Sa dove trovarmi.

Chong si congedò con un lieve inchino e tornò ai tavoli da gioco.

Ferrari si appoggiò al bancone e fissò la vetrina dei liquori esposti. La prospettiva di soldi facili era molto allettante, soprattutto con sua figlia da mantenere a Milano. Quel business era ovviamente illegale, ma d'altronde aveva ragione Chong: era sicuramente una sepoltura più dignitosa che non finire in una discarica o in fondo a un fiume. E, riflettendoci bene, i campi in cui seppellire i cadaveri non dovevano essere necessariamente i suoi. Ferrari non ci pensò molto a lungo e la sera stessa accettò la proposta di Chong Wong. I due brindarono all'accordo e nel giro di un paio di mesi Ferrari aveva già fatto sistemare oltre una cinquantina di cadaveri nei luoghi che indicava. Fece sempre seppellire i morti in campi diversi dal suo, spesso dove veniva chiamato da aziende agricole o da agricoltori confinanti per dare loro una mano nel lavoro.

Dopo un anno il sistema di Ferrari era collaudato: bisognava anzitutto trovare un campo isolato e lontano da strade o abitazioni e fra questi sceglierne un paio, non più di due o tre alla volta, che fossero condotti da agricoltori o aziende che si avvalevano dell'aiuto di terzisti per certi lavori pesanti e che fossero ben felici di ricevere una mano a basso costo da un conoscente. Quel conoscente sempre disponibile era lui, e gli enormi campi di Bossetti, Fornari, Berutti e Robusti erano perfetti. A seconda della stagione e del tipo di coltivazione – che fosse mais, granoturco, orzo, insalata, soia, erba medica, ortaggi vari – c'era sempre qualche campo agricolo libero, spesso più di uno, e qualche lavorazione da fare. Ferrari, un paio di giorni prima di recarsi in quel campo, rilevava con un puntatore GPS le coordinate in cui scavare le fosse e le trasmetteva via WhatsApp a Chong. Gli lasciava una o due notti di tempo e poi passava, a seconda della necessità specifica di ciascuno, con l'estirpatore, l'aratro, l'erpice rotante, la sarchiatrice, il rullo agricolo, lo spargiliquame o l'assolcatore e cancellava ogni eventuale residua traccia delle fosse. Lui quei macchinari li aveva tutti. Spesso, poi, faceva il lavoro a metà, per avere la scusa di tornare il giorno dopo e quindi segnalare altri punti in cui scavare le fosse.

Inizialmente fece seppellire i cadaveri in modo sparso, ma quando i numeri crebbero cominciò a procedere con metodo, facendo posizionare i corpi in fila, partendo da un angolo del campo e distanziando i defunti di circa cinque metri l'uno dall'altro. Per ogni cadavere sepolto riceveva un compenso di cinquecento euro in contanti. Sembrava un business facile e sicuro.

Per oltre tre anni quelle sepolture clandestine si erano svolte senza intoppi, divennero una routine per Ferrari, tanto da essere la sua principale fonte di reddito: la vita di agricoltore fungeva ormai solo da copertura.

Anche l'incontro con Yang non fu casuale.

Chinatown, Milano

– Posso disturbarla, signor Ferrari? – Yang gli si era discretamente avvicinata durante la pausa di un torneo di poker nella bisca di Chinatown che Ferrari frequentava abitualmente.

Lui si voltò e la riconobbe subito: era la tenutaria del centro massaggi lì vicino. L'aveva spesso notata anche in quell'affollato e chiassoso locale sotterraneo. La giovane donna, elegante e raffinata, gli era sempre parsa fuori posto in quell'ambiente frequentato soprattutto da uomini. Yang replicò allo sguardo incuriosito di Ferrari con un seducente sorriso. – Avrei bisogno di parlarle – gli sussurrò in un orecchio. Era accompagnata da due avvenenti ragazze cinesi e da una guardia del corpo.

Bastò la vista di quelle ragazze per accrescere l'interesse del Ferrari, e la sua iniziale diffidenza scemò completamente quando si accorse che il personale della bisca trattava Yang con riverenza.

Come faceva quella donna a conoscere il suo cognome? Andava spesso al centro massaggi che lei gestiva, ma si era sempre ben guardato dal rivelare la sua identità. Nonostante le perplessità, accettò l'invito e la seguì lungo le scale che portavano all'uscita della bisca.

Le due ragazze avevano preso sottobraccio Ferrari, ammiccando con sorrisi maliziosi, mentre Yang e la sua guardia del corpo facevano strada. Dopo pochi passi entrarono nel centro massaggi Loto Azzurro, illuminato con diverse scritte al neon, e raggiunsero una stanza in fondo all'appartamento.

Yang si rivolse a Ferrari con un sorriso, gli fece

cenno di accomodarsi e tirò fuori dal frigorifero una bottiglietta d'acqua. Lui si sedette su una poltrona e le due ragazze si accovacciarono accanto a lui accarezzandogli amorevolmente le spalle e le braccia.

Yang gli porse la mano, ma rimase in piedi. – Mi chiamo Yang Wu e ho diverse attività qui a Chinatown.

– Piacere, Giulio Ferrari – rispose lui un po' impacciato, mentre si guardava attorno fortemente incuriosito dalla situazione.

La stanza era arredata in modo spartano, giusto un tavolo e una sedia in metallo, due poltroncine in pelle con i braccioli e un frigorifero. Le pareti, invece, erano adornate da litografie incorniciate rappresentanti paesaggi cinesi, sinogrammi e la foto di un caccia militare cinese in volo. Gli sembrava di essere in un film. La situazione era così irreale, strana, fuori dal comune, ma probabilmente lo era per lui che veniva dalla campagna; a Milano forse era normale.

– So chi è, signor Ferrari, mi sono informata – esordì Yang, sempre sorridendo e sfilandosi dal collo un foulard che nascondeva parzialmente una lunga cicatrice che da sotto il mento giungeva fino allo zigomo sinistro. – Ho saputo che sta facendo parecchi soldi con i suoi campi nel Mantovano.

– Sono stato in parte indotto dagli eventi, signora Yang – rispose lui, dopo una breve esitazione. Improvvisamente non si sentiva più così comodo su quella poltroncina, e un senso di diffidenza e nervosismo lo stava incalzando. – Immagino che sappia anche che è stata la sua gente a propormi quel genere di business – aggiunse, quasi a volersi giustificare.

– Lo so, signor Ferrari – lo rassicurò Yang. – Infatti non sono qui per giudicarla o per entrare nel merito dei suoi affari con la mafia cinese, ma per offrirle il mio aiuto.

– La mafia cinese? – domandò Ferrari con un'espressione incredula.

– Signor Ferrari, non mi dica, per favore, che è così ingenuo da non aver capito che sta lavorando per le Triadi cinesi – ribatté Yang, sorridendo.

– Le Triadi cinesi?! – ripeté Ferrari, questa volta sinceramente sorpreso e scandendo ogni sillaba.

– Certo! Chong è proprio uno dei capi delle Triadi qui a Milano.

Yang si rese conto, stupita, che Ferrari era veramente sorpreso e quasi sconvolto nell'apprendere quanto gli stava rivelando. – Ma, signor Ferrari, davvero non si è reso conto con chi si è messo in affari?

– Assolutamente no – rispose lui imbarazzato e con voce sommessa. – Mi avevano assicurato che si trattava di povera gente che, non essendo in regola con i documenti, non poteva essere seppellita legalmente. Sembrava un'opera di bene...

Voleva apparire sincero, ma, in fondo, a quella spiegazione non ci credeva nemmeno lui.

– In parte è vero – lo confortò Yang. – Ma c'è dietro anche un redditizio business di sostituzioni di identità e di eliminazione di cadaveri scomodi che a un certo punto spariscono per sempre, senza lasciare tracce.

– Ma lei chi è, di preciso? – la interruppe Ferrari. – Perché mi dice tutto questo? E in che senso intende aiutarmi?

– Domanda legittima. Diciamo che il mio ruolo qui a Chinatown è quello di assicurare che la comunità cinese rimanga benvista e sia sempre la benvenuta in Italia, che continui a essere considerata e rispettata per quello che è: una comunità laboriosa e inoffensiva.

Yang, che era rimasta in piedi fino a quel momento, si accomodò su una sedia accanto a Ferrari.

– Sono una specie di garante non ufficiale della comunità cinese. Devo assicurare che non succeda nulla che possa nuocere alla reputazione dei miei connazionali ospitati in Italia. Mi segue?

Ferrari annuì e rimase in ascolto.

– Non posso permettere che, a causa della condotta disdicevole di qualche membro della nostra comunità, scoppino scandali o vengano alla luce attività che possano creare allarme sociale in Italia, capisce?

Ferrari continuò a rimanere in silenzio, ma fece cenno con la testa un paio di volte per far capire che la stava seguendo con attenzione.

– Finché le Triadi fanno il loro business all'interno della nostra comunità lo consideriamo un male necessario e magari anche gestibile, ma quando coinvolgono nei loro loschi affari anche altri, come lei, allora diventa un problema che non riguarda più solo loro.

Ferrari cominciò lentamente a capire con chi aveva a che fare e ne chiese conferma. – Lei, signora Yang, non è la tenutaria di un bordello... Lei è dei servizi segreti cinesi o qualcosa del genere, giusto?

– Non si sforzi troppo a capire chi sono io, signor Ferrari, le basti sapere che cercherò di aiutarla in caso di necessità, cosa che il signor Chong invece non farebbe.

– Capisco. La ringrazio e accetto volentieri il suo aiuto, ma – e a quel punto Ferrari cominciò a percepire un forte disagio – perché è convinta che io ne abbia bisogno? Secondo lei sono in pericolo? Ha ragione di credere che possa succedermi qualcosa?

Yang posò la bottiglietta d'acqua sul tavolino e notò che Ferrari aveva cominciato a sudare.

– Lavorare con la mafia cinese è sempre pericoloso – spiegò con calma, quasi stesse impartendo una ripetizione a uno scolaro un po' ritardato. – Lei ormai sa troppe cose e prima o poi potrebbe diventare un testimone scomodo per Chong. Inoltre potrebbero trascinarla in altri affari illeciti, finché arriverà a un punto in cui non potrà più tirarsi indietro.

Ferrari sentì un brivido salire lungo la schiena e per la prima volta iniziò a realizzare in che guaio si fosse infilato. Si asciugò la fronte con la mano.

– Cosa dovrei fare allora... Cosa mi consiglia? – domandò preoccupato.

– Prima di tutto le consiglierei di cessare la collaborazione con il signor Chong. Anzi, farebbe bene a non frequentare più quella bisca. S'inventi una scusa qualsiasi. Loro troveranno sicuramente qualcun altro. Le chiedo inoltre di tenermi al corrente di eventuali problemi che dovessero sorgere con Chong o con il business che state conducendo. Solo così potrò aiutarla. Ci siamo capiti, signor Ferrari?

L'uomo annuì, ma era ancora frastornato da quelle rivelazioni.

Yang gli porse un biglietto. – Quando avrà bisogno del mio aiuto, chiami questo numero e chieda un appuntamento con Diao. Significherà che è nei guai e che vuole incontrarmi urgentemente.

Lui prese il biglietto e lo fissò, muto. Era finito in un enorme pasticcio e non gli era chiaro come uscirne. Quando uno è in affari con la mafia non se ne va con una scusa qualsiasi, questo lo sapeva anche se nessuno glielo aveva mai spiegato a chiare lettere.

Chinatown, Milano

Alle venti e quarantacinque Ferrari parcheggiò la sua Kawasaki in una traversa di via Paolo Sarpi, a pochi passi dal centro massaggi di Yang. Avrebbe dovuto informare il maresciallo che lasciava il paese, ma sarebbe rientrato prima dell'alba e aveva preso tutte le precauzioni per non far notare la propria assenza. Sicuramente non se ne sarebbe accorto nessuno. Aveva lasciato la sua utilitaria ben in vista sull'aia della cascina, con le luci e la televisione accese al primo piano.

Yang non lo attendeva nel proprio ufficio, la stanza in fondo al corridoio in cui avevano avuto il loro primo incontro diversi mesi prima, ma in una attigua, seduta dietro una piccola scrivania con un laptop. Se non fosse stato per quei due elementi, Ferrari l'avrebbe scambiata per una delle tante stanze adibite al sesso a pagamento. C'erano una vasca per l'idromassaggio, un materasso a una piazza e mezzo steso sul pavimento, le luci soffuse, dei dispensatori di aromi, musica cinese di sottofondo che proveniva da due casse acustiche appese al muro e un comodino che conteneva probabilmente oli per i massaggi, fazzoletti e preservativi.

La ragazza al banco lo aveva fatto passare con un breve inchino, senza dire una parola ma indicandogli la stanza in cui lo attendeva Yang.

Appena entrato, si sedette di fronte alla donna. – Signora Yang, abbiamo un grosso problema – iniziò Ferrari andando dritto al sodo e saltando i convenevoli. Voleva apparire calmo, ma dagli occhi traspariva tutta la sua paura.

– Buona sera, signor Ferrari. Sì, mi hanno già informata. Mi racconti, per favore, com'è andata.

La donna lo osservava imperturbabile, sembrava addirittura di buon umore, tutto il contrario di Ferrari che appariva molto teso e nervoso. Nel raccontarle quello che era successo quel giorno continuava a ripetersi e ogni volta aggiungeva nuovi dettagli in modo sconnesso.

– Non ha nulla da temere, Ferrari, non è successo nulla che non si possa riparare – lo tranquillizzò Yang. – Due cinesi hanno cercato di seppellire un loro connazionale, morto per cause naturali, in un campo agricolo e lo hanno fatto chiaramente a sua insaputa. Tutto qui. Non è successo niente. Ha idea di quanti cinesi sono stati sepolti nei campi qui, nel Nord Italia? Decine di migliaia.

Yang, che aveva sfoderato quel cordiale sorriso che tanto piaceva a Ferrari, si alzò e gli si avvicinò. – Fra qualche giorno nessuno parlerà più di questa vicenda. Verrà archiviata per quello che è: un tentativo di alcuni cinesi di disfarsi di un cadavere per non dover rimpatriare la salma o per non dover pagare il funerale. Non dimentichi che il morto è un cinese deceduto per cause naturali, per di più clandestino, non identificabile; non mancherà a nessuno e nessuno ne denuncerà la scomparsa. Adesso, perlomeno, – lo rassicurò Yang – ha una scusa valida per ritirarsi da questo affare con Chong senza temere rappresaglie. Lui le aveva garantito che sarebbero stati prudenti e che non sarebbe mai successo nulla. Giusto? Ora può dirgli che ha deciso di smettere, perché è stato messo in pericolo e ha paura. Lui capirà. Alla Polizia questa vicenda non interessa, ha altro a cui pensare e la vicenda finirà nel dimenticatoio.

– Non ne sono convinto – rispose Ferrari, scuotendo la testa, preoccupato. – Quell'ispettore... Baroni mi sembra un grande ficcanaso, uno che vuole andare a fondo delle cose. Non credo che intenda chiudere il caso così in fretta. E poi ha già iniziato a fare domande strane, sul perché la fossa sia stata scavata proprio in quel punto e non altrove dove sarebbe stato più comodo. Credo inizi a sospettare qualcosa.

– E lei semplicemente risponda che non lo sa, che non ne ha idea. Non hanno nulla in mano.

Yang cercò di assumere un'espressione rassicurante, ma Ferrari le sembrò turbato, non molto incline ad ascoltarla.

– Non funzionerà, non credo – rispose lui, asciugandosi la fronte con un fazzoletto e strofinandosi nervosamente le dita come se dovesse liberarle da una sostanza appiccicosa. Aveva di nuovo ripreso a sudare freddo, e le macchie di sudore sulla camicia a scacchi che indossava diventavano sempre più grandi. – Domani torneranno, vorranno di nuovo fare domande, curiosare in giro, cercare indizi. E se per caso scoprono che lì accanto ci sono altri morti sepolti? Che faccio?

Distolse lo sguardo da lei e rimase in silenzio per qualche secondo, poi iniziò a parlare da solo, con un'espressione impaurita. – Sono rovinato. Ne uscirà un casino pazzesco, me lo sento... Andrò in prigione...

Yang cominciò a preoccuparsi, temeva che l'agricoltore non avrebbe retto alla pressione degli inquirenti. Gli si avvicinò e gli posò le mani sulle spalle per dargli coraggio. – Ma non si preoccupi, Giulio. Lei è un uomo forte, vedrà che, se tiene duro, tutto finirà presto. L'importante è che ora si può liberare di Chong.

– No! Le ho già detto che quel Baroni sospetta qualcosa e che io in qualche modo sia coinvolto! – urlò angosciato Ferrari, implorandola con sguardo disperato. I suoi occhi erano umidi. – Gli basterà fare una semplice verifica per accorgersi che il mio tenore di vita è al di sopra delle mie possibilità. Lei deve aiutarmi...

La guardò sperando in una risposta, in un aiuto, ma notò che per un attimo la donna aveva cambiato espressione, gli parve di vedere due occhi freddi e immobili, una maschera sorridente che non stava per niente condividendo le sue preoccupazioni. Era sconfortato: Yang Wu non avrebbe potuto aiutarlo.

– Forse è meglio che mi costituisca e confessi, o che mi rivolga a un avvocato, gli spiegherò tutto e vedrò come uscirne – pensò ad alta voce.

Seguì un attimo di silenzio, e Yang maturò la certezza che quel contadino poteva rappresentare un grosso pericolo, una mina vagante da disinnescare subito prima che deflagrasse e facesse affondare tutti.

– È un'ottima idea, ha ragione. Pensiamoci su – lo tranquillizzò Yang, accarezzandogli la spalla. – A proposito, come è arrivato qui? In macchina?

– No, in moto. Ho lasciato la macchina a casa.

Yang si affacciò brevemente alla porta e chiamò una delle sue ragazze, che entrò nella stanza.

– Ora facciamo così. Le presento la mia amica Yin, appena arrivata dalla Cina, che le terrà compagnia mentre io faccio venire il nostro avvocato di fiducia, ci faremo dare dei consigli e con lui decideremo come procedere.

Ferrari stava per rispondere, quando entro Yin. Era una bellissima ragazza, vestita solo con un négligé trasparente. Yang le fece un breve cenno con la testa e la ragazza lo abbracciò, baciandolo sul collo. Lui si irrigidì per qualche istante, non era certo quello il momento per pensare al sesso, ma le fusa di Yin lo persuasero facilmente a dimenticare per un po' i suoi guai. Si lasciò quindi accompagnare nella stanza di fronte, e Yang assistette alla scena compiaciuta.

Una volta nella sua alcova, Yin lo invitò a spogliarsi e a stendersi sul materasso. Ferrari era già eccitato, la ragazza era veramente bella. In pochi secondi si sfilò i pantaloni e la camicia, ma, proprio mentre Yin iniziava a togliersi il négligé, Yang entrò nella stanza portando sul braccio alcuni asciugamani. – Scusatemi, nel caso voleste fare anche un idromassaggio...

Ferrari non badò a lei, era troppo intento a osservare la giovane Yin che si spogliava, e non si accorse che Yang gli si era avvicinata da dietro con un taser nascosto dagli asciugamani. L'apparecchio rilasciò una scarica elettrica di cinquantamila volt, e il corpo nudo di Yin fu l'ultima cosa che gli occhi sbarrati di Giulio Ferrari videro prima che perdesse i sensi.

– Fai venire Haishan e digli di portarlo al sicuro: non deve assolutamente uscire da qui – ordinò Yang alla ragazza.

Yang Wu doveva subito aggiornare sugli sviluppi della vicenda il suo superiore, Zihao. Ora che avevano coinvolto un cittadino italiano, era necessaria la sua autorizzazione prima di intraprendere una qualsiasi ulteriore iniziativa.

Guardò l'orologio, segnava le ventidue. A Pechino erano sei ore avanti, quindi le quattro del mattino. Avrebbe dovuto aspettare almeno quattro ore e sperare di trovare Zihao.

Nel frattempo, mandò all'assistente del suo capo un messaggio su WeChat, il corrispettivo cinese di WhatsApp, per preannunciargli la richiesta urgente di un colloquio. Yang era consapevole che la situazione si stava aggravando e che Ferrari non poteva tornare a casa: era un debole e al prossimo interrogatorio sarebbe sicuramente crollato, ma senza l'autorizzazione di Zihao lei non poteva procedere.

Non sarebbe stato facile convincere il suo capo della sua idea: lui era un politico, un abile burocrate, non ragionava da poliziotto, cercava sempre il compromesso, la diplomazia, il consenso, non l'azione e, soprattutto, non voleva mai sporcarsi le mani.

Yang non era tranquilla e sapeva che non sarebbe riuscita a dormire, quindi decise di fare una passeggiata.

Era appena rientrata quando il cellulare l'avvisò di un messaggio. Era di Liu, l'assistente di Zihao: il capo era in viaggio per un'importante missione in Corea del Nord. Sarebbe tornato dopo due giorni. Yang avrebbe dovuto attendere il suo rientro in Cina.

"Due giorni?!" rifletté Yang. Non era possibile aspettare tutto quel tempo. Tenere Ferrari in custodia per due giorni equivaleva a un sequestro di persona e avrebbe solo peggiorato le cose, ma liberarlo sarebbe stato peggio.

Non c'erano molte alternative, Yang ne era consapevole ma non voleva ammetterlo. Parlare di nuovo con Ferrari e cercare di convincerlo non avrebbe funzionato, specie dopo la scarica elettrica che gli aveva assestato poche ore prima. Anzi, concluse Yang, ora non si sarebbe più fidato di lei e si sarebbe sicuramente costituito, magari coinvolgendola.

Soppesando le varie opzioni, la donna si convinse che non c'erano alternative. Ferrari doveva sparire. Si sedette di nuovo alla scrivania e diede ordini al suo collaboratore più fidato.

– Haishan, tienilo legato, in cantina, non deve comunicare con nessuno... Fino a nuovo ordine, poi vedremo. Prendigli le chiavi della moto, cercala, deve essere parcheggiata qui nei dintorni, e falla sparire. Capito?!

Haishan fece un cenno di assenso e si ritirò.

Borghetto sul Chiese, Mantova

– Maresciallo, Ferrari è sparito!

Salvemini posò la "Gazzetta" sulla sua scrivania, spense la sigaretta, disattivò il vivavoce del telefono da tavolo e con aria perplessa prese la cornetta.

– In che senso è sparito, Esposito? Spiegati meglio.

– Non è in casa. Abbiamo bussato e suonato per almeno dieci minuti. All'interno si sente la televisione accesa, anche le luci del soggiorno sono accese, ma non risponde nessuno. La sua macchina è parcheggiata davanti a casa, ma di lui non c'è traccia.

– Avete guardato nella stalla, nei campi, nel...

– Abbiamo guardato dappertutto, maresciallo – lo interruppe, concitato, l'appuntato. – Nel garage ci sono i suoi due trattori. Ma risulta che abbia intestata anche una Kawasaki 750, che però non c'è.

– Rimanete sul posto, vi raggiungo subito. – Salvemini chiuse la chiamata e si diresse di fretta verso l'uscita della caserma. – Informate subito il comandante e l'ispettore Baroni che il Ferrari è irreperibile, io raggiungo i colleghi alla sua cascina – ordinò all'appuntato di guardia.

Dopo dieci minuti il maresciallo era già sul posto. Esposito lo attendeva davanti all'abitazione del Ferrari mentre Russo stava ancora ispezionando la zona circostante. Durante il tragitto lo aveva raggiunto una chiamata del tenente colonnello Ceccarelli: anche lui sarebbe arrivato di lì a poco.

Il maresciallo era in dubbio sul da farsi. Ferrari non rispondeva al telefono fisso e il cellulare risultava spento. Non era chiaro se si trattasse di una fuga o di un incidente casalingo oppure di un suicidio, o magari era solo uscito per fare la spesa e non aveva ancora acceso il cellulare. Non c'erano i presupposti per un'irruzione. La televisione e le luci del soggiorno accese erano tuttavia un valido indizio che il Ferrari fosse ancora in casa e forse impossibilitato ad aprire.

Salvemini richiamò il comandante per spiegargli la situazione e consultarsi su come procedere. Entrambi convennero che fosse meglio attendere ancora mezz'ora, nel caso Ferrari fosse uscito solo per una commissione. Un carabiniere lo chiamò a voce alta, urlando il suo nome nella direzione della finestra rimasta aperta, ma non rispose nessuno.

Il comandante e l'ispettore Baroni arrivarono quasi contemporaneamente; entrambi lasciarono il lampeggiante della vettura acceso. Parlarono tra loro per una decina di minuti.

Il maresciallo provò più volte a bussare e a suonare il campanello. Dopo essersi brevemente consultato con il comandante, autorizzò l'irruzione. Usarono un piede di porco e in pochi istanti la porta cedette. Non ci volle molto per constatare che del Ferrari non c'era traccia e che le luci e la televisione accese erano una messinscena.

– È scappato... – ipotizzò Ceccarelli.

– Oppure è solo uscito e ha avuto un contrattempo. Che senso avrebbe scappare? – intervenne Baroni.

– Se fosse uscito per una breve commissione sarebbe già tornato e non avrebbe lasciato le luci accese, e se avesse lasciato il comune aveva comunque l'obbligo di comunicarcelo, e non l'ha fatto. Quindi o è un incosciente o è scappato. Questo può solo significare che aveva qualcosa da nascondere e che eravamo vicini a scoprirlo.

– Ma che cosa? – si chiese Baroni. Si appoggiò con una mano sul tavolo per alleggerire la gamba: l'artrosi all'anca si era nuovamente fatta sentire.

– Dobbiamo diramare immediatamente un ordine di fermo. Informate la Procura, ci serve anche un mandato per perquisire la casa – ordinò il comandante al maresciallo.

Poi si rivolse a Baroni. – Ispettore, che ne pensa?

– Non credo che qui troveremo qualcosa. Il suo timore non era che cercassimo in casa, non c'era motivo perché sospettassimo qualcosa di compromettente come... che ne so... droga o roba del genere.

Baroni riprese a girare per il soggiorno. Tutti si accorsero che zoppicava leggermente.

– Non so se lo ha notato anche lei, comandante, – continuò Baroni – ma Ferrari era molto nervoso quando abbiamo ispezionato il luogo del ritrovamento. Ciò che lo rendeva nervoso è lì fuori. Aveva forse paura che identificassimo il cadavere, che questo ci permettesse di risalire a qualche rapporto con lui, provare che si conoscessero... Magari Ferrari gestisce un laboratorio clandestino e voleva liberarsene, che ne so... Non possiamo escludere alcuna ipotesi.

– Il fatto che gli abbiano bruciato i polpastrelli significa che volevano a tutti i costi impedire la sua identificazione. Dobbiamo capire chi era il defunto. Distribuiremo una sua foto a tutte le stazioni della provincia – concluse il comandante.

– Quando faranno l'autopsia? – domandò Baroni, intento a osservare la specchiera del soggiorno.

– Dovremo avere il rapporto fra due giorni.

Il maresciallo e due appuntati erano rimasti in disparte, in attesa di ordini.

– Maresciallo, lasci qui due carabinieri di guardia, giorno e notte. Sigillate la casa e, non appena avete il mandato, perquisitela – lo istruì il comandante. – Nel caso tornasse Ferrari avvertitemi subito.

– Sarà fatto, comandante – rispose il maresciallo e uscì subito dopo con i due colleghi.

L'ispettore e il tenente colonnello rimasero soli nel soggiorno.

– Allora, Franco, secondo te è fuggito? – gli chiese il comandante.

– Che motivo aveva per fuggire? – replicò Baroni.

– È una mossa inspiegabile, illogica, a meno che lui non fosse pienamente consapevole o addirittura responsabile di ciò che è accaduto.

– Concordo con lei, comandante. – Baroni continuava a dare del lei all'ufficiale, nonostante Ceccarelli gli desse del tu. Aveva troppo rispetto per il suo grado e quindi continuava a chiamarlo "comandante" o "colonnello". – Per ora abbiamo solo un tentativo di occultamento di cadavere a opera di ignoti. La sola colpa del Ferrari è quella di essere proprietario del fondo in cui ciò è avvenuto. I due sorpresi dalla pattuglia sono scappati come lepri, erano giovani e agili. Ferrari non era sicuramente uno di loro. In teoria – proseguì Baroni – non aveva nulla da temere; anzi, per certi versi è parte offesa, per danneggiamento di proprietà privata. Per lui la cosa poteva finire lì. Ciononostante era nervoso e impaurito...

Il tenente colonnello aveva ascoltato attentamente il punto di vista del collega.

– Credo che Ferrari temesse che scoprissimo qualcosa in relazione al cadavere... o al suo fondo... – Baroni fece di nuovo una breve pausa prima di finire – ... o alla fossa.

– Magari ha sotterrato lì vicino dei rifiuti tossici e aveva paura che lo scoprissimo – suggerì il colonnello, che per cinque anni era stato di servizio in Campania e conosceva bene quella pratica scellerata.

– Non credo, colonnello; in Lombardia non lo farebbe nessuno, perlomeno da queste parti: è troppo pericoloso. C'è il rischio che qualcuno ti veda e parli, e anche logisticamente sarebbe troppo impegnativo: arrivare qui con camion, ruspe... No, non credo. E poi, non dimentichiamolo, lui li coltiva questi campi, vive qui, non penso che vorrebbe avere dei veleni nelle sue falde acquifere o nella sua insalata. No. Lo escludo. Ritengo che dobbiamo iniziare dall'identificazione del cadavere, sarà di aiuto.

– Sì, sono d'accordo – annuì il comandante. – Convocherò per oggi pomeriggio un briefing in caserma con alcuni colleghi delle stazioni limitrofe. Distribuiremo la foto del defunto e quella del Ferrari, nel caso non tornasse verrà ufficialmente ricercato. Posso contare sulla tua presenza?

– Certamente, comandante. Io, nel frattempo, aggiorno il commissario e mi guardo ancora un po' intorno.

– Baroni! – Il colonnello si avvicinò all'ispettore e con aria preoccupata gli chiese sottovoce: – Prima zoppicavi, tutto bene?

– Sì, nulla di grave, comandante, un'artrosi all'anca che devo curare, sono già in lista d'attesa per la protesi. Grazie, comunque, per l'interessamento.

L'ispettore si congedò e si avviò verso la sua vettura. Convivere con quelle fitte intermittenti non era facile, ma in fondo lo rafforzavano, lo spronavano a non arrendersi, rappresentavano una sfida personale contro il dolore fisico. Quelle fitte gli ricordavano, per giunta, il personaggio di uno dei suoi romanzi preferiti: si chiamava Alicia Gris, una brillante investigatrice che, come lui, doveva convivere con quei dolori lancinanti all'anca.

Castello sull'Argine, Mantova

Appena salito in macchina Baroni prese il telefono, poi ci ripensò. Non aveva alcuna intenzione di relazionare il commissario, non aveva tempo da perdere, era sicuro che lo avrebbe tenuto al telefono per almeno un'ora, ponendogli domande a raffica. Lo avrebbe chiamato a fine giornata, dall'auto, durante il ritorno a Mantova. Ora gli interessava, piuttosto, ispezionare la zona circostante la cascina e i casolari attigui, soprattutto il capannone. Voleva conoscere l'ambiente in cui viveva Ferrari.

Scese dalla vettura e si avviò verso il fabbricato in cui il contadino custodiva gli attrezzi e i macchinari agricoli. Vi trascorse almeno mezz'ora, dopo essersi acceso l'ennesimo toscano ammezzato.

Era sempre stato affascinato, sin da bambino, dai trattori, dai grossi aratri, dai potenti getti usati per l'irrigazione. Sua madre una volta gli aveva confessato che dopo mamma e papà la prima parola che aveva pronunciato correttamente da piccolo era stata proprio "trattore".

In quel deposito riaffiorarono i ricordi, di quando il padre nei week-end lo portava a far visita ai nonni in campagna. Nonno Ettore era un mezzadro e lavorava alcuni terreni vicino a Ravenna. Le brevi gite sul trattore – un Fiat La Piccola – in braccio al nonno gli erano rimaste impresse nella memoria. Guardando quei trattori, Baroni era quasi tentato di salirci sopra, ma rinunciò subito all'idea.

"Rimaniamo seri, Baroni, pensa alla gamba" si disse.

Il deposito era pulito. Anzi, era estremamente pulito e in perfetto ordine. Anche i macchinari, al di là degli evidenti segni di usura, sembravano appena usciti da un autolavaggio e presentavano solo qualche schizzo di fango. Baroni ne dedusse che Ferrari era una persona ordinata, pignola, meticolosa. "Non certo uno che esce di casa lasciando la televisione e le luci accese senza motivo."

Uscendo dal capannone, notò un signore in bicicletta che stava pedalando verso la cascina del Ferrari e i due carabinieri rimasti di guardia intenti a fermarlo per chiedergli i documenti. L'anziano sembrava sorpreso, rimase in sella e borbottò qualcosa in dialetto. Un osservatore distratto lo avrebbe descritto come un soggetto burbero, ma Baroni riconobbe subito dallo sguardo e dal portamento che quel contadino era stato forgiato per lunghi anni dalla tipica ferrea autodisciplina che il lavoro nei campi impone. Rispettava molto quel tipo di persona.

Baroni li raggiunse e salutò l'anziano in tono cortese. – Buongiorno, sono un ispettore di Polizia. Posso chiederle lei chi è e cosa ci fa qui?

– Buongiorno. Mi chiamo Sergio Robusti, sono amico di Giulio – rispose l'anziano, con aria sorpresa. – Sono venuto a ricordargli di passare per aiutarmi con la raccolta delle rotoballe. – Robusti cominciò a guardarsi intorno per cercare Ferrari.

– Siete amici? Conosce bene Giulio Ferrari? – chiese Baroni.

– Certo, lo conosco da quando portava i pantaloni corti! Ma è successo qualcosa? Perché siete qui? Dov'è Giulio? – domandò preoccupato.

– Guardi, non lo sappiamo; lo stiamo cercando anche noi. Non ha letto la "Gazzetta" oggi?

– No, perché?

– Hanno trovato un cadavere nel campo del signor Ferrari, il cadavere di un cinese.

Il contadino sbarrò gli occhi. – Un morto? Nel campo? E Giulio?!

– Non sappiamo dove sia il suo amico, le ho detto che lo stiamo cercando… Lei ha idea di dove possa essere andato? – chiese Baroni.

– Magari è a Milano a trovare la figlia – rispose l'anziano senza troppa convinzione. – Ma è strano, perché di solito ci va di domenica. Ora siamo nel pieno della raccolta del fieno, Ferrari sa che ho bisogno di una mano. Mi aveva promesso che sarebbe passato stamattina, ma non si è visto e non risponde nemmeno al telefono, quindi sono venuto a cercarlo.

– Ma Ferrari lascia spesso le luci e la televisione accese quando esce? Magari per far credere ai ladri che in casa c'è qualcuno? – domandò Baroni.

– No, no. Se esce chiude e spegne tutto. Non è tipo da lasciare le luci accese, è un ragazzo molto preciso.

Baroni lo ringraziò, si fece dare il numero di telefono e lo salutò. Poi prese il cellulare e chiamò Ceccarelli. – Comandante, secondo me Ferrari non è fuggito. Se fosse invece solo andato fuori paese con l'intenzione di tornare a casa prima dell'alba? Magari pensava che lo sorvegliassimo. La televisione e le luci accese erano forse un espediente per farci credere che fosse in casa, nel caso qualcuno di noi fosse passato per controllare. Per questo ha anche lasciato la macchina parcheggiata davanti all'abitazione. Qualcosa o qualcuno potrebbe avergli impedito di tornare.

Poi suggerì che sarebbe stato utile estendere la ricerca agli ospedali delle province limitrofe e alle Polizie municipali, per verificare se ci fossero stati incidenti stradali con il coinvolgimento di un motociclista. – Abbiamo anche la targa della moto – aggiunse.

– Certo, vale la pena tentare. Ci vediamo alle quindici in caserma per il briefing.

Baroni chiuse la telefonata e si diresse nel luogo in cui era stato rinvenuto il cadavere. Voleva controllare nuovamente tutto con circospezione, cercando di immaginare e ricostruire la dinamica dei fatti avvenuti quella notte, calandosi nei panni dei responsabili.

Si allontanò dalla cascina per una cinquantina di metri e si accese un sigaro. Per non farsi sentire dal Ferrari, chi aveva scavato la fossa doveva aver parcheggiato la macchina almeno a cento metri dalla sua abitazione, per poi scaricare il cadavere, portarselo a spalla fino al campo, percorrere tutto il sentiero lungo il fosso che lo costeggiava fino alla siepe, e poi attraversare il campo per altri trenta metri.

Sarebbe stata una fatica inutile e illogica, non aveva senso. Baroni ripercorse quel tragitto, facendo attenzione a non sporcarsi troppo le scarpe. L'anca si fece sentire, non era certo il terreno adatto per la sua artrosi. Improvvisamente si fermò e si guardò intorno. Tirò fuori il cellulare e il foglietto su cui aveva annotato il numero telefonico dell'anziano contadino.

– Buongiorno, signor Robusti, sono l'ispettore Baroni, ci siamo visti mezz'oretta fa davanti alla casa del Ferrari.

– Certo, cosa posso fare per lei? È tornato Giulio?

– No, non ancora. La chiamo per un'informazione. Che lei sappia, Ferrari ha dei cani? O qualche altro animale da cortile, che ne so, galline, anatre?

– No, non più. Fino a due-tre anni fa teneva un cane da guardia... prima un cane corso poi un pastore tedesco, ma ora non più.

– Ho capito. Sa mica perché? Solitamente in campagna tutti tengono un cane.

– Pareva strano anche a me, non saprei, ispettore, e gliel'ho anche chiesto. Giulio ha risposto che non voleva più cani, aveva paura che azzannassero qualche visitatore, il postino o il corriere... e che non voleva passare guai.

– Ma non teneva nemmeno galline, che ne so, per avere le uova fresche?

– No, che io sappia no. Anche quelle una volta le teneva, ma poi basta.

– Capisco. La ringrazio, Robusti. La saluto, buona giornata.

Baroni si rimise in tasca il cellulare e assunse un'aria pensierosa. Gli autori dello scavo sapevano, quindi, che non c'era pericolo di essere disturbati, che non ci sarebbero stati cani ad abbaiare o ad aggredirli. Era notte fonda, avevano per forza usato delle torce... Ma perché portarsi sulle spalle un cadavere per un tragitto così anomalo e seppellirlo proprio là? Quella domanda continuava a ronzargli in testa.

Si guardò di nuovo intorno, cercando di immedesimarsi nelle due persone. Uno probabilmente portava le pale e il sacco con la calce viva, l'altro il defunto. Non pioveva da diverse settimane, e la terra lungo il sentiero era compatta, mentre il campo era stato arato da poco: quindi portarsi sulle spalle un peso di sessanta chili nel campo dissodato non doveva essere agevole, si sprofondava a ogni passo.

"Conoscevano il posto" concluse Baroni. L'avevano portato lì non per caso ma perché dovevano, la fossa andava scavata lì e non altrove. Il loro intento non era solo quello di sbarazzarsi di un cadavere, ma di seppellirlo proprio in quel preciso luogo. Una ragione doveva esserci.

L'ispettore si riaccese il sigaro e tornò sui suoi passi. "Questa indagine ci riserverà delle sorprese" si disse salendo in macchina.

Borghetto sul Chiese, Mantova

La riunione in caserma iniziò puntualmente alle quindici. Oltre al comandante Ceccarelli, all'ispettore Baroni e al maresciallo Salvemini, parteciparono cinque marescialli comandanti di stazione dei comuni limitrofi, di cui uno della provincia di Brescia e uno di Cremona. Vennero distribuite le foto del Ferrari e del defunto, e il tenente colonnello fece un breve resoconto di quanto accaduto e delle indagini in corso.

– Dobbiamo anzitutto identificare il cadavere e trovare il Ferrari. Il defunto non portava documenti e non risulta nel data base della Questura, è stata già svolta una ricerca di riconoscimento facciale. Secondo l'autopsia, la morte è avvenuta per cause naturali: un ictus. Sappiamo quindi che non si tratta di un omicidio e che quasi sicuramente il cinese era un clandestino. Con ogni probabilità lavorava in qualche laboratorio illegale. Abbiamo ragione di credere che vivesse nel nostro territorio, fra Mantova, Cremona e Brescia, e che quelli che l'hanno portato nei terreni del Ferrari fossero pratici della zona; quindi, facciamo circolare la sua foto presso i nostri informatori, i bar, le sale gioco, gli URP dei Comuni, i ristoranti e le comunità cinesi... Qualcuno dovrà pur averlo conosciuto.

Fece una breve pausa.

– Il Ferrari è ora ufficialmente ricercato e abbiamo diramato un ordine di fermo. I suoi conti sono bloccati e non può andare lontano. Verificheremo il suo stato patrimoniale, tabulati telefonici, corrispondenza, telepass, carte di credito e movimenti bancari.

Controlliamo anche i centri di pronto soccorso nel raggio di cinquanta chilometri, nel caso avesse avuto un incidente. I nostri colleghi di Milano hanno informato la figlia, che vive lì per motivi di studio, ma lei dice di non averlo sentito di recente. La figlia è l'unica parente in vita del Ferrari e lui le è molto affezionato. Non ha altri legami o parenti stretti, la teniamo quindi sotto sorveglianza nel caso il padre cercasse di contattarla. Per ora l'indagine riguarda solo il reato di occultamento di cadavere a opera di ignoti, ma l'atteggiamento e la fuga di Ferrari fanno pensare che sotto ci sia qualcosa di più.

Il comandante Ceccarelli non poteva sapere quanto avesse ragione con quelle sue ultime parole, ma lo avrebbe scoperto di lì a poco.

– Castello sull'Argine è un comune molto videosorvegliato – continuò il colonnello. – È probabile che le telecamere abbiano ripreso la vettura con cui sono arrivati e partiti gli autori del reato. Maresciallo, provveda a recuperare i filmati.

Baroni ascoltò in un pensieroso silenzio le istruzioni del comandante e i vari interventi. Dopo il suo sopralluogo nel fondo del Ferrari, si era convinto che il bandolo della matassa fosse da cercare nel campo e che l'identificazione del cadavere fosse solo un dettaglio irrilevante, ma attese il momento opportuno per intervenire, non voleva contraddire il comandante di fronte ai suoi colleghi.

Finita la riunione gli si avvicinò e gli parlò sottovoce, con aria confidenziale. – Ho la netta sensazione che il Ferrari non lo rivedremo più, e che dovremmo concentrarci sul campo in cui è stato rinvenuto il corpo piuttosto che sul cadavere.

– A tempo debito – gli rispose Ceccarelli. – Vediamo prima cosa esce da queste ricerche. Indagheremo in tutte le direzioni. Teniamoci aggiornati.

L'ispettore annuì e, appena uscito dalla caserma, si riaccese il sigaro, salì in macchina e richiamò Robusti. – Buon pomeriggio, signor Robusti, sono sempre l'ispettore Baroni.

L'anziano non sembrò sorpreso per quell'ennesima telefonata. – Buongiorno, ispettore. Ci sono novità su Giulio?

– No, non ancora, purtroppo, ma avrei piacere di incontrarla per un caffè.

– Ma certo, ispettore, quando vuole.

– Fra dieci minuti, le andrebbe bene?

– Volentieri. Dove vuole che ci incontriamo?

– Non voglio disturbarla più di tanto, vengo io a Castello. C'è un bar nella zona?

– Sì, il Bar Centrale. Se arriva da Borghetto, appena entra in paese, dopo il primo incrocio, in fondo alla strada, davanti alla macelleria, non lo può mancare.

– Perfetto, Robusti, la ringrazio. Ci vediamo lì.

Castello sull'Argine, Mantova

Baroni non ci mise più di dieci minuti per arrivare, parcheggiò di fronte al bar e si sedette a un tavolino. Il locale era gestito da una giovane coppia di cinesi. Si mise a leggere un quotidiano locale che aveva trovato sul bancone.

La notizia del cadavere ritrovato nel campo era in prima pagina, corredata da una grande foto. Baroni la lesse velocemente e notò che il giornalista non aveva aggiunto nulla a quanto aveva dichiarato il maresciallo il giorno prima. Non aveva nemmeno menzionato l'esatto luogo del ritrovamento o chi fosse il proprietario del fondo.

– Buongiorno, ispettore – lo salutò Robusti, mentre appoggiava la bicicletta al muretto. – Leggeva la notizia del morto, vero?

Baroni si alzò per stringergli la mano. – Sì, sono qui per questo. Cosa le posso offrire?

– Un bianchino, grazie.

– Bene, ne prendo uno anch'io.

Baroni fece un cenno alla barista. La ragazza cinese prese l'ordinazione e tornò poco dopo con le bevande.

– Signor Robusti, lei fa l'agricoltore, dico bene?

– Certo, da oltre cinquant'anni ormai, come quasi tutti quelli della mia età qui nella zona.

– E conosce da tanto Ferrari, mi diceva.

– Lo conosco da quando è nato. Suo padre era un mio amico. Un ragazzo sfortunato, Giulio, il destino non è stato molto clemente con lui.

– In che senso? – domandò Baroni, incuriosito.

– Il padre, Alberto, che era mio amico come le ho

detto, è morto in un incidente quando Giulio aveva dodici anni, e la madre è morta di leucemia pochi anni dopo. A quindici anni Giulio era orfano. Non aveva parenti, se non uno zio che abitava a Brescia e che gli ha fatto da tutore fino alla maggiore età. Nel frattempo, ho curato io i suoi campi, altrimenti andava tutto in malora.

Robusti fece una breve pausa per sorseggiare il bianchino e per assicurarsi che Baroni lo seguisse. Poi riprese. – Compiuti i diciotto anni, Giulio è tornato qui a Castello sull'Argine e ha ripreso in mano l'azienda agricola. Pensi che a Brescia lo zio non gli ha fatto finire le scuole ma l'ha subito mandato a lavorare nella sua carpenteria. Poi Giulio, a ventidue anni, si è iscritto alle serali ed è riuscito a diplomarsi in agraria. Un ragazzo d'oro.

Robusti si fermò e dopo qualche attimo di silenzio chiese: – Ma perché mi fa queste domande? È successo qualcosa?

– No, non è successo nulla, non si preoccupi. È stato uno choc per lui trovare un cadavere dietro casa, come può immaginare, credo che si sia preso qualche giorno di riposo per smaltire lo spavento.

– Ma dov'è ora?

– Non lo sappiamo, ed è troppo presto per giungere a conclusioni. Lo stiamo cercando.

– Ma ha combinato qualcosa? È implicato in questa vicenda del morto nel campo? La figlia cosa dice?

– Non credo che sia coinvolto, non è indagato di nulla. Lo cerchiamo solo per fargli alcune domande su quello che ha visto o sentito, è la normale procedura e, comunque, anche la figlia non sa dove sia – rispose Baroni in un tono di voce rassicurante. Voleva assolutamente tranquillizzare l'anziano, non tanto per calmare il suo stato d'animo, ma per evitare che spargesse in giro voci incontrollabili sul caso.

Robusti si calmò e riprese il discorso. – Poi c'è stata anche la storia di sua moglie, la russa; una brutta storia.

– Dica – lo incoraggiò Baroni, che di tanto in tanto prendeva appunti su un taccuino.

– Aveva conosciuto una ragazza russa, dieci anni più giovane di lui, su internet. Sa come succede oggi, i giovani si conoscono con internet – disse Robusti quasi sottovoce e guardando Baroni come se cercasse una conferma.

– Certo, i giovani fanno così oggigiorno – annuì lui e sollecitò l'anziano a continuare. – L'ha conosciuta su internet e poi?

– E poi l'ha sposata. Questa ragazza viveva in Russia e lui è andato lì almeno una decina di volte, spendendo un patrimonio in viaggi, alberghi e regali. Poi l'ha sposata e lei si è trasferita qui, nella sua cascina.

Baroni intuì facilmente come era finita quella storia, ma diede corda a Robusti, che era ormai un fiume in piena. – All'inizio andò tutto bene: il grande amore, nacque anche una figlia, Natalia, che oggi è una bellissima ragazza e studia a Milano, ma, dopo qualche anno – Robusti fece di nuovo una breve pausa, scuotendo la testa – iniziarono i problemi. La vita di campagna non era fatta per quella donna. Sa, Baroni, vivere in campagna non è per tutti...

Lui annuì nuovamente e ripeté: – Non è per tutti, ha ragione.

– Bisogna saper amare e adattarsi alla natura, lavorare duro, apprezzare le cose semplici, rinunciare a molte comodità, a molti servizi. Anche la vita sociale non è la stessa che in città; è monotona, non è facile per chi non sa adattarsi, soprattutto per un forestiero. E così, dopo un po', lei iniziò a uscire da sola, sempre più di frequente, anche la sera, spesso e volentieri con le amiche o gli amici... Per farla breve, dopo sette anni di matrimonio lei ha chiesto il divorzio. Aveva appena ottenuto la cittadinanza italiana. Sa come vanno queste cose in Italia: il giudice le riconobbe un assegno di mantenimento e, pur di non restare più in campagna, acconsentì che la figlia rimanesse con il padre e si trasferì sul lago di Garda, a Peschiera. Anche la figlia preferì rimanere col padre. Il povero Giulio ha dovuto crescere quella creatura praticamente da solo, fra mille difficoltà. La madre la teneva solo nei week-end, qualche volta. Credo che non si parlino più da almeno dieci anni.

Robusti si fermò, sembrava aver finito il racconto, ma dopo qualche secondo riprese. – L'amore di Giulio per la figlia è viscerale. Anche ora che la ragazza è maggiorenne. Lui non se ne andrebbe mai senza di lei, o senza dirle niente.

– Capisco. La ringrazio, Robusti, mi ha aiutato molto. Ho solo un'altra domanda, se non le dispiace.

– Ma certo, ispettore, dica.

– Ferrari aveva qualche amico, qualche socio in affari, che ne so, un collaboratore o un uomo di fiducia che lo aiutasse nel lavoro?

– Certamente. I suoi amici sono Mario Peroni e Umberto Mossa; poi anche un vicino, Bossetti. Sono i suoi compagni di aperitivo e di briscola, a volte lo aiutano nei campi, soprattutto Bossetti. Lui e Peroni si occupano per il Comune dei botti e dei fuochi d'artificio di Capodanno, per questo Giulio lo chiamano "il Bomba". – L'anziano contadino sogghignò. – Peroni dovrebbe trovarlo qui fra poco, fa l'operaio al calzificio e quando stacca alle cinque solitamente viene per l'aperitivo o per una partita a briscola.

Baroni guardò l'orologio, mancavano venti minuti alle cinque. – Be', tanto vale aspettarlo, allora. Beve ancora qualcosa, signor Robusti?

– Perché no, non capita mica tutti i giorni di fare una chiacchierata con un ispettore di Polizia. Lei da dove viene invece, se posso permettermi? – chiese Robusti, che dall'accento non riusciva a individuare la provenienza di Baroni.

– Io sono umbro, di Foligno. Mai stato in Umbria, signor Robusti?

– Purtroppo no. A parte il periodo di leva negli Alpini, a Pontebba, in Friuli, penso di aver trascorso tutta la mia vita qui, a Castello sull'Argine. Sa, con il nostro lavoro non si può viaggiare molto. Soprattutto se si hanno animali. Io tengo cento mucche da latte. Ha idea di cosa significhi stare dietro a cento mucche da sfamare, curare e mungere ogni santo giorno che Dio manda in terra? – domandò quasi con aria di sfida. – E coltivo anche diciotto ettari di terreno – aggiunse in tono grave. – È una vita piena di sacrifici, che può dare anche soddisfazioni, ma bisogna davvero amarlo questo lavoro, altrimenti è meglio lasciar perdere.

– E Ferrari ama il suo lavoro, vero?

– Sì, certo, ed è anche sempre disponibile a dare una mano agli altri. A me sempre, con gli altri... Ecco che arriva Peroni! – Robusti indicò un signore di mezza età in bicicletta. – Lo chiamo, ispettore?

– Certo, lo faccia accomodare qui che prendiamo un aperitivo insieme.

Robusti si alzò e andò incontro all'amico di Ferrari. Gli bisbigliò qualcosa all'orecchio e, dopo qualche istante, i due si sedettero al tavolino.

– Buongiorno, sono l'ispettore Baroni della Questura di Mantova e sto indagando sul cadavere che è stato trovato nei campi.

– Buongiorno, sono Mario Peroni. Ho saputo del morto, ma non sapevo che fosse stato trovato nel fondo di Giulio, me lo ha detto ora Sergio.

– Come dicevo al signor Robusti, questa è una normale procedura, solo per mettere in ordine i fatti e capire se qualcuno ha visto o sentito qualcosa. Nessuno ha da temere nulla. Beve qualcosa?

– Sì grazie, un bianchino.

– Ne prendo uno anch'io – si intromise Robusti. – Vado a ordinare, questo giro lo offro io. Lei prende ancora qualcosa, ispettore?

– Ma sì, un altro bianchino anch'io, grazie – rispose Baroni con un sorriso. Era una sua pratica consolidata in anni di lavoro quella di creare un clima di cordiale confidenza quando interrogava le persone o quando assumeva informazioni in ambienti che non conosceva. Era convinto che in circostanze simili, mettendo a proprio agio gli interlocutori si riuscisse a ottenere molte più informazioni che non convocandoli in Questura, dove la persona è intimorita, sta più attenta a quello che dice e spesso è confusa o reticente. Non sempre funzionava, ma in questo caso sembrava di sì.

– Signor Peroni, anche lei conosce bene il signor Ferrari, giusto?

– Certo, ma gli è successo qualcosa?

– Assolutamente no. Come ho già spiegato al signor Robusti, quel ritrovamento deve essere stato uno choc per lui e credo si sia preso qualche giorno per riprendersi.

Peroni lo guardò stupito. – Qualche giorno per riprendersi, dice? E dove?

– Non lo sappiamo, sono qui anche per questo. Magari lei sa qualcosa, o può immaginarselo. Secondo lei dove potrebbe essere andato?

– Non ne ho idea. Per quanto ne so, Giulio si muove solo per andare dalla figlia, che studia a Milano.

– Ma nemmeno lei sa dov'è. È proprio questo il punto. Nessuno sa dov'è – ribatté Baroni, fissando Peroni per captare se rispondesse sinceramente.

– Non ne ho la minima idea, ispettore – rispose questi scuotendo la testa.

– Ferrari ha mai accennato a problemi? – domandò Baroni. – O aveva qualche passione, qualche interesse, qualche amicizia che magari lo induceva a uscire di casa la sera, a uscire dal paese; che ne so, una donna, uno sport, un locale sul lago, il bingo, il cinema, qualsiasi cosa... O era tutto casa e lavoro?

– Guardi, a parte qualche scappatella nei centri massaggi cinesi per cercare un po' di svago, dopo che la moglie lo aveva lasciato si è occupato solo ed esclusivamente della figlia e del lavoro, in questo ordine. In effetti, economicamente ha passato un brutto periodo. È stato subito dopo il divorzio, immagino per via delle spese legali, l'assegno per la moglie e questo genere di cose. Ma ultimamente – Peroni fece una breve pausa per sorseggiare il bianchino – si è ripreso bene: anzi, devo dire che da qualche anno sta proprio bene, nonostante la sua attività sia rimasta sempre la stessa e nonostante il fatto che mantenere una figlia a Milano non costi poco... Penso che fino a poco tempo fa sarebbe stato impossibile per lui farla studiare là.

Baroni si incuriosì: finalmente un'informazione utile. – E a cosa deve questo improvviso benessere, secondo lei?

– A volte ci scherzo su con lui – continuò Peroni – chiedendogli se ha vinto al totocalcio, ma mi risponde sempre che ha avuto fortuna giocando in borsa e con i bitcoin.

– A volte capita, a quelli fortunati; a me, per esempio, mai – sorrise Baroni, alzando il bicchiere per un brindisi. – Vi ringrazio per questa chiacchierata, siete stati molto gentili. A proposito, – si interruppe, ricordandosi della foto del defunto che teneva in tasca – avete mai visto questa persona?

I due guardarono la foto e gliela restituirono scuotendo la testa.

– No, mai visto – disse Robusti.

– Nemmeno io. Questi cinesi sembrano tutti uguali – aggiunse Peroni. – Pensi – continuò quasi sussurrando, e indicando discretamente la titolare del bar che stava fumando una sigaretta appoggiata al muro – che quando questi due hanno rilevato il locale, dopo neanche un anno hanno fatto venire qui un sacco di parenti e hanno anche aperto un ristorante qui vicino.

Robusti indicò di nuovo il fondo della strada, dove in effetti Baroni, arrivando in paese, aveva notato un grande ristorante cinese.

– E non è tutto – Peroni abbassò ancora di più la voce. – Solo in cucina lavorano almeno cinque, sei uomini; poi ci sono i camerieri, almeno una dozzina, e questo solamente al ristorante. A ciò deve aggiungere i parenti, mogli e figli... Insomma, saranno almeno una quarantina. Questi cinesi sono ormai dovunque, stanno rilevando praticamente tutti i bar della provincia.

Baroni lo guardò con aria interrogativa, come per chiedere: “E allora?”.

– Io non ho nulla contro i cinesi, – precisò Peroni – sia ben chiaro, anzi. Sono i benvenuti perché lavorano sodo e non danno fastidio a nessuno, non come altri immigrati; ma ecco, era per dire che qui sono arrivati in tanti, hanno aperto due attività, sono pieni di soldi e stanno solo fra di loro...

Baroni continuò a guardarlo con una mezza smorfia e Peroni, che aveva capito che stava scivolando in un ragionamento poco lucido, si affrettò a giustificarsi, aggiungendo che diceva così solo per dire che i cinesi nella zona erano tanti, che era difficile riconoscerli, o meglio, era difficile distinguerli, sembravano tutti uguali.

– Sì, ha ragione, signor Peroni, spesso è difficile distinguerli – confermò Baroni. Aveva apprezzato la capriola dialettica a cui aveva appena assistito. Guardò l’orologio e si congedò. – Signori, è stato un piacere, ma ora devo proprio andare. Avete mica il numero di telefono di Mossa e Bossetti, gli amici di Ferrari?

– Certo, glieli do subito – gli rispose Peroni. Tirò fuori dalla tuta da lavoro il cellulare, cercò sulla rubrica i due numeri e li trascrisse su un foglietto che poi ripiegò in quattro. L’ispettore lo prese e fece cenno di alzarsi.

– La ringrazio e vi saluto.

– A proposito di Ferrari, mi è venuta in mente un’ultima cosa, signor ispettore, che magari può esserle utile – lo fermò Peroni.

– Sì, prego, dica.

– Quando va a visitare la figlia a Milano, di solito la domenica per pranzo, Ferrari torna sempre molto tardi, intendo alle due, le tre del mattino. Non so quale sia il motivo ma, ecco, mi sembrava utile che lei lo sapesse.

– Ha fatto bene a dirmelo, signor Peroni, la ringrazio.

Era ormai davvero tardi, e Baroni doveva rientrare a Mantova. Salì in macchina, si accese l'ennesimo toscano, il quinto della giornata, appuntò con lo scotch il biglietto con i numeri di telefono sul cruscotto e partì. Rifletté su quanto gli avevano detto i due. L'improvviso benessere economico, il fatto che avesse rinunciato a tenere un cane da guardia, il far tardi di notte quando rientrava dalle visite alla figlia a Milano... erano tutti pezzi di un puzzle che non riusciva ancora a comporre, ma era ormai certo che quelle circostanze fossero collegate e che facessero parte di un quadro più grande.

Questura di Mantova

Le indagini sull'identificazione del cadavere non stavano procedendo per il meglio, nonostante i Carabinieri avessero battuto a tappeto bar, ristoranti, sale gioco, negozi, sale massaggi e aziende cinesi nel raggio di dieci chilometri. Anche il sistema di sorveglianza del comune non aveva rilevato alcuna vettura sospetta sul tratto di strada che conduceva alla cascina di Ferrari, a riprova che gli autori conoscevano bene la zona e avevano percorso, probabilmente, una strada secondaria non coperta dalle telecamere.

Nessuno degli accertamenti diede esito positivo, nessun indizio utile era emerso dai tabulati telefonici, movimenti bancari, acquisti con carta di credito, telepass, se non parecchi versamenti in contanti sul conto suo e quello della figlia, importi non abbastanza grandi da insospettire la banca. L'unica chiamata sospetta ricevuta risaliva al giorno della sua fuga, o della sua sparizione, alle sedici e quarantadue, subito dopo il sopralluogo nel suo campo, ma quel numero apparteneva a una scheda prepagata usa e getta, non rintracciabile e non più attiva.

L'autopsia aveva confermato che l'uomo ritrovato nel campo era deceduto per cause naturali tre giorni prima del ritrovamento; il reato era stato quindi derubricato al solo tentato occultamento. Nessuna svolta nelle indagini era in vista, le possibilità di ritrovare Ferrari erano esigue e la cosa innervosiva parecchio il comandante.

Baroni gli aveva riferito al telefono quanto appreso dai due amici di Ferrari, ma entrambi sapevano che erano finiti in un vicolo cieco.

– Comunque hai ragione, Baroni – constatò il comandante. – Qui non tornano molte cose, ma non possiamo nemmeno concentrare tutte le nostre risorse su questo caso. Hai letto il rapporto dell'Antimafia arrivato ieri?

– No, non ancora – rispose l'ispettore, dopo una lieve esitazione. Non voleva ammettere che in Questura lui era l'ultimo a conoscere quel tipo di rapporti.

– Abbiamo avuto segnalazione di alcune infiltrazioni mafiose nel Basso Mantovano. Alcuni affiliati sono in procinto di rilevare imprese edili tramite dei prestanome, pare che abbiano già acquistato anche due ristoranti e una sala slot. Per la Procura questo ha la massima priorità e devo occuparmene io. Le indagini sul cadavere cinese ora le conduce il maresciallo Salvemini. Ti sarei grato se tu potessi continuare ad affiancarlo, ne ho già parlato con il commissario capo e con il procuratore.

A Baroni parve di captare una nota di sconforto nel tono di voce del comandante; forse era deluso che l'indagine si fosse arenata così velocemente.

– Va benissimo, comandante, vedrà che ce la caveremo. Non si preoccupi, massima collaborazione fra colleghi.

– Ti ringrazio, Franco. Per qualsiasi evenienza chiamami pure – concluse il comandante e terminò la chiamata.

Baroni chiuse il telefono. Il colonnello non avrebbe mai delegato le indagini al maresciallo senza il benestare della Procura. Le indagini stavano a un punto morto. Era ormai sicuro che il caso sarebbe stato presto archiviato, a meno che non fossero emerse novità importanti.

"Non può finire così!" si disse Baroni. Si alzò dalla scrivania e si diresse verso l'uscita della Questura. Aveva bisogno di una pausa di riflessione, lontano dalle scartoffie e dai telefoni che squillavano in continuazione. Quella era una sua abitudine per raccogliere e rimettere in ordine le idee.

Attraversò la piazza e si sedette a un tavolino del suo bar preferito, Il Duca, dove si accese un sigaro e osservò il viavai dei passanti. "Abbiamo cercato nella direzione sbagliata. Il bandolo della matassa ruota intorno alla fossa, sul perché scavarla in un posto così scomodo" si convinse l'ispettore sorseggiando un cappuccino. "Ne devo parlare con il maresciallo, e cercare di..."

Il rumore di una caduta in bicicletta interruppe i suoi pensieri. Un uomo anziano rimase accasciato sull'acciottolato a pochi metri dall'ispettore con una brutta ferita alla testa. Baroni e alcuni passanti si precipitarono a soccorrerlo. Il sangue sgorgava copiosamente dalla ferita e Baroni la coprì con un fazzoletto che teneva in tasca. L'anziano signore era cosciente e volle rialzarsi, ma l'ispettore gli consigliò di rimanere seduto in attesa dei soccorsi. Fino all'arrivo dell'ambulanza Baroni tamponò la ferita e aiutò il malcapitato a mantenersi in equilibrio tenendogli un braccio intorno. La sensazione che gli trasmise quel corpo fragile e indifeso fra le sue mani gli ricordò per un attimo il motivo per cui era entrato in Polizia da giovane: difendere i deboli, combattere le ingiustizie, i soprusi. "Non cambierai mai, Baroni" si disse sorridendo. Mentre lo stavano caricando sull'ambulanza l'anziano signore alzò il capo dalla barella per ringraziarlo, ma uno degli infermieri gli copriva la vista e così non ci riuscì.

Il cappuccino si era raffreddato. Baroni lo finì, tornando con i pensieri al caso. "Devo convincere il maresciallo a indirizzare le indagini sulla fossa e sul campo di Ferrari, altrimenti il caso verrà archiviato."

La mattina dopo Baroni si svegliò presto. Aveva appuntamento con l'altro amico di Ferrari, Umberto Mossa, al Circolo comunale per anziani di Castello sull'Argine, alle dieci. Decise di non fare colazione subito, ma di fermarsi lungo la strada.

"Il cappuccino preso appena alzato non te lo godi veramente": era un'altra delle massime che Baroni aveva maturato dopo lunghi anni di vita sregolata. Il cappuccino con brioche andava consumato verso le nove, un'oretta e mezzo dopo il primo caffè: allora sì che lo si apprezzava pienamente.

Rifece la stessa strada del giorno precedente e si fermò davanti al bar di un paesino poco prima di Castello sull'Argine. Constatò subito che anche quel bar era gestito da cinesi. Baroni ordinò il suo cappuccino e scelse una brioche dal banco.

– Molto buono, complimenti.

– Grazie – rispose la giovane cinese.

– Siete qui da tanto? In Italia, intendo – domandò con un sorriso amichevole. La donna si ritirò senza rispondere per servire un altro cliente al tavolino, e la domanda di Baroni rimase sospesa nell'aria per qualche secondo. Lui guardò allora il marito.

– Da due anni – rispose quello.

– Vi trovate bene qui? Vi piace l'Italia? – L'ispettore mantenne un'espressione affabile.

– Sì, sì, molto bello – rispose il cinese, con un tono che non invitava certo a continuare la conversazione.

– Un'ultima domanda. Ha mai visto questo suo connazionale? – Baroni estrasse la foto del defunto e la porse al gestore, il quale la prese in mano, la osservò e poi gliela restituì.

– È della Polizia?

Baroni annuì.

– No, non ho mai visto questo uomo.

– Okay, grazie lo stesso. Quant'è? – Baroni fece per prendere il portafoglio, ma il gestore lo fermò, agitando la mano, sorridendo gentilmente.

– No, no. Offriamo noi. Noi siamo amici della Polizia. Qui la Polizia non paga.

Baroni avrebbe voluto ribattere, ma alla fine non voleva nemmeno essere scortese e magari offenderlo. Lo ringraziò e fece per risalire in macchina quando avvertì il consueto dolore all'anca, senza alcun preavviso e senza apparente motivo. Chiuse gli occhi per alcuni secondi, era una fitta di media intensità. Si appoggiò con la mano al tetto della vettura e alleggerì la gamba tenendola sospesa. Rimase in quella posizione per qualche istante prima di riprendere il viaggio per Castello sull'Argine.

Castello sull'Argine, Mantova

Il Circolo si trovava vicino al Bar Centrale e lo si notava subito per il numero di biciclette parcheggiate davanti all'ingresso. Almeno una ventina. Era stracolmo, tutti i tavoli erano occupati da pensionati che giocavano a carte, qualcuno leggeva il giornale. Non c'era una donna, salvo la banconiera, anche lei probabilmente in età pensionabile. L'ambiente era spartano: praticamente quattro muri spogli, imbiancati diversi decenni prima e anneriti dal fumo delle sigarette che erano state fumate in quel locale, un bancone davanti a un vecchio specchio pubblicitario della Cynar, che avrebbe fatto gola a molti antiquari, e una grande vetrina refrigerata da cui servirsi. Baroni notò con sorpresa che le sedie di legno avevano la seduta in paglia intrecciata, erano anni che non ne vedeva. Due finestre spalancate che davano su un giardino e un paio di ventilatori assicuravano un ricambio dell'aria.

Mentre si guardava intorno per individuare il Mossa, Baroni notò un signore in fondo alla sala che gli faceva cenno di raggiungerlo al tavolo.

– Lei è l'ispettore Baroni, immagino – si presentò l'uomo alzandosi e porgendogli la mano.

– E lei il signor Umberto Mossa, giusto?

– Ho capito subito che era lei. Qui ci conosciamo tutti ed è raro che da quella porta entri qualcuno che non sia un cliente abituale o un socio.

Baroni sorrise. Quel locale gli ricordava vagamente il CRAL di quando faceva il militare a Taranto, con la differenza che in quell'ambiente, frequentato prevalentemente da anziani agricoltori, si udivano a volte delle imprecazioni in dialetto e delle bestemmie irriferibili, spesso seguite da uno o due pugni battuti sul tavolo.

– Non ci faccia caso, ispettore – lo tranquillizzò Mossa sorridendo. Aveva notato l'espressione sorpresa di Baroni dopo l'ennesima imprecazione urlata da un giocatore. – Qui siamo tutti cattolici praticanti. Queste imprecazioni fanno parte del gioco delle carte, la scopa o la briscola... Poi ci si confessa.

Baroni fece un sorriso di circostanza. – Anche lei è agricoltore?

– Lo sono stato fino all'anno scorso. Ora mi godo la pensione, ispettore. Lei voleva parlare con me di Giulio Ferrari?

– Sì. Vorremmo sapere quali sono le sue abitudini, le sue passioni, le sue frequentazioni, in modo da capire dove sia finito e magari aiutarlo se si è cacciato nei guai.

– Guardi, ispettore, Ferrari è tutto casa, lavoro e famiglia. La famiglia è sua figlia, che studia a Milano e solo Dio sa quanto gli costa mantenerla là. Per lei farebbe di tutto. Il resto della sua vita sono il lavoro e la cascina in cui abita. Vive solo, il lavoro non gli manca. Chiaro, qualche volta cerca un po' di conforto anche lui, è normale... Ha poco più di cinquant'anni. Non ha una compagna fissa, per quanto ne so, piuttosto qualche scappatella qua e là nei centri massaggi cinesi... se capisce cosa intendo.

– Certo.

– Per il resto, Giulio è sempre occupato con il lavoro. Pensi solo alla cascina: tenerla in ordine, tagliare l'erba dei prati, potare la siepe, pulire l'aia, la manutenzione dei macchinari agricoli. Per non parlare del lavoro nei campi e degli...

– Sì, immagino, – lo interruppe Baroni – il lavoro non gli manca, lo so. Ma mi tolga una curiosità, lei che lo conosce: Giulio sta bene sotto il profilo economico? Ultimamente, intendo dire...

– Sì, confermo. Non so se ha notato – continuò Mossa – che la cascina è stata in parte ristrutturata di recente, l'anno scorso. Gli sarà costato minimo minimo centocinquantamila euro... Ha rimesso a posto tutti gli infissi, riparato il tetto e rifatto gli intonaci della facciata.

– Ma è così ricco? – lo incalzò Baroni.

– Evidentemente i soldi li ha, o li aveva, perché ha pagato tutti e in nero.

– Sicuro?

– Ma certo, me lo ha confidato lui stesso.

– Ma com'è possibile fare lavori così grossi in nero? – ribatté Baroni.

– È possibile, non si preoccupi, è possibilissimo. Basta avere i contanti. – Mossa sorrise maliziosamente. – Se poi ci aggiunge che fino a pochi anni fa ha dovuto pagare alla moglie un assegno mensile di seicento euro... – Mossa non finì la frase, ma fece di nuovo un ghigno ironico.

Baroni si appoggiò allo schienale della sedia. Quell'uomo non gli piaceva, ma le sue informazioni erano preziose. – Insomma, mi sta dicendo che il Ferrari ha avuto un'improvvisa disponibilità economica che non si spiega, giusto?

– Diciamo che non si spiega con la sua attività di agricoltore, questo è poco ma sicuro. E la storiella di essersi arricchito con i bitcoin – continuò Mossa – la può raccontare a suo nonno, non a me. Giulio non sa nemmeno cosa siano i bitcoin. Deve averne sentito parlare da qualche parte, ma di certo non ha mai fatto investimenti in quel senso.

– Come fa a esserne così sicuro?

– Lo so perché solitamente chiede a me consigli su come investire! Sa, mio fratello lavora in banca... Il suo problema era che aveva tanti contanti, che difficilmente si possono depositare senza dar adito a sospetti. Sono stato io a suggerirgli di usarli per ristrutturare la cascina... Ma non mi ha mai voluto dire da dove provenisse tutto quel denaro.

– Capisco.

– Avete qualche sospetto su di lui? – chiese Mossa sottovoce, con sguardo curioso.

– No, è una normale procedura, nulla di particolare. – Baroni cercò di minimizzare, ma Mossa insistette.

– Non è indagato di nulla, quindi?

– Assolutamente no, signor Mossa. Un'ultima domanda, se permette. – Baroni prese la foto del defunto e la fece vedere al suo interlocutore. – Ha mai visto quest'uomo?

Mossa la guardò attentamente e scosse la testa. – No, mai visto. È il morto trovato nel campo, vero?

Baroni annuì.

– So che i Carabinieri ieri hanno mostrato questa foto anche ai gestori del Bar Centrale e ai dipendenti del Comune, ma anche loro non l'hanno mai visto – commentò Mossa.

Baroni ripose la foto in tasca. Rimase in silenzio qualche istante e poi domandò: – Ha mica idea di dove potrebbe essere andato Giulio? Le ha mai accennato a conoscenze o amicizie al di fuori del paese?

– No. Non lo posso escludere, ma non me ne ha mai parlato.

– Capisco. E secondo lei c'è una spiegazione per

quel ritrovamento? Si è fatto un'idea del perché hanno tentato di seppellire quell'uomo nel suo campo?

– Assolutamente no. Ci ho pensato, ma non ho trovato una ragione valida. I cinesi volevano probabilmente risparmiare sul funerale, che ne so…

Baroni prese nota e si alzò. – La ringrazio, signor Mossa.

– Ha già parlato con Enea? Enea Bossetti? – si affrettò a chiedergli Mossa, evidentemente deluso che la conversazione stesse già finendo.

– No, chi è? – Baroni si ricordò in quell'istante che "Bossetti" era uno dei nomi citati da Robusti, il vicino. – È un amico di Giulio, giusto?

– Si sieda, prego.

Baroni rimase in piedi, con aria spazientita, e Mossa capì che non era il caso di insistere. – Bossetti lavora spesso insieme a Ferrari... Sono vicini, abita quasi a fianco della sua cascina, si aiutano spesso. – Poi, abbassando la voce, aggiunse: – E sua moglie fa le pulizie a casa di Giulio, anche lei pagata in nero.

Baroni annuì e valutò brevemente se fosse il caso di sentire quel Bossetti prima di rientrare a Mantova. Infine, decise che sì, ne valeva sicuramente la pena.

– Dove lo trovo, il signor Bossetti?

– È la cascina subito dopo quella di Giulio – gli spiegò Mossa. – Se prosegue sulla strada oltre il suo capannone, vedrà che dopo circa cinquanta metri non è più asfaltata. Se prosegue ancora per circa trecento metri sullo sterrato troverà la cascina di Bossetti. Enea è una persona un po'... come dire... un po' ruspante, ecco. Lui le saprà dire magari qualcosa di più su Ferrari.

Baroni lo ringraziò e appena uscito fece un grande respiro. Il rumore in quel locale era assordante. S'incamminò verso la macchina e rifletté se fosse meglio fissare un appuntamento o presentarsi senza annunciarsi prima.

Guardò l'orologio, erano quasi le undici: avrebbe comunque ancora fatto in tempo a tornare a Mantova per pranzo. Optò quindi per la visita a sorpresa e si avviò verso la cascina, che distava solo pochi minuti da lì.

Castello sull'Argine, Mantova

La strada che portava all'abitazione di Bossetti costeggiava numerosi campi disseminati di rotoballe pronte per essere raccolte. Baroni era consapevole di brancolare nel buio, ma in mancanza d'altro non gli rimaneva che curiosare in giro fino a quando il suo fiuto non avrebbe individuato la pista giusta.

La descrizione del percorso che gli aveva fatto Mossa era precisa, e Baroni trovò facilmente il casolare.

Appena arrivato sullo spiazzo di fronte alla cascina vide un uomo tozzo, di mezz'età, con un collo taurino e labbra irregolari. Indossava una tuta da lavoro blu, sgualcita e piena di macchie d'olio, e teneva in mano una chiave inglese. Era appena uscito dal capannone adiacente alla sua cascina, si stava strofinando la mano destra sulla tuta e gli veniva incontro. – Buongiorno. Ha bisogno?! – Aveva un tono di voce deciso e sicuro e un'espressione diffidente. Un viso non proprio socievole.

– Mi chiamo Baroni, sono un ispettore di Polizia.

L'energumeno lo squadrò e Baroni gli mostrò il distintivo. Bossetti assunse quindi un tono più cortese e si presentò. – Sono Enea Bossetti. È qui per il morto trovato nel campo di Giulio, giusto?

– Esattamente, signor Bossetti.

– Guardi, ispettore, la farei accomodare volentieri in casa, ma...

– Non si preoccupi, lei faccia pure quello che deve fare che io l'accompagno e parliamo mentre lei sbriga le sue faccende, così non perde tempo.

– Perfetto, sto aggiustando il trattore, perde olio.

I due si diressero verso il capannone e, mentre Bossetti riprendeva ad armeggiare con i suoi attrezzi nel motore, l'ispettore iniziò a fargli domande.

– Ho sentito che lei conosce bene Giulio.

– Sì, da trent'anni, un gran lavoratore.

– Ho saputo, un gran lavoratore. Ed è anche benvoluto da tutti, mi sembra di capire. Corretto?

– Certo, non ha mai fatto male a nessuno, sempre disponibile a dare una mano. Ci aiutiamo spesso.

– Che lei sappia, Giulio frequenta anche ambienti al di fuori del paese?

– Non credo, è sempre qui, tutto casa e lavoro.

– Salvo quando va a visitare la figlia a Milano...

– Certo, una bravissima ragazza. Giulio non ha nessun altro al mondo. I genitori li ha persi da bambino...

– Ho saputo.

– Poi c'è anche la storia della ex moglie. Gliel'avranno già detto, immagino – ipotizzò Bossetti, voltandosi verso l'ispettore.

– Sì, ho saputo, brutta vicenda. Però è riuscito a cavarsela bene, tutto sommato. O no?

– Eh sì, alla fine la sorte gli ha dato una mano – rispose Bossetti, sorridendo. – Almeno i soldi ora non gli mancano.

– Ha fatto buoni investimenti in borsa, ho sentito.

– Sì, lo ha detto anche a me. Da circa tre anni non ha più problemi di soldi, sebbene... – Bossetti fece una breve pausa e strinse con una chiave inglese la coppa dell'olio, facendo una smorfia. – Anche se questo ha suscitato parecchie invidie e malelingue in paese, persino fra i suoi amici.

– Ho notato. E lei? Non è invidioso? – chiese sorridendo Baroni.

– Io mi faccio i fatti miei, sono contento per lui. Lavoro qui sette giorni su sette, tutti i giorni dell'anno. Questa è la mia vita. I miei figli sono andati a lavorare in fabbrica, volevano una vita un po' più comoda, senza i sacrifici che facciamo io e mia moglie, santa donna. Non li giustifico, ma li capisco, è un'altra generazione.

L'ispettore rifletté brevemente sulle parole del contadino e si guardò intorno. – Ma dopo di voi, dopo la nostra generazione intendo, chi coltiverà i campi? Chi porterà avanti questo lavoro?

– Lo vuole proprio sapere, ispettore? – chiese Bossetti, stizzito. – Lo faranno gli immigrati! Cinesi, indiani, pachistani... I musi gialli! In pochi anni altri si godranno i frutti di generazioni e secoli di duro lavoro. Eh, mio caro ispettore, i nostri giovani preferiscono la comodità, il divertimento, la città – continuò Bossetti sconsolato. – E possibilmente senza la scocciatura di figli da crescere.

Baroni rimase in silenzio.

– Ma lo sa, ispettore, che oggi a curare e mungere le bestie ci vanno solo indiani e pachistani? Provi a chiedere a un giovanotto italiano di alzarsi tutte le mattine alle tre per mungere una cinquantina di mucche. Vanno munte ogni otto ore, ogni santo giorno. Solo nei grandi allevamenti usano le mungitrici automatiche, noi qui facciamo ancora a mano. Poi bisogna foraggiarle, curarle, raccogliere il letame, lavare le stalle...

Bossetti fece una breve pausa per pulirsi le mani in uno straccio e riprese subito il discorso. – Le vacche non fanno mica ferie o scioperi, non hanno permessi per malattia. Senza gli indiani, noi agricoltori della zona potremmo chiudere l'attività, quasi tutti, me compreso. Ormai il nostro futuro è segnato. Spariranno i contadini che coltivano la terra per mantenere la famiglia. Andrà tutto in mano alle grandi aziende, che faranno lavorare extracomunitari sottopagati. Gli immigrati vengono qui, fanno tanti figli e hanno tanta voglia di lavorare. Non parlo solo dei neri chiaramente, parlo dei musi gialli e di quelli dell'Est. Mentre noi italiani, la nuova generazione intendo, non facciamo più figli e voglia di lavorare zero. Che ne dice, ispettore, ho ragione o no? – chiese Bossetti con aria di sfida.

Baroni esitò, poi fece un cenno con la testa. Non voleva certo iniziare un dibattito e cercò di rimanere sul vago. – Certo, capisco cosa vuole dire.

– Vada a vedere chi fa i raccolti, chi sta per ore e ore sotto il sole, a schiena bassa, per raccogliere fragole, pomodori, zucchine o meloni per pochi euro al giorno. Sono tutti immigrati! Arrivano qui senza niente e dopo qualche anno mettono su casa e famiglia.

Bossetti aveva pronunciato l'ultima frase con rabbia.

Baroni abbassò lo sguardo e fece profondi respiri per smaltire la tossicità di quelle affermazioni razziste; doveva contare fino a dieci e poi cambiare discorso, altrimenti avrebbe reagito male. Non aveva senso intavolare una conversazione con quell'uomo irrecuperabile, a suo giudizio.

– Non sarei così pessimista sul futuro, signor Bossetti. Ci sono ancora molti giovani italiani che hanno tanta voglia di lavorare. Magari tornerà di moda fare l'agricoltore. Non credo, poi, che gli immigrati di cui parla se la passino così bene. Comunque ho capito il suo punto di vista. A proposito di cinesi, lei ha mai visto quest'uomo?

Bossetti prese la foto che Baroni aveva estratto dalla tasca e scosse il capo. – Mai visto. È quello trovato nel campo, vero?

– Sì.

– Ispettore, non la invidio, sempre a caccia di delinquenti, sempre a contatto con la feccia... Non la invidio proprio. Il cinese trovato nel campo di Giulio, poi, chissà... Io non ho niente contro i cinesi, sono gran lavoratori, ma sono diversi, stanno sempre insieme tra di loro, mangiano cose strane. E poi, lei ha mai visto il funerale di un cinese? Ha mai visto una loro tomba al cimitero? Che fine fanno quando muoiono? – Poi si fermò e domandò serio: – A volte mi vengono strani dubbi, non è che magari... Ma no, lasciamo perdere.

– Sì, non divaghiamo. Lo sa che Ferrari è sparito da qualche giorno? Ha mica idea di dove possa essere andato?

– Se non è Milano, dalla figlia, non saprei proprio dove cercarlo. Come le dicevo...

– Sì, lo ha già detto, era tutto casa e famiglia – lo interruppe Baroni. – Ma, secondo lei, perché volevano seppellire un cadavere nel suo fondo? Si è fatto un'idea?

– Ma era un cinese! Sicuramente saranno stati dei suoi connazionali che non sapevano dove seppellirlo. Che ne so.

– E non trova strano che il giorno dopo Ferrari sparisce? – lo incalzò Baroni.

– Cosa vuole che ne sappia io! Magari è sotto choc e sarà andato dalla figlia.

A quel punto Baroni capì che era meglio chiuderla lì. Da quella conversazione non avrebbe cavato nulla di buono. – La ringrazio, signor Bossetti, è stato utile parlare con lei, ora devo salutarla. – Fece un cenno con la mano e si avviò verso la sua vettura.

– No, no, ispettore, aspetti, non vada via subito. Guardi, le voglio regalare una bottiglia di vino fatto da me, come segno di amicizia verso le forze dell'ordine. Ho un paio di vigne e sono riuscito a produrre un ottimo Merlot, vorrei che lo assaggiasse. Sa, è vino vero, questo, come si faceva una volta.

Bossetti assunse un'espressione che avrebbe dovuto somigliare a un sorriso.

– Guardi, non è il caso, signor Bossetti, ora devo proprio andare, ma la ringrazio ugualmente.

Baroni cercò di allontanarsi, ma l'agricoltore continuava a insistere. Solo a quel punto, quando Bossetti gli si avvicinò e gli fece cenno con la mano di seguirlo fuori dal capannone, Baroni notò la sua pelle indurita, probabilmente da una vita spesa all'aria aperta.

– Venga, ispettore, ci vorranno solo cinque minuti.

– Va bene, Bossetti, lei è gentile, ma posso trattenermi massimo ancora pochi minuti, devo tornare a Mantova.

I due uscirono dal capannone e raggiunsero una porcilaia dismessa. Il cielo era sereno e, nonostante fosse già giugno inoltrato, la temperatura era rimasta mite. Una brezza arrivata all'improvviso rinfrescò ulteriormente l'ambiente.

"Un'ottima condizione meteo per un buon toscano" pensò l'ispettore e si accese il terzo ammezzato della giornata.

– Entri, ispettore, nessun timore – urlò Bossetti da dentro la porcilaia, una specie di bunker con muri di cemento spessi almeno mezzo metro. Baroni era ancora fuori intento ad accendersi controvento il sigaro, quando Bossetti uscì dalla porcilaia sollecitandolo a entrare. L'ispettore gli fece cenno che sarebbe arrivato subito e, non appena il sigaro iniziò a fumare, lo raggiunse. In quel luogo buio e dal soffitto basso, il contadino lo attendeva con in mano un bastone dalla cui estremità sporgeva un chiodo. Baroni esitò e guardò Bossetti, il quale notò il volto perplesso dell'ispettore e lo tranquillizzò subito. – Non si preoccupi, questo è per la bestia. Venga, prego, qui si sta al fresco e ci tengo i miei vini.

Baroni entrò, chinando la testa. Vide Bossetti dare un colpo con la parte appuntita del bastone a un asino sdraiato per terra, legato al muro con una catena stretta al collo.

– Fai passare, bestia! – urlò il contadino, colpendo nuovamente l'asino al fianco con il bastone chiodato.

Il povero animale malnutrito si spinse faticosamente in avanti con le zampe posteriori, ma non riuscì ad alzarsi. Tanto più che la catena che aveva al collo era talmente corta che gli impediva qualsiasi movimento. Era veramente malmesso, magro all'osso, praticamente uno scheletro ricoperto di pelle. Sul fianco sinistro si vedevano innumerevoli ferite con sangue secco, sicuramente dovute ai colpi del Bossetti. A quelle se n'erano ora aggiunte due fresche. I suoi occhi erano spenti e dalla bocca usciva una bava bianca.

Baroni assistette alla scena esterrefatto. Il sigaro che aveva appena acceso gli cadde di bocca.

– Venga, ispettore, non abbia paura, quella bestia non fa nulla. Vede, qui in fondo tengo il vino al fresco, qui la temperatura non scende mai...

Bossetti si era chinato per prendere una bottiglia da un ripiano scavato nel terreno, ma non finì la frase. Aveva infatti notato che Baroni aveva assunto una espressione che il suo istinto contadino aveva subito percepito come minacciosa. Rimase immobile, muto, lo sguardo fisso sull'ispettore; aveva quasi smesso di respirare.

Passò qualche istante e nella porcilaia calò un silenzio inquietante.

Baroni quasi tremava dalla rabbia. – Da quanto tempo sta in queste condizioni? – chiese con calma, quasi sottovoce, indicando l'asino.

– Non lo so. Da... un paio di mesi... credo – mentì Bossetti cautamente, avendo capito il motivo per cui l'ispettore gli pareva così turbato. In realtà erano almeno due anni.

Trascorsero di nuovo alcuni secondi di silenzio assoluto, in cui nessuno dei due mosse un muscolo, come in un fermo immagine.

– Ma tu, Bossetti, disonori la specie umana. Lo sai questo, vero?! – disse Baroni con un tono raggelante, senza degnare il contadino di uno sguardo e spostando il fondo della giacca in modo da scoprire la fondina della pistola d'ordinanza che teneva attaccata alla cintura dei pantaloni. – Tu tratti così gli animali? – chiese poi a voce bassa, sempre con un tono che non prometteva nulla di buono e gli occhi ridotti a una fessura.

– Ma è solo un vecchio asino malato, mezzo morto – rispose Bossetti con voce tremolante, quasi a volersi giustificare. – Lo tengo in vita solo perché era caro a mio padre, ma non serve a nulla, mangia e basta.

– Brutto bastardo, – continuò Baroni – non ti chiamo per nome perché non appartieni più al consorzio umano. Uno che tratta così un altro essere vivente a mio parere dovrebbe fare la stessa fine.

Bossetti deglutì e sgranò gli occhi, il cuore iniziò a battere sempre più veloce. Rimase immobile e si guardò bene dal proferire una sola parola.

– Ora ascoltami bene. Tu adesso liberi subito questo asino, chiami immediatamente un veterinario e lo fai curare come se fosse tuo figlio.

Baroni si chinò verso l'asino e gli diede una carezza sul muso. Poi riprese il discorso. – Io tornerò, prima o poi. Può essere domani, o magari fra una settimana, o magari fra un anno, ma quando torno quest'animale lo voglio vedere pascolare libero, sano e felice come un cavallo da corsa.

Fece una breve pausa e fissò Bossetti, che lo guardava terrorizzato.

– Te lo leggo negli occhi. Stai pensando che non sono normale, che non ho diritto di dirti o di importi certe cose, e forse hai ragione. Ma devi sapere che ci sono solo poche cose che mi fanno uscire di testa e tu le rappresenti tutte.

Bossetti non mosse un muscolo, sicuro che Baroni non avrebbe esitato a spararagli, se avesse reagito. Acconsentì con un cenno della testa e abbassò gli occhi.

Baroni, ancora sull'ingresso della porcilaia, si voltò per andarsene, poi si fermò e con lo sguardo rivolto verso l'animale lo avvertì nuovamente. – Dimmi che hai capito. Dillo a voce alta. Tu non mi conosci, non sai quanto io possa diventare cattivo, e ti conviene non scoprirlo mai. E se quando torno non lo vedessi qui pascolare perché è morto, ti conviene non farti più trovare da me. Ora chiama il veterinario, non perdere tempo. Ci rivediamo.

Bossetti annuì sommessamente e rispose che aveva capito. Tremava ormai come una foglia e sentì la vescica liberarsi: non gli era mai capitato da adulto. Baroni se ne andò senza più dire niente, e il contadino rimase immobile finché non sentì partire la macchina dell'ispettore. Poi uscì cautamente dalla porcilaia appoggiandosi alla parete per non cadere. Aveva paura che le gambe non lo reggessero, ma si diresse a passo incerto verso casa.

– Marta! Dov'è il cellulare? – urlò, sbattendo la porta.

Vedendolo in un evidente stato di forte agitazione, la moglie si affrettò a cercare il telefono. Quando glielo porse, Bossetti le ordinò di prendere subito anche la rubrica telefonica.

– Devi immediatamente chiamare Morigi – le disse, ansimante. – Subito, capito?

– Il veterinario? – gli chiese Marta, spaventata, che non capiva la ragione di tale urgenza.

– Sì, il veterinario, certo! Quanti altri Morigi conosci?! – urlò infuriato. – Chiamalo e digli di venire subito, che è urgentissimo. Subitooo! Capito?!

Quella notte Baroni non sarebbe riuscito a dormire, ne era sicuro, aveva troppa adrenalina in corpo, gli sarebbe servita una buona dose di gin per addormentarsi. La vista di quell'animale agonizzante lo aveva turbato profondamente.

"In casi come questi" si disse "è più efficace una bella strigliata che una denuncia per maltrattamento", che magari si sarebbe risolta con una multa di qualche migliaio di euro.

Ne aveva viste di tutti i colori in tanti anni di Polizia: donne costrette a prostituirsi, immigrati ridotti in stato di schiavitù, omicidi efferati, la disperazione a cui ti può portare la droga, persino un traffico di organi, ma torturare e segregare un animale in quel modo... questo ancora no.

A volte Baroni si chiedeva perché il maltrattamento di animali lo indignasse così tanto. Non era vegetariano, tantomeno vegano, eppure veder soffrire o uccidere un animale lo turbava. Poi, magari, quello stesso animale gli veniva servito a tavola in forma di pietanza prelibata e non si scandalizzava.

Per quasi tutto il viaggio di ritorno a Mantova rifletté su questo paradosso, senza però alcuna certezza di venirne a capo.

"E poi" si domandò "che differenza passa fra uccidere un tonno e un delfino? Perché il primo ti sembra moralmente giustificabile e il secondo no? Solo perché siamo abituati a mangiare tonno? Allora perché ci indigniamo tanto quando ci fanno vedere le baleniere giapponesi che cacciano i cetacei? Eppure in Giappone e in Norvegia considerano squisita la carne di balena..."

Baroni era consapevole di addentrarsi in una tematica spinosa, ma aveva ancora da percorrere oltre trenta minuti di strada e, come spesso accadeva in casi simili, preferiva passare il tempo rimuginando su ricordi, ragionamenti complessi, indagini in corso piuttosto che ascoltare la radio. Iniziò il suo ragionamento con una serie di interrogativi. "Dunque, gli animali sono tutti uguali, sono tutti degni della stessa protezione e della stessa considerazione? Il ratto da fogna, la zanzara e il cavallo da corsa vanno posti tutti sullo stesso piano? O bisogna, forse, distinguere fra animali domestici o da compagnia da quelli selvatici, e poi ancora fra quelli destinati o no all'alimentazione umana? Anche fra gli animali selvatici si potrebbe distinguere fra quelli in pericolo di estinzione e quelli che non lo sono..."

Baroni era sempre più confuso, l'argomento era veramente difficile da affrontare.

La strada era libera, il traffico di rientro in città sarebbe cominciato di lì a poco, appena entrato in circonvallazione. C'era sicuramente ancora tempo per un buon sigaro, pensò, mentre cercava di mettere a fuoco il problema.

"Pur punendo chi arreca inutili sofferenze all'animale, in alcuni casi, come la caccia, la vivisezione per motivi di ricerca, la macellazione, l'uccisione di un animale è in larga parte socialmente e moralmente accettata, tant'è che è permessa e regolata per legge. Fin qui siamo tutti d'accordo..."

La casistica da analizzare sembrava infinita.

"La distinzione sta forse fra animali senzienti e animali non senzienti?" si chiese. "Ma, in fin dei conti, anche gli animali destinati all'alimentazione sono senzienti, soffrono allo stesso modo di quelli d'affezione o domestici. E se ad alcuni piacesse la carne di cane, si potrebbe allevarli per la macellazione? Non credo. Allora, dove sta la logica?"

Baroni era in difficoltà, non riusciva a trovare un criterio sensato per cui alcuni animali, specie quelli destinati all'alimentazione umana, si possano uccidere senza commettere un reato e altri no. Man mano che si avvicinava a Mantova il traffico diventava sempre più intenso, ma lui non riusciva a togliersi dalla mente quel ginepraio illogico in cui si era ficcato.

Scosse con l'indice la cenere del sigaro fuori dal finestrino e continuò i suoi ragionamenti solitari per un abbondante quarto d'ora e, quando aveva già raggiunto la tangenziale, concluse finalmente che ciò che distingue eticamente e giuridicamente i vari casi non è la tipologia dell'animale, ma la sensibilità umana, la *pietas* che una determinata società prova verso alcuni animali e non altri, a seconda delle situazioni e dei contesti. Il problema si pone quindi soprattutto in termini culturali e sociali, non solo morali.

Baroni aveva forse trovato il bandolo della matassa e si compiacque.

"Torturare un toro con le picche per poi ucciderlo durante uno spettacolo come la corrida è quindi permesso in Spagna, in quanto la società spagnola, o perlomeno larghi strati della sua popolazione, considera quella pratica una tradizione culturalmente e moralmente accettabile. Organizzare una corrida in Italia sarebbe invece un reato, perché secondo la nostra cultura è moralmente condannabile" proseguì nella sua discussione senza contraddittorio.

"È quindi il nostro sentimento di umana pietà e

compassione verso alcuni animali, non l'animale in sé, che viene tutelato dalla società e dalle leggi. Avvelenare un ratto non suscita un sentimento di pietà, e quindi per noi è lecito; infatti in molti negozi vendono veleno per topi. Se invece usassi quello stesso veleno per un cane, anche randagio, o un cavallo, verrei punito, perché nutriamo pietà per quegli animali e condanniamo chi li fa soffrire..."

Nel frattempo si era dovuto fermare, imbottigliato in una colonna di macchine.

Mentre stava fermo in coda, Baroni ragionò sulla conclusione che aveva raggiunto.

Gli sembrava corretta, ma non la condivideva, e la lunga coda di veicoli fermi di fronte a lui lo stava parecchio innervosendo. "Ma porca... Sembra di stare a Milano" sbuffò.

La colonna di macchine non accennava a muoversi. Doveva assolutamente distrarsi. Chiuse gli occhi per un istante e abbandonò il capo sul poggiatesta. Quella notte aveva dormito poco a causa della sua artrosi e la stanchezza si stava facendo sentire.

I pensieri vagarono nuovamente fra le conclusioni che aveva appena raggiunto e, quasi per incanto, forse per eludere la stanchezza o lo stress per il traffico, si immedesimò in un avvocato che stava difendendo un orango, seduto al banco della difesa e vestito in giacca e cravatta. Erano di fronte a una corte americana, con la giuria alla loro destra.

"Il reato di maltrattamento di animali protegge i nostri sentimenti, la nostra sensibilità, egregi membri della Corte, non gli animali, ma questo non è giusto: gli animali sono esseri senzienti, soffrono quanto noi, quindi hanno dei diritti. Non dobbiamo quindi tutelare solo il nostro sentimento *per* l'animale…" e qui Baroni, nella sua immaginaria arringa, fece una breve pausa per sottolineare il concetto, "… bensì anche il sentimento *dell'*animale. Per questo motivo chiediamo alla Corte e ai giurati un atto di giustizia e di condannare i qui presenti gestori dello zoo di San Francisco a un risarcimento di un milione di dollari a favore del mio cliente, per ingiusta detenzione e per i danni morali che ne sono conseguiti, e il suo trasferimento in una riserva nella sua regione nativa, il Borneo."

A Baroni parve di udire gli applausi scroscianti provenienti dal pubblico seduto alle sue spalle, ma in realtà era un'ondata di clacson che arrivava dalle macchine in coda dietro la sua e che lo sollecitava a muoversi: la corsia davanti a lui si era completamente liberata.

Si affrettò a partire. Guardò l'orologio, segnava l'una e mezzo. Forse in città sarebbe ancora riuscito a trovare un ristorante aperto. Era già abbastanza spossato dall'incontro con Bossetti e il resto della giornata non prometteva nulla di buono a giudicare da come era iniziata. Doveva ancora passare in Questura e fare rapporto. Non vedeva l'ora di arrivare a casa, farsi una doccia e guardarsi un film alla televisione.

– Buongiorno, ispettore, sono il maresciallo Salvemini.

Baroni aveva preso la chiamata che stava ancora dormendo.

– Buongiorno, maresciallo – rispose con un colpo di tosse, per non far capire dalla voce impastata che si era appena svegliato. Erano le otto in punto.

– Abbiamo finalmente trovato una traccia di Ferrari – lo informò il maresciallo soddisfatto.

Baroni si destò di colpo. – Benissimo! Cosa esattamente?

– Ferrari si è recato a Milano con la sua moto il giorno stesso del ritrovamento del cadavere – gli spiegò il maresciallo – e ha passato il varco dell'Area C di Milano alle ore venti e quarantadue. I colleghi di Milano hanno consultato gli ingressi non autorizzati ai varchi della ZTL e la sua moto risulta entrata all'altezza di via Niccolini, zona Cimitero Monumentale. Via Niccolini è una traversa di via Paolo Sarpi. Lei sa che zona è quella, vero? – domandò il maresciallo con un tono che tradiva la soddisfazione per quel nuovo indizio.

– È il quartiere cinese di Milano...

– Esattamente, ispettore. Mentre la figlia abita in zona Barona, in tutt'altro quartiere. Le sembra normale? – chiese retoricamente Salvemini.

– Certo che no, ha ragione. La raggiungo subito.

"Finalmente una traccia" pensò Baroni mentre si recava in Questura per prendere la Stelvio di servizio del vicequestore. "Cosa ci faceva Ferrari a Chinatown il giorno del ritrovamento del cadavere? Forse conosceva il defunto, o aveva capito chi lo voleva seppellire nel suo fondo. Bisognerà far girare la foto del cadavere a Chinatown, e anche quella del Ferrari. Vuoi vedere che la sua improvvisa ricchezza è connessa in qualche modo a questa vicenda?"

I pensieri di Baroni si accumularono senza ordine per tutto il viaggio verso Borghetto sul Chiese, un brainstorming senza fine. Per questo teneva sempre un taccuino in macchina, ma questa volta non sarebbe stato necessario annotare i punti salienti delle sue riflessioni, aveva già le idee abbastanza chiare su come procedere nelle indagini.

Borghetto sul Chiese, Mantova

Arrivato in caserma, Baroni consultò insieme al maresciallo Salvemini una grande mappa di Milano.

– Ci sono almeno due modi per arrivare da qui rapidamente a Milano, ispettore – gli spiegò il maresciallo, che era di Varese e conosceva bene la città. – O si prende la A4 entrando dal casello di Desenzano o da quello di Brescia – Salvemini indicò il tragitto per Milano – oppure si passa da Cremona, dove si prende la A21 per Piacenza e poi ci si immette nella A1 per Milano. Dipende se si vuole entrare a Milano da sud o da nord-est. La figlia di Ferrari abita alla Barona, quindi non avrebbe senso passare da nord, zona Sempione e varcare la ZTL, cosa che però Ferrari ha fatto. Significa che non è andato a trovare la figlia.

– Giusto – confermò Baroni.

– Chi è andato, allora, a trovare in zona Sempione? – chiese il maresciallo retoricamente. Fece una breve pausa e poi riprese. – Guardi, questo è il punto esatto in cui è passato, e proprio lì inizia il quartiere cinese. I colleghi hanno setacciato la zona e non c'è traccia della sua moto, ma lui era sicuramente là.

– E poi è sparito – aggiunse Baroni.

– Esatto. E non può essere una coincidenza. Il Ferrari ha molto probabilmente a che fare con i cinesi di Chinatown e con il cadavere – concluse Salvemini.

Baroni rimase in silenzio per qualche istante. Stava ripensando a una battuta che aveva fatto il giorno prima Bossetti sui cinesi: non aveva mai visto un funerale cinese o una loro tomba in un cimitero. La sera prima, mentre stava ancora sbollendo la rabbia e il disgusto per ciò che aveva visto nella porcilaia, quel particolare continuava a ronzargli in testa, perché, in effetti, su quel punto quell'energumeno aveva ragione: in tanti anni non aveva mai visto e nemmeno mai sentito parlare di un funerale o di una tomba di un cinese in Italia. E se davvero venivano seppelliti abusivamente? Perché non nei campi o in qualche giardino, o lungo un fiume? Per un attimo Baroni si vergognò di aver anche solo pensato a un'ipotesi tanto assurda, ma non riusciva a togliersela dalla testa.

Guardò il maresciallo e attese ancora qualche secondo prima di parlare; non era sicuro che fosse una buona idea condividere con lui una teoria tanto stravagante, ma alla fine si decise.

– Maresciallo, sto per dirle una cosa che può sembrarle assurda, ma dobbiamo considerare tutte le ipotesi, giusto?

– Ma certamente, ispettore, non si preoccupi, dica pure – rispose Salvemini, incuriosito.

– Sa che cosa non mi torna, sin dal principio, in quel ritrovamento? – cominciò Baroni. Non attese la risposta del maresciallo. – Che gli autori del reato per scavare quella fossa si siano spinti per ben trenta metri all'interno di un campo appena arato, in cui si sprofonda a ogni passo, e questo portando attrezzi, un sacco di calce e un cadavere che pesa circa sessanta chili. Baroni si interruppe per prendere dalla tasca un sigaro, ma si trattenne dall'accenderlo. – Inizio a pensare che si siano recati in quel punto preciso perché dovevano scavare la fossa proprio là e non altrove, e sa perché?

– Perché? – chiese il maresciallo, sempre più incuriosito.

– Perché quel punto glielo aveva indicato il Ferrari.

Il maresciallo si sedette e rimase in silenzio. La sua curiosità era ormai alle stelle.

– E il Ferrari ha segnato quel punto preciso perché lo spazio dal sentiero che delimita il campo fino alla fossa era già occupato.

– Occupato?! – chiese il maresciallo, stupito.

– Sì. – Baroni fece una pausa e cercò un modo meno diretto per spiegare la propria teoria, ma non lo trovò, e optò per la chiarezza: – Occupato da altri cadaveri, secondo me cadaveri cinesi.

Salvemini strabuzzò gli occhi, come se avesse visto un fantasma, e rimase ammutolito. Nell'ufficio calò il silenzio e per quasi mezzo minuto nessuno parlò. Baroni continuò a maneggiare nervosamente il suo sigaro spento, guardando fuori dalla finestra.

– Che ne pensa, maresciallo? – chiese, rompendo il silenzio e voltandosi verso il collega. Prima ancora che Salvemini potesse rispondere, l'ispettore riprese la sua teoria. – Questo spiegherebbe tutto. Ferrari si faceva pagare per occultare cadaveri di cittadini cinesi che per qualche motivo non potevano essere seppelliti o cremati in modo regolare perché erano entrati illegalmente, per esempio, o perché appartenenti alla malavita, o perché i familiari non avevano abbastanza soldi per il rimpatrio della salma, che ne so... Questo spiegherebbe il suo improvviso benessere economico. Spiegherebbe anche il perché dell'apparente inutile fatica di addentrarsi per trenta metri in un campo appena arato per scavare una fossa, che si poteva scavare benissimo lungo il bordo del campo. Spiegherebbe, infine – Baroni a quel punto alzò tre dita, per sottolineare che c'erano almeno tre argomenti a sostegno della sua teoria – perché il Ferrari, subito dopo il ritrovamento si sia recato nel quartiere cinese di Milano. Ci era andato per informare i suoi complici di quanto accaduto e consultarsi su come procedere.

L'ispettore era rimasto in piedi durante l'esposizione della sua ipotesi. Si sedette e guardò il maresciallo, che ancora non aveva proferito parola.

– E questo spiegherebbe anche perché Ferrari non teneva più cani – aggiunse.

Il maresciallo rimase muto e osservò l'ispettore senza batter ciglio.

– Lo dica pure, maresciallo. Le sembra una cavolata?

– Per niente, Baroni – rispose il collega allentandosi il collo della camicia. – Però sarebbe una cosa pazzesca... Ma perché proprio nel campo di Ferrari?

– Ci pensi, se vuole fare una cosa simile deve farla per forza con la complicità del proprietario del campo o di chi lo coltiva. È troppo rischioso farla in un posto qualsiasi. E chi lo trova più un cadavere sepolto due metri sottoterra, ricoperto di calce viva per giunta?!

Il maresciallo rimase per un attimo incerto. Rifletté un istante e dovette ammettere che la teoria di Baroni non era poi tanto assurda. – Ha ragione, la sua ipotesi sta in piedi, nonostante mi sembri pazzesca. Sarebbe un fatto veramente fuori dal comune, incredibile. – Salvemini aveva ancora dei dubbi e, soprattutto, era incerto se informare il comandante. – Se riferiamo al comandante che questa è la nostra pista, ci fa ricoverare tutti e due.

– Allora non diciamoglielo – propose Baroni. – O, perlomeno, non diciamoglielo subito. Prima facciamo un controllo noi, per conto nostro, senza parlarne con nessuno. Verifichiamo, e se non c'è niente la cosa finisce lì e nessuno lo saprà.

Salvemini annuì. – Sono d'accordo, teniamola per noi questa cosa, per il momento. Potremmo usare dei tondini di ferro e sondare il terreno in quell'area. Tentare non nuoce. Proviamo, allora? – Il maresciallo rivolse a Baroni uno sguardo complice.

Baroni annuì e sorrise.

– Vado a recuperare un tondino – disse il maresciallo, uscendo dalla stanza. – Ce ne basta uno. Poi possiamo andarci anche subito.

Baroni rimase nell'ufficio e osservò il suo toscano spento. Anche a lui sembrava un'ipotesi pazzesca, ma, pensandoci bene, era l'unica che faceva combinare tutti i pezzi di quel puzzle. In cuor suo sperava di avere torto. Se veramente avessero trovato altri cadaveri accanto alla fossa, sarebbe scoppiato un casino pazzesco, e lui odiava il clamore.

Castello sull'Argine, Mantova

Venti minuti dopo, Salvemini e Baroni erano già in macchina, diretti verso la cascina di Ferrari. Il maresciallo era riuscito a recuperare un tondino per cemento armato lungo un metro e mezzo e una mazza.

– Lo faremo andar bene – commentò mentre caricava tutto sulla vettura. Ordinò poi al brigadiere Russo di accompagnarli.

Una volta arrivati di fronte alla cascina del Ferrari, notarono parcheggiata sul piazzale una Smart. I sigilli apposti alla porta di casa, sfondata dagli agenti pochi giorni prima, penzolavano tagliati. Baroni e il maresciallo si guardarono e uscirono dalla vettura per dirigersi verso l'ingresso.

– Guardi, Baroni! – esclamò il maresciallo, sorpreso.

In quel momento una ragazza uscì dalla casa e venne loro incontro. – Salve.

– Buongiorno, signorina... Non ha visto i sigilli? Lei chi è? – chiese il maresciallo, avvicinandosi con Baroni alla ragazza.

– Sono Natalia Ferrari e abito qui. Scusatemi, ma avete lasciato la porta sfondata e chiunque può entrare in casa... Io tengo qui tutte le mie cose. Quando avete messo i sigilli non avete pensato a questo? – rispose Natalia in tono deciso ma cortese.

Non voleva polemizzare con il maresciallo. Indossava dei jeans strappati e una maglietta, ma si notava subito che aveva una certa classe e che avrebbe portato con la stessa disinvoltura anche un tailleur di Valentino. La ragazza si avvicinò e strinse loro la mano con un sorriso che sapeva essere disarmante.

Nonostante la giovane età, era consapevole dell'effetto che faceva agli uomini.

– Sto aspettando il fabbro che sostituisca la serratura e sistemi la porta. Spero non sia un problema...

– Non si preoccupi, quando il fabbro avrà aggiustato la porta rimetteremo eventualmente i sigilli – rispose il maresciallo, che assunse un tono molto più cordiale.

– Ha notizie di suo padre? – le chiese Baroni.

– No, purtroppo non ancora – rispose Natalia con aria preoccupata. – Non si è mai comportato così...

– Così come? – chiese Baroni.

– Sparire senza dire niente. Non l'ha mai fatto. Anzi, era proprio il contrario, ci sentivamo almeno due o tre volte alla settimana. Non se ne sarebbe mai andato senza dirmelo, di questo sono sicura. – Natalia si rattristò, abbassò lo sguardo e disse: – Gli è sicuramente successo qualcosa di grave.

– Non è detto, signorina – intervenne Salvemini. L'aveva presa subito in simpatia e cercò di consolarla. – È troppo presto per giungere a questa conclusione. Lo stiamo ancora cercando.

In quel momento arrivò un furgone. Dalla vettura, un Daily che, a giudicare dal numero di targa e dalle sue condizioni, doveva aver percorso almeno un milione di chilometri, scese un uomo di mezz'età, poco più alto di un metro e mezzo, trasandato, barba incolta e i pochi capelli bianchi rimasti raccolti in un codino che gli penzolava lungo la schiena. Il fabbro non dava l'impressione di essere una persona allergica agli alcolici...

Salvemini si presentò e gli diede indicazione di riparare la porta.

– Farò subito togliere i sigilli se vuole, Natalia, in modo che possa rimanere qui. Ci faccia sapere – la rincuorò, mentre il fabbro si era messo al lavoro per sostituire la serratura.

– La ringrazio, siete molto gentili. Ora vorrei tornare in casa per riordinare le mie cose, se permettete.

Salvemini e Baroni si diedero un'occhiata e si avviarono dietro la cascina, verso il fondo del campo, muniti di tondino e mazza. Russo era rimasto un attimo di troppo a confabulare con Natalia, e il maresciallo lo riprese ironicamente: – Russo, vieni a darci una mano o preferisci fare compagnia alla signorina? Fai pure con comodo...!

Il brigadiere si affrettò e li raggiunse subito.

Una volta arrivati accanto alla fossa e dopo aver conficcato un paio di volte il tondino nel terreno a colpi di mazza, non ci volle molto per accertare ciò che sospettavano. Il terreno lungo la siepe, nei trenta metri che separavano il bordo del campo dalla fossa, in diversi punti offriva meno resistenza, segno evidente che la terra era stata smossa in profondità. Qualche metro più avanti si faceva invece molta più fatica a far penetrare il tondino, anche usando la mazza.

I due investigatori si guardarono, certi ormai di essere sulla pista giusta, ma senza manifestare alcuna euforia.

– Mi sa proprio che bisognerà far arrivare una ruspa e la Scientifica – sospirò il maresciallo.

Baroni annuì. Sembrava sconsolato, mentre Russo, che non era stato messo al corrente dei motivi di quell'operazione, guardava entrambi stranito.

– Aggiorno il comandante – disse Salvemini,

mentre Baroni estraeva un ammezzato dal portasigari e lo accendeva fissando la fossa.

– Certo, farò altrettanto con il mio capo – rispose l'ispettore.

– Spero che lei non abbia programmato ferie nelle prossime settimane – gli disse il maresciallo in tono scherzoso, mentre Baroni era già al telefono con il suo superiore.

Castello sull'Argine, Mantova

La mattina dopo, Baroni e Salvemini assistettero agli scavi. Erano presenti anche il comandante Ceccarelli, un tenente del Comando provinciale, una squadra della Scientifica e una decina di carabinieri.

Il comandante diede il via al manovratore, che aveva posizionato l'escavatore sul bordo del campo. Aveva ricevuto istruzioni di iniziare a scavare lungo la siepe e di proseguire in direzione della fossa del primo ritrovamento.

Dopo solo dieci minuti rinvennero il primo cadavere, o ciò che ne era rimasto. Gli operatori della Scientifica e i necrofori, in tuta bianca e con una maschera respiratoria, lo estrassero delicatamente dalla fossa, un pezzo alla volta, e lo ricomposero lungo il sentiero.

Dopo un'ora, erano già quattro i cadaveri recuperati, ciascuno in uno stato di decomposizione differente. Due di loro erano evidentemente cinesi, per gli altri due era impossibile un'identificazione. Li avevano trovati proprio come aveva sospettato Baroni: allineati ordinatamente lungo la siepe partendo dal bordo del campo fino alla fossa del primo ritrovamento. Erano distanziati circa cinque-sei metri l'uno dall'altro.

Il comandante fece delimitare tutta la zona intorno al campo e alla cascina con dei nastri di sbarramento e ordinò di proseguire con gli scavi.

Nel frattempo l'aia davanti alla cascina si era riempita di almeno una decina di macchine munite di lampeggiante. Erano giunti sul luogo il magistrato Morello, titolare dell'indagine, e tutte le massime autorità di pubblica sicurezza della provincia, il comandante provinciale dei Carabinieri, il questore e una ventina fra poliziotti e carabinieri.

Il maresciallo Salvemini stava coordinando le operazioni, mentre il comandante Ceccarelli relazionava il questore Orlando, il proprio comandante, il commissario capo Ardenti e il magistrato sugli antefatti e sugli sviluppi delle indagini.

Per non intralciare i lavori e il passaggio degli inquirenti, i cadaveri, o ciò che ne era rimasto, vennero spostati dai necrofori sotto un tendone allestito a fianco della cascina. Alcune salme emanavano un tanfo insopportabile e molti cercavano di proteggersi con un fazzoletto o con una mascherina chirurgica.

Il tenente colonnello stava ancora parlando con i suoi quattro interlocutori, quando vide l'ispettore e gli fece cenno di raggiungerlo.

Baroni, che per tutto il tempo era rimasto in disparte, fumando e osservando il lavoro dell'escavatore, gettò il sigaro nel canale di irrigazione e lo raggiunse. Non aveva l'aria di essere particolarmente soddisfatto.

Di tutt'altro umore invece sembrava essere Ceccarelli. – Ispettore Baroni. – Il comandante lo salutò cortesemente accennando un sorriso.

– Non ho lesinato complimenti con i suoi superiori per il suo operato e il suo fondamentale contributo alle indagini.

Il questore Orlando annuì soddisfatto, stringendo la mano all'ispettore. – Confermo, Baroni. Ottimo lavoro, ci aveva visto giusto. Brutta storia questa.

– Per ora abbiamo limitato le ricerche solo all'area su cui gravavano i maggiori sospetti – proseguì il comandante, rivolgendosi al questore. – Ma non possiamo escludere che ci siano altri cadaveri in altre zone. Continueremo con gli scavi in tutto questo campo e poi anche in quello attiguo, anch'esso appartenente al Ferrari.

– Che ne pensa, Baroni, di tutta questa vicenda? – gli chiese il sostituto procuratore.

Baroni era incerto, non aveva ancora le idee chiare. – Non abbiamo abbastanza elementi per ricostruire la dinamica dei fatti e per farci un'idea di quanto sia esteso questo episodio criminale – rispose infine. – Ma la sparizione o la fuga, non è ancora chiaro, del proprietario dei campi fa presumere che lui fosse d'accordo con queste sepolture abusive, chiamiamole così. Abbiamo ragione di credere che venisse pagato per far occultare i cadaveri e che fosse lui a indicare il posto esatto. Sul perché seppellirli in un campo possiamo solo desumerlo.

– È proprio questo il punto che mi interessa – intervenne il magistrato.

– Sappiamo che i cinesi residenti regolarmente in Italia in genere si fanno tumulare nella propria terra d'origine per riposare insieme ai loro avi. Di solito tornano in patria quando pensano stia per arrivare il loro momento oppure i familiari fanno rimpatriare la salma o l'urna – lo ragguagliò Baroni, che si era fatto un minimo di cultura sull'argomento parlando con diversi cinesi liberati dai laboratori clandestini, dettaglio che in Questura gli era valsa la qualifica non ufficiale di "esperto di cinesi".

– In Cina i cimiteri sono simili ai nostri, – riprese – ma i loro riti funebri sono completamente diversi. Un funerale cinese è molto dispendioso, sia per gli atei sia per i seguaci delle principali religioni locali, buddismo e taoismo, islam e cristianesimo. Richiede una ritualità complessa e particolare e, visto con gli occhi di un occidentale, il funerale cinese sembra una festa, con fuochi d'artificio, botti, musica e parenti vestiti di bianco. In alcune regioni meridionali della Cina la sepoltura viene addirittura ancora accompagnata da sacrifici di animali, soprattutto bufali e buoi.

– Tutto ciò in Cina. Ma queste sepolture – il magistrato indicò con la mano le fosse in fondo al campo – come le spiegherebbe invece, ispettore?

– Nel nostro caso parliamo evidentemente di gente molto povera, quasi sicuramente operai sfruttati in qualche laboratorio clandestino, che non potevano neanche decidere di rimpatriare o che non avevano parenti in Italia. Quindi qualcuno senza scrupoli ha deciso per loro e se ne è disfatto in questo modo. In passato c'era anche un business legato ai permessi di soggiorno e alle sostituzioni di identità: si vendevano i documenti del defunto per regolarizzare un clandestino, e il defunto doveva chiaramente sparire. Ma quella pratica ormai è cessata: oggi per un cinese è molto più facile ottenere il permesso di soggiorno.

– Capisco – disse il magistrato. – Stiamo comunque parlando di una organizzazione criminale, non di privati che seppelliscono il loro caro, giusto?

– Confermo, dottore, c'è dietro sicuramente una organizzazione criminale.

Il magistrato si rivolse quindi a Ceccarelli. – Comandante, come intendete procedere ora?

– Ora è fondamentale ritrovare Ferrari, il proprietario dei campi, capire quanto sia coinvolto e che tipo di organizzazione ci stia dietro. Proveremo anche a identificare le salme, ma temo che sia impossibile.

– Bene, signori, sono lieto che questa collaborazione con il Comando dei Carabinieri abbia dato i suoi frutti – intervenne il questore. – Lei, Baroni, rimarrà a disposizione del comandante per le indagini che seguiranno. Nel pomeriggio, alle sedici, si terrà una conferenza stampa in Prefettura insieme al comandante provinciale e al prefetto. Lei e il maresciallo Salvemini siete invitati a partecipare. Ora io devo tornare a Mantova, non vi trattengo oltre, continuate pure con il vostro lavoro – concluse Orlando stringendo di nuovo la mano a Baroni e salutando il magistrato e Ceccarelli.

Il magistrato colse l'occasione per congedarsi a sua volta e avviarsi verso la vettura di servizio.

– La notizia si sta diffondendo – commentò Ceccarelli, guardando verso la via di accesso alla cascina, dove una piccola folla di curiosi, giornalisti e fotografi era tenuta a bada da diversi carabinieri che impedivano il passaggio.

A un certo punto il comandante notò persino un drone che stava sorvolando l'area e lo indicò a Baroni. – Sicuramente ci hanno montato una telecamera – commentò.

Ceccarelli chiamò un appuntato che si trovava nelle vicinanze e gli ordinò di identificare chi stesse filmando la scena del delitto e di sequestrargli il drone.

– È probabilmente là, fra i giornalisti – gli indicò.

– Mi sa che è troppo tardi – disse Baroni. – Avranno già ripreso tutto e mandato le immagini in redazione.

– Da non credere... – commentò il comandante, scuotendo la testa. – Senta, ispettore, ho saputo della multa che Ferrari ha preso nella ZTL di Milano, mi sembra una buona pista. Che ne dice di aggiornarci con il maresciallo Salvemini subito dopo la conferenza stampa, magari al Comando provinciale? Gli scavi proseguiranno per tutto il giorno, ma noi intanto dobbiamo decidere come procedere.

– Per me va benissimo – rispose Baroni. – Dopo la conferenza stampa ci vediamo in caserma a Mantova. Io ora torno in Questura.

– A dopo.

Aeroporto Malpensa, Milano

Il volo diretto per Pechino era puntuale e quasi vuoto, poca coda al controllo bagagli e al check-in. Yang aveva persino ottenuto un upgrade gratuito da business a prima classe, eppure non era tranquilla.

La convocazione o, meglio, l'ordine di rientro immediato era stato inaspettato e non motivato da alcuna esigenza di servizio a lei nota. Il dettaglio che più la innervosiva era che non proveniva dal Ministero, o dal suo capo, il compagno Zihao, ma direttamente dall'Ufficio Progetti Speciali guidato dal compagno Chen.

Jiang Chen era un personaggio quasi mitologico, avvolto da un'aura di mistero. Lei non lo aveva mai visto o conosciuto, ne aveva solo sentito parlare. Nessuno fra i suoi amici o colleghi l'aveva mai incontrato. Persino Zihao lo temeva. Le aveva confidato che Chen era uno fra gli uomini più potenti in Cina, eppure non risultava in nessun organigramma del partito o del governo. Nel Guóānbù, i servizi segreti cinesi, girava addirittura la voce che un giovane funzionario, incuriosito da tale alone di mistero, avesse svolto una ricerca nel data base del Ministero degli Interni per individuarlo e conoscerne funzione e posizione, salvo poi ritrovarsi, il giorno dopo, a dirigere il traffico in uno sperduto villaggio vicino a Lincang, a tremila chilometri da casa.

Sul conto del compagno Jiang Chen giravano aneddoti e leggende di ogni tipo, sempre però legati alla politica estera cinese. Fra questi spiccava quella che fosse stato Chen a far ottenere alla Cina, nell'arco di un decennio, fra le più importanti concessioni governative di sfruttamento del suolo e delle fonti energetiche in Africa centrale, facendo costruire importantissime infrastrutture come porti, autostrade, aeroporti e moltiplicando ogni anno l'interscambio commerciale. La Cina era diventata in pochi anni il primo partner commerciale del continente, superando anche gli Stati Uniti. Di fatto, il compagno Chen avrebbe colonizzato economicamente mezzo continente africano, in barba ad americani, europei e russi. In Algeria la Cina era addirittura di casa, con la comunità straniera più numerosa del Paese, e vi stava finanziando la costruzione del più grande porto per container del Mediterraneo.

Benché, almeno non ufficialmente, non fosse nemmeno membro del Comitato centrale o dell'Ufficio politico del partito, i due massimi organi politici in Cina, l'autorità del compagno Chen non veniva mai messa in discussione nemmeno dai più alti funzionari del governo. Per questo era rispettato e temuto da tutti, anche per la sua capacità di coniugare il suo basso profilo con una spietata determinazione nel raggiungere gli obiettivi.

Il timore di Yang era di avere in qualche modo intralciato o disturbato a sua insaputa qualche progetto del compagno Chen, altrimenti non si spiegava una sua convocazione. Rovistò nei suoi ricordi e ripercorse mentalmente i fatti più importanti degli ultimi mesi, ma non riuscì a trovare nulla di anomalo che avesse in qualche modo potuto attirare su di sé l'attenzione del compagno Chen.

Yang amava il proprio lavoro, la sua missione, la carriera. All'accademia di Polizia si era distinta come capocorso, e a ventinove anni portava già i gradi di commissario del Rénmín Jǐngchá, la Polizia del Popolo Cinese. Il suo primo ruolo dirigenziale era stato di supporto da Pechino alle quattro stazioni clandestine della Polizia cinese dislocate in Italia, dedite al controllo della comunità espatriata. Due anni dopo era stata cooptata nel Guóānbù e trasferita in Italia.

Da molto tempo, ormai, il Ministero per la Sicurezza dello Stato sorvegliava, attraverso le sue stazioni dislocate all'estero, le attività considerate pericolose per il partito condotte dai propri cittadini espatriati. Finivano nel mirino del Guóānbù non solo i dissidenti politici, ma anche la criminalità organizzata e malavitosi di vario genere le cui attività potessero mettere in pericolo la serena convivenza della comunità cinese o creare allarme sociale nel Paese ospitante. Per questo motivo venivano tollerati traffico di clandestini, contraffazione di marchi, prostituzione, gioco d'azzardo, contrabbando, mentre venivano perseguiti duramente delitti di sangue, rapine, spaccio di droghe pesanti, furti e truffe, a maggior ragione se commessi ai danni della popolazione ospitante. Una volta individuati i soggetti si procedeva, dove possibile, con la cosiddetta "politica della persuasione", in cinese *quanfan*, invitandoli a tornare in patria per consegnarsi alla giustizia. Yang era molto efficiente in questa opera di convincimento e, laddove le parole, le minacce e le ritorsioni contro i parenti stretti rimasti in Cina non fossero state sufficienti, passava ai fatti.

I primi casi di cui si era occupata erano stati un pedofilo e una coppia di ladri di appartamento. Dopo due mesi di indagini fra la comunità cinese, Yang era riuscita a individuarli. Il pedofilo si era opposto al rientro in patria, sapeva benissimo che la giustizia cinese sarebbe stata poco clemente con lui. Anche i due ladri seriali specializzati in furti in appartamento pensavano di farla franca rifugiandosi presso alcuni parenti a Firenze. Tutti e tre erano spariti nell'arco di una settimana, nessuno li aveva rivisti più. Yang aveva fatto sapere ai parenti che erano rientrati in patria spontaneamente, ma non ci aveva creduto nessuno e intorno a Yang era iniziata a crearsi una fama sinistra.

Il "falcetto di Nanning", questo il soprannome che le diedero a Chinatown, aveva fatto successivamente rimpatriare "volontariamente" anche due ragazzi cinesi, che in stato di ebbrezza avevano stuprato e ferito una connazionale a Milano. Anche loro un giorno erano spariti e non se ne era saputo più nulla per diversi mesi. Solo grazie a una ricerca dei genitori, si era scoperto che stavano scontando una pena di dieci anni nel carcere duro di Dongguan.

Dopo questi primi episodi, nella comunità cinese si era sparsa la voce che quando si finiva nel mirino della compagna Yang era meglio farsi persuadere al rientro volontario in Cina.

Tale attività di Polizia, una sorta di giurisdizione sui cittadini residenti all'estero, si svolgeva con il tacito consenso delle comunità cinesi, che si caratterizzavano per la loro forte coesione etnica e culturale e per la loro tendenza all'isolamento dall'ambiente esterno. Queste stazioni di Polizia estere operavano segretamente, spesso dislocate presso associazioni culturali o camuffate da uffici amministrativi adibiti al sostegno per il rinnovo di documenti.

La compagna Yang aveva invece preferito operare nell'ombra, in un centro massaggi in piena Chinatown milanese, lontano dagli occhi indiscreti del controspionaggio italiano che controllava soprattutto il personale delle ambasciate e dei consolati. La copertura era stata approvata dal suo capo come originale e astuta.

Il disordine, così lo aveva definito nel suo rapporto, scoppiato nel Mantovano non poteva certo esserle addossato; anzi, era proprio grazie a lei se era rimasto circoscritto a quel singolo episodio. L'unica nota stonata di cui la si poteva effettivamente accusare era il sequestro del Ferrari, ma quel povero agricoltore – continuò ad argomentare mentalmente Yang durante il decollo – non avrebbe certo saputo resistere alla pressione delle indagini e degli interrogatori. Lei non poteva agire diversamente, era stata costretta dagli eventi.

E se il motivo della sua convocazione fosse davvero l'aver tolto di mezzo Ferrari, o meglio, l'averlo fatto di propria iniziativa? L'aver creato quell'allarme sociale nel Paese ospitante che il compagno Zihao le aveva sempre raccomandato di evitare?

Yang aveva violato il protocollo, ma non poteva certo attendere per due giorni il via libera del suo capo, persona notoriamente molto prudente e non certo uomo di azione capace di scelte rapide a fronte di imprevisti come quello. No, non poteva, continuava a ripetersi Yang; le circostanze non lo permettevano, la situazione poteva precipitare da un momento all'altro. Doveva contenere i danni sul nascere.

Lo aveva scritto e sottolineato minuziosamente nel suo rapporto: Ferrari sapeva troppo ed era troppo fragile, era al corrente non solo dei campi strapieni di cadaveri nel Mantovano, ma tramite lui gli inquirenti sarebbero risaliti a Wong Chong e avrebbero, magari, scoperto anche tutti gli altri campi sparsi nel Nord Italia dove per anni Chong aveva fatto seppellire altri cadaveri. Yang non poteva nemmeno escludere che Chong avesse offerto questo servizio a pagamento anche alla malavita italiana.

Se Ferrari fosse crollato, si fosse tradito o avesse in qualche modo fatto insospettire gli inquirenti, specie quell'ispettore Baroni, avrebbero sicuramente scoperto tutto, avrebbero intuito che non poteva essere una vicenda circoscritta a un paio di balordi di Chinatown. Le indagini si sarebbero estese e sarebbero saltati fuori anche i cimiteri in Romagna, Lombardia e Veneto, o addirittura anche i vecchi cimiteri ormai dismessi. Rischiava di scoppiare uno scandalo di portata mondiale a danno di tutte le comunità cinesi trapiantate all'estero.

Il suo capo, tuttavia, non la vedeva così, e soprattutto non aveva gradito quella sua iniziativa, la considerava un atto di lesa maestà. Quando venne a sapere del sequestro di Ferrari, Zihao era andato su tutte le furie: Yang non doveva permettersi di agire da sola, di ordinare addirittura il sequestro di un cittadino italiano senza il suo consenso.

– Mi hai disobbedito! È intollerabile! – aveva tuonato Zihao. – E adesso che facciamo?! Ora per forza non puoi più lasciarlo libero! Hai fatto un gran pasticcio! Potresti aver compromesso anni, decenni di lavoro, forse addirittura l'intero Piano. Ora le cose si complicheranno per colpa tua, perché la sparizione del Ferrari agiterà le acque, insospettirà gli inquirenti, ci saranno nuove indagini!

Yang non aveva osato replicare. La reprimenda di Zihao era stata durissima, sanciva praticamente la fine della sua promettente carriera, pensò Yang,

La notizia del ritrovamento degli altri quattro cadaveri venne ripresa anche dai telegiornali nazionali. Il primo cadavere non aveva fatto molta notizia, in quanto poteva trattarsi di un episodio isolato, frutto magari dell'iniziativa disperata di una famiglia che non poteva permettersi un funerale, oppure di uno sfruttatore senza scrupoli che doveva liberarsi di un operaio clandestino morto. Ma cinque cadaveri seppelliti ordinatamente, in tempi diversi, facevano pensare a un cimitero segreto, alla malavita organizzata e, soprattutto, a un fenomeno molto più diffuso ed esteso di quanto si potesse immaginare solo qualche giorno prima.

Il Comitato provinciale per l'ordine e la sicurezza, presieduto dal prefetto, si riunì per consultarsi su come procedere, ma si convenne di attendere l'esito delle indagini in corso.

Terminata la conferenza stampa, si riunirono tutti nella caserma del Comando provinciale dei Carabinieri: Salvemini, Baroni, Ceccarelli e il sostituto procuratore Morello, che si era aggiunto alla squadra di sua iniziativa, all'ultimo minuto. La cosa non dispiacque a nessuno; anzi, era un onore per tutti i presenti lavorare in così stretto contatto con la Procura.

Stavano tutti in piedi attorno alla scrivania di Ceccarelli.

Il comandante saltò i convenevoli e arrivò subito al dunque. – Stiamo proseguendo con gli scavi nel terreno agricolo in oggetto, che chiameremo campo numero uno. Ci vorranno ancora almeno quattro, cinque giorni, – stimò – e poi passeremo al numero due, questo. – Ceccarelli indicò sulla mappa un campo adiacente. – Sono in tutto otto ettari di terreno agricolo. Queste due aree sono di proprietà di Ferrari.

Fece una breve pausa e tutti i presenti rimasero in attesa che continuasse la sua esposizione.

– Abbiamo motivo di credere che i cadaveri siano molti di più, considerando che, dagli accertamenti fatti, il Ferrari ha iniziato a godere di un benessere economico improvviso, non giustificato da attività lecite a noi note, da almeno tre anni. Presumiamo sia riconducibile a questa attività di occultamento di cadaveri.

– Se invece non ne trovassimo altri? – chiese il magistrato.

– In quel caso dovremmo concludere che Ferrari si sia arricchito in modo diverso e cadrebbe l'ipotesi di una gestione su larga scala di questo episodio criminale – spiegò Ceccarelli, che in cuor suo sperava invece che la teoria venisse confermata.

– Propone quindi di attendere il termine delle operazioni di scavo? – domandò il sostituto procuratore.

– Credo che non ci rimanga altro da fare – rispose Ceccarelli. – Chiaramente proseguiremo con la ricerca del Ferrari. Come sa, stiamo seguendo una sua traccia molto importante.

– La moto è stata ritrovata?

– Non ancora. Dopo il suo ingresso nella ZTL del quartiere cinese se ne sono perse le tracce. Abbiamo visionato anche delle telecamere private nella zona circostante, ma senza esito. Deve essersi per forza fermato lì. I nostri colleghi di Milano hanno setacciato le vie limitrofe, compresi i garage pubblici, ma la moto non si trova.

– Quindi – intervenne Morello – Ferrari si è fermato nel quartiere cinese e ha nascosto la moto, oppure l'ha parcheggiata per incontrare qualcuno, e questo qualcuno ha poi nascosto la moto.

– Penso anch'io che sia così – si inserì nella discussione Baroni. – Sono ormai passati diversi giorni. O Ferrari si è nascosto nel quartiere cinese oppure lo stanno trattenendo contro la sua volontà, sempre che sia ancora vivo. Se siete d'accordo, andrò a Milano per fare un sopralluogo; non si sa mai che salti fuori qualcosa.

Il comandante annuì.

– E la figlia? – chiese il maresciallo. – Vale la pena risentirla? Magari con un ordine di perquisizione?

– Perché no?! – fece Ceccarelli.

– In casa di Ferrari – intervenne nuovamente il magistrato – non è stato trovato nulla, giusto? Contante, cellulari, cassaforte, computer, corrispondenza utile alle indagini?

– No – rispose il comandante. – E anche dalle sue frequentazioni abituali non è emerso nulla di interessante.

– Salvo i centri massaggi cinesi... – notò Baroni. – Pare che Ferrari non disdegnasse farsi fare qualche massaggio speciale in questi centri – aggiunse, assicurandosi con uno sguardo che tutti i presenti avessero capito.

– Bene – concluse il magistrato. – Procedete e tenetemi al corrente. Io ora devo tornare in Procura. Vi auguro buon lavoro.

– Sarà fatto – gli assicurò il comandante.

Pechino, Repubblica Popolare Cinese

Il volo Air China proveniente da Malpensa atterrò puntualmente nell'ultramoderno aeroporto Daxing di Pechino alle cinque del mattino.

L'aeromobile aveva appena terminato il rullaggio verso il parcheggio e non aveva ancora spento i motori che Yang scorse dal finestrino l'avvicinarsi di una limousine nera. Era diretta proprio verso l'aeroplano.

Non era un buon segno, non avrebbero mai mandato a prelevare un funzionario di settimo livello con una limousine, addirittura sulla pista di atterraggio. Le volte precedenti si era dovuta accontentare di un taxi dopo due ore di coda all'uscita dell'aeroporto. Solo una volta erano andati a prenderla con un autista, ma perché era in missione con il suo capo e la delegazione era stata prelevata con due pulmini che attendevano all'uscita.

No, un simile trattamento spettava solo a governatori, ambasciatori, ministri, generali, altissimi funzionari, membri del Comitato centrale oppure, pensò, a funzionari da arrestare appena fossero rimpatriati. Il volo era quasi vuoto e non aveva notato a bordo personaggi di tale importanza. Quell'auto nera era quindi lì per lei, ne era ormai sicura.

L'autista era alto e palestrato, vestito con giacca e cravatta nere, camicia bianca, sicuramente un agente della sicurezza interna del dipartimento, pensò Yang.

L'uomo si era appostato vicino alla scaletta dell'aeroplano. Yang stava per piangere, ma si riprese in fretta: se proprio avesse dovuto subire una tale ingiustizia, lo avrebbe fatto a testa alta.

Scese la scaletta e l'autista si avvicinò con un sorriso d'ordinanza. – Compagna Yang Wu? – domandò con un breve inchino e un fare estremamente rispettoso e cortese.

Quell'approccio la rassicurò: l'autista non avrebbe tenuto un simile atteggiamento verso una persona caduta in disgrazia o addirittura da punire. Ma magari era anche solo cortese e non sapeva nulla, pensò. "Gli avranno solo detto: vai a prelevare quella signora all'arrivo del volo."

Non era un indizio sufficiente per ritenersi fuori pericolo.

– Compagna Wu, ti attendono per le ore otto nella sala conferenze del dipartimento – la informò l'autista, mentre le prendeva il bagaglio a mano e le apriva la porta posteriore della limousine. – Non abbiamo tempo per passare in albergo, ma ti abbiamo messo a disposizione una stanza per gli ospiti presso il Ministero, dove potrai rinfrescarti prima della riunione.

Yang capì allora di essere fuori pericolo. La sua mente e la sua anima si liberarono finalmente dal macigno che la opprimeva. Il suo viso si trasformò e riassunse quello sguardo sicuro e quel sorriso enigmatico che tutti conoscevano.

La limousine lasciò l'aeroporto saltando tutti i controlli, come se uscisse da un parcheggio pubblico, e si diresse verso il Ministero.

Durante il tragitto, Yang ricevette una telefonata da Haishan, il suo più stretto collaboratore a Milano. In Italia erano sei ore indietro rispetto all'orario di Pechino, quindi quasi mezzanotte. Doveva esserci un motivo molto urgente per chiamarla a quell'ora.

Accettò la chiamata e, dopo qualche secondo, interruppe la comunicazione, senza dire una parola. Haishan l'aveva appena informata che avevano scoperto altri quattro cadaveri nel campo di Ferrari.

Yang percorse con passo deciso il lungo corridoio del terzo piano. Mancavano quindici minuti alle otto e la sua curiosità era alle stelle. Quando giunse di fronte alla porta della sala riunioni del Dipartimento Progetti Speciali 4-3, per gli interni semplicemente Ufficio Italia, si risistemò i capelli, si aggiustò il foulard intorno al collo e si diede un'ultima occhiata nel piccolo specchio: il trucco era impeccabile. Quando entrò, rimase quasi senza parole: le sedie intorno al tavolo erano già tutte occupate, salvo una, probabilmente destinata a lei, ma non ne era ancora sicura.

– Compagna Yang Wu, presumo. – Jiang Chen la salutò con un inchino alzandosi dal tavolo e andandole incontro con uno smagliante sorriso. – Sono il compagno Chen. Benvenuta, ti stavamo aspettando. Prego, prendi posto.

Indicò l'unica sedia rimasta libera e fece cenno ai suoi due assistenti di iniziare a protocollare l'incontro.

Tutti gli altri presenti rimasero seduti, ma salutarono Yang chinando brevemente la testa, mentre Chen iniziò a parlare stando in piedi. – Ora che siamo al completo, possiamo cominciare questa importante riunione. Credo che non sia necessario fare le presentazioni – disse, sorridendo e voltandosi verso Yang.

In qualità di commissario, Yang era la più bassa di grado in quella stanza e conosceva solo di vista alcuni dei presenti, ma le cose sarebbero cambiate di lì a poco.

– Vi ho convocati per annunciarvi alcune novità,

nonché cambiamenti relativi alla struttura che segue il Piano Grande Cina – cominciò Chen. – Non vi è alcunché di ufficiale per ora, perché le proposte che formuleremo in questa sede dovranno essere ratificate dal Comitato esecutivo del Comitato centrale, ma sono fiducioso che i compagni le approveranno.

Su quel punto, nessuno in quella stanza nutrì anche il benché minimo dubbio che sarebbe andata così.

– L'unica lieta notizia che posso già anticiparvi ufficialmente è che il compagno Zihao verrà nominato nei prossimi giorni vicegovernatore della provincia del Guangdong.

Chen si rivolse a Zihao con un inchino e iniziò ad applaudire. Tutti i presenti lo seguirono immediatamente.

– Compagno Zihao, il Paese ha voluto onorare così la tua lunga e onorata carriera presso il Ministero, coronata da molti successi. Siamo sicuri che con il tuo nuovo incarico potrai continuare a dare lustro al partito e servire al meglio il popolo cinese.

Zihao, visibilmente commosso, continuava a chinare la testa in tutte le direzioni, in segno di gratitudine per gli applausi e per i complimenti che stava ricevendo dai presenti.

– Sotto la guida del compagno Zihao, – proseguì Chen – abbiamo ottenuto negli ultimi vent'anni grandi e importantissimi risultati in Italia, che sarebbe impossibile riassumere qui con poche parole, ma vogliamo ricordare solo quelli principali, primo fra tutti l'adesione da parte del governo italiano, unico fra i grandi Paesi dell'Unione Europea, all'accordo commerciale della Nuova via della seta.

Seguì un nuovo applauso.

Tutti in sala sapevano che quell'accordo non era

stato poi ratificato dai governi italiani che erano seguiti e anche se questo non lo si poteva imputare al compagno Zihao, veniva comunque considerato un suo fallimento. Ma non era nello stile di Chen rimarcare gli insuccessi dei suoi collaboratori.

– Non possiamo, infine, dimenticare alcuni numeri per certi versi sorprendenti. Se nel 2001 la nostra comunità contava in Italia meno di cinquantamila persone, oggi conta oltre trecentomila compatrioti regolarmente residenti in Italia, senza considerare quelli irregolari o clandestini.

Chen volse uno sguardo compiaciuto verso Zihao, che ricambiò con un inchino.

– Oggi, – proseguì Chen – oltre cinquantamila aziende cinesi operano regolarmente in Italia. L'ultimo dato ufficiale parla di 50.797 imprenditori iscritti nel registro delle imprese italiane nati nella Repubblica Popolare Cinese. Per non parlare delle grandi imprese italiane partecipate da gruppi cinesi, che sono ormai quasi ottocento, con un giro d'affari di oltre venticinque miliardi di euro. A queste si aggiungano le partecipazioni azionarie, in alcuni casi di maggioranza, di aziende italiane ad alto potenziale strategico, in primis nel settore energetico, ma anche in quello bancario e industriale. Il trend è in continua e forte espansione.

Chen s'interruppe per bere un sorso d'acqua, poi riprese. – Sto parlando chiaramente solo degli investimenti e delle partecipazioni direttamente riconducibili alla Cina, – aggiunse con un sorriso malizioso – e non di quelle indirette, fatte tramite i nostri fondi d'investimento, le società fiduciarie o finanziarie con sede in altri Paesi, come per esempio in Lussemburgo.

Chen si rivolse nuovamente verso il compagno Zihao per l'ennesimo omaggio. – Zihao non solo ha saputo potenziare e migliorare i programmi di migrazione verso l'Italia e di sostegno finanziario per gli emigranti, ma ci tengo a elencare un'altra importante punta di lancia. – Il compagno Chen aveva usato una vetusta metafora non più molto in voga in Cina. – L'acquisizione da parte di nostri compatrioti di una fra le più blasonate e amate squadre di calcio italiane.

Nuovo applauso.

– Compagno Zihao, il partito, la nostra grande madrepatria e tutti noi qui presenti siamo in debito con te, per la saggezza e per la lungimiranza con cui hai contribuito al nostro progetto. Grazie. Accetta questo modesto dono come segno della riconoscenza da parte del partito e del popolo cinese.

Chen si avvicinò a Zihao e gli consegnò una piccola targa foderata in velluto rosso contenente una rara moneta cinese del 500 a.C.

I due si abbracciarono. Chen ricordò poi a Zihao che lo stavano aspettando nella sala delle cerimonie per il conferimento di un'altra importante onorificenza. Tutti i presenti si alzarono in piedi, applaudendo. Zihao, commosso, fece l'ennesimo profondo inchino e si congedò.

Ai presenti fu chiaro che Zihao era stato appena silurato; con tutti gli onori, ma silurato. Lo aveva capito anche lui già qualche giorno prima, dopo aver fatto rapporto al compagno Chen, aggiornandolo sugli allarmanti sviluppi del cadavere cinese scoperto in un campo agricolo in Italia. Zihao aveva messo in evidenza la propria contrarietà all'iniziativa di Yang e al fatto che lei aveva agito senza consultarlo e senza attendere il suo via libera. Facendo così, tuttavia, Zihao aveva ammesso involontariamente di non aver saputo riconoscere il pericolo e la portata del disordine sorto nel Mantovano.

Chen non solo non aveva punito la compagna Yang, ma aveva rimproverato duramente Zihao per non aver capito che quella era l'unica soluzione percorribile, che la posta in gioco era troppo alta per correre il rischio di lasciare libero il contadino: sapeva troppe cose e non era per niente sicuro che non sarebbe crollato di fronte agli inquirenti. Il danno d'immagine sarebbe stato catastrofico.

– Ora torniamo a noi. – Chen si rivolse ai presenti facendosi serio. – Siete tutti al corrente della spiacevole situazione che si è creata in Italia a causa del disdicevole business organizzato dalle Triadi di Milano – esordì, per poi esporre ai presenti come si sarebbe proceduto. – Grazie alla compagna commissario Yang Wu e al suo spirito di iniziativa, quell'episodio sembra ora abbastanza circoscritto e ridimensionato, ma dobbiamo rimanere vigili e prudenti e cancellare qualsiasi ombra, qualsiasi traccia che possa insospettire gli inquirenti e indurli ad approfondire le indagini sui cinque cadaveri. Per questo motivo chiederemo al governo italiano di contribuire alle indagini e manderemo una nostra delegazione, il cui scopo sarà di ridimensionare l'accaduto a un episodio isolato ed eccezionale, riconducibile alla mafia cinese, magari legato alla prostituzione o allo sfruttamento di forza lavoro clandestina. Io mi attiverò per far cessare subito questo business immorale condotto dalle Triadi in Italia. Credo che la compagna Wu, – Chen le rivolse un saluto con un cenno della testa – abbia già dimostrato di saper gestire situazioni complesse e delicate e quindi proporrò la sua nomina a vicedirettore operativo della Divisione, mentre io assumerò temporaneamente il posto del compagno Zihao.

Tutti si voltarono verso Yang, rivolgendole il sorriso e l'inchino di rito.

Lei rimase impassibile, ma non riuscì a nascondere la sorpresa per l'investitura appena ricevuta.

– Penso che tu, compagna Wu, sia la persona più adatta a questo ruolo. Come supervisore delle stazioni italiane hai già svolto un ottimo lavoro, ma te la senti di ricoprire ora una responsabilità tanto grande? – le chiese Chen, che aveva di nuovo ritrovato il suo affabile sorriso.

– Certamente, compagno Chen, darò il massimo per non deludere la fiducia di nessuno dei presenti – rispose Yang con voce ferma, dopo qualche secondo di esitazione.

– Bene – concluse Chen. – Ora devo lasciarvi. Il compagno Linpeng presiederà la riunione e vi aggiornerà sulle nuove strategie commerciali e industriali che il nostro Paese intende attuare in Italia. Siete tutti invitati a collaborare, per quanto riguarda i suoi compiti, con la compagna Yang Wu che risponderà d'ora in poi direttamente a me. Buon lavoro.

I dirigenti si alzarono, Chen si congedò con un inchino e prima di uscire informò Yang che doveva ancora parlarle; quindi la invitò a raggiungerlo il giorno dopo nel suo ufficio, nel primo pomeriggio.

Chinatown, Milano

– Non potete trattenermi qui... – borbottò Ferrari. – Questo è sequestro di persona.

Ripeteva sempre la stessa frase, da quando si era ripreso dallo svenimento che gli aveva provocato il taser. Si trovava in uno scantinato, umido e spoglio, di una ventina di metri quadrati. Accanto a lui c'erano solo un paio di scatoloni appoggiati contro una parete, due grossi freezer orizzontali, una lampadina sempre accesa che penzolava dal soffitto, una tanica di acqua e un secchio vuoto con accanto un rotolo di carta igienica.

La puzza all'interno dello scantinato era insopportabile, ma Ferrari non la sentiva. Lo avevano slegato, ma i suoi sensi erano annebbiati, i movimenti lenti e impacciati, come i riflessi; faceva persino fatica a parlare. La voce era impastata, ma la sua mente era abbastanza lucida per capire che era sotto gli effetti di qualche droga.

La porta di ferro si apriva due volte al giorno quando qualcuno gli lasciava un piatto di riso per terra.

– Non potete trattenermi qui, fatemi uscire... – mormorò ancora, ma era consapevole che non sarebbe mai uscito vivo da lì; sapeva troppe cose.

Gli inquirenti non ci avrebbero messo molto a scoprire i cadaveri seppelliti accanto alla fossa e prima o poi avrebbero controllato i terreni agricoli di amici e vicini a cui lui era sempre stato disponibile a dare una mano. Eccetto i quattro morti seppelliti accanto alla fossa scoperta, nei suoi campi non ne avrebbero trovati altri; ma in quelli di Bossetti...

quelli erano stracolmi. Per non parlare, poi, di quelli di Fornari e Robusti. I due agricoltori lo chiamavano per lavorare i campi perché erano anziani e lui era un amico sempre disponibile, che non chiedeva quasi niente in cambio, se non il rimborso del gasolio e pochi spiccioli. Credevano di potersi sdebitare regalandogli un salame, qualche bottiglia di vino, con due battute e una pacca sulla spalla. Lui faceva il finto tonto e loro erano contenti di non aver speso nulla o quasi.

Gli scappò un sorriso pensando a Bossetti, che per sei ore di sarchiatura di un campo una volta gli aveva regalato due bottiglie del suo vino schifoso. E lui ogni volta lo ringraziava calorosamente dicendogli che era il miglior vino che avesse mai bevuto. Se Bossetti avesse saputo che con i morti cinesi seppelliti nei suoi campi si era ristrutturato la cascina, gli sarebbe venuto un infarto.

Continuò a rimuginare sull'accaduto. Non riusciva a farsi una ragione della casualità che aveva fatto crollare tutto.

"Che sfortuna!" pensò. "Si sono fatti beccare proprio quando erano nel mio campo. È stato qualche spirito maligno che mi ha presentato il conto."

E sì che ne aveva fatti seppellire a centinaia nei terreni degli altri. Per anni aveva sempre indicato a Chong campi lontani dal suo, dove lui avrebbe potuto coprire eventuali tracce. Se li avessero sorpresi a scavare la fossa altrove, nessuno avrebbe sospettato di lui, e invece quei carabinieri dovevano beccarli proprio quando aveva iniziato a indicare i posti nel suo campo! Lo aveva fatto un po' per imprudenza, un po' per avidità. Non c'erano altre aree disponibili in quel periodo, e Chong premeva per "sistemare altri ospiti". Così Ferrari aveva iniziato a indicare dei posti nei propri terreni.

Certo, qualche volta si era anche domandato perché ce ne fossero così tanti da tumulare. "Ospiti", così li chiamava Chong. Una volta glielo aveva anche chiesto e quello gli aveva risposto che si era sparsa la voce fra parenti, amici e conoscenti e tutti erano felici di poter seppellire a basso costo un familiare o un amico deceduto. Ferrari stentava a crederci veramente, ma ogni volta che Chong gli infilava in tasca quelle buste piene di banconote da cento euro le sue perplessità svanivano.

In un'altra occasione, il cinese gli aveva anche fatto capire che ormai non poteva più ritirarsi da quel business.

– Non posso deludere i miei amici – gli aveva spiegato. – Ho preso degli impegni, non puoi tirarti indietro proprio adesso. Pensa ai soldi che ti ho dato e... a tua figlia Natalia, che studia qui a Milano all'università. È veramente una bella ragazza, sei fortunato. I figli sono tutto, caro amico...

Ferrari si era irrigidito, non aveva mai parlato di sua figlia con Chong. Era una minaccia, nemmeno tanto velata. Ma ora tutto questo era finito. Lui era un testimone pericoloso, sapeva troppo ed era convinto che Yang, per qualche motivo che non conosceva, non lo avrebbe più fatto uscire vivo da lì, altro che aiutarlo. Per non parlare di Chong: se lo avesse trovato sarebbe stato il primo a farlo sparire, magari proprio in un campo.

Ferrari chiuse gli occhi e si addormentò pensando a Natalia, che avrebbe avuto una vita più bella e più felice della sua. Poteva andare incontro alla morte sereno.

Ufficio del compagno Chen, Pechino

L'anticamera dell'ufficio di Chen somigliava alla hall di un grande albergo. Dietro una lunga scrivania di legno scuro sedevano due segretarie che sembravano bambole tanto erano perfettamente pettinate, truccate e vestite, il capo di gabinetto, due assistenti nonché un segretario cerimoniere.

Ai lati della porta che si apriva nell'ufficio sostavano due guardie con indosso la stessa divisa dell'autista che era andato a prendere Yang all'aeroporto. In mezzo al salone, un favoloso tappeto in seta rotondo che misurava almeno dieci metri di diametro decorava il pavimento in marmo, sovrastato da un gigantesco lampadario di cristallo.

Yang venne fatta accomodare dal cerimoniere su uno dei divani sul lato opposto della sala, ma non dovette aspettare molto.

Chen la fece chiamare nel suo ufficio e le andò incontro con una calorosa stretta di mano. – Sono molto lieto, compagna Wu, che tu abbia accettato questo nuovo incarico – esordì con i rituali sorriso e inchino.

– Sono onorata della fiducia che hai riposto in me, compagno. Farò del mio meglio – rispose Yang in tono sommesso, chinando il capo.

– Accomodati, compagna Wu, voglio discutere con te del Piano in generale e di alcune linee guida che dovrai seguire con priorità. Ne ho già parlato con i tuoi superiori e hanno approvato. Per sommi capi sei già al corrente del Piano Grande Cina, suppongo.

Yang annuì e Chen continuò la sua esposizione. – A differenza del mio predecessore, il compianto compagno Xi Xhang, io non amo il verbo "colonizzare", noi non vogliamo colonizzare l'Italia. Colonizzare evoca pensieri come sfruttamento, dominio forzato, egemonia e supremazia di un popolo straniero sulla popolazione locale; tutti concetti ormai superati, archiviati dalla Storia. Le colonie non hanno futuro, guarda per esempio il Commonwealth britannico: ogni anno qualche isola nel Pacifico o qualche staterello rivendica la propria sovranità e chiede di uscirne in nome della democrazia e dell'autodeterminazione, eppure non sono nemmeno colonie in senso stretto, solo formalmente.

Yang lo seguì con estrema attenzione, era un onore ascoltare l'esposizione di una strategia da un maestro come il compagno Chen.

– Obiettivo del Dipartimento Progetti Speciali 4–3, il Piano Grande Cina, è creare un'armoniosa e stretta fratellanza fra l'Italia e la Cina – continuò Chen. – Un matrimonio lungo e felice, pieno di soddisfazioni reciproche. Mi segui, compagna?

– Certamente, compagno Chen.

– È importante che i nostri amici italiani, l'opinione pubblica, non si sentano mai minacciati dalla crescente presenza cinese nel loro Paese – proseguì Chen. – Che ci accettino progressivamente come un fatto naturale, come un fenomeno tutto sommato positivo, non come un'egemonia o addirittura un'invasione, per quanto possa essere pacifica. L'obiettivo è una crescente e serena presenza e integrazione nel tessuto economico e sociale italiano, senza però mai perdere di vista la fedeltà alla madrepatria.

Mentre parlava, Chen iniziò a camminare su e giù di fronte alla grande vetrata del suo ufficio tenendo in mano una statuetta del Colosseo, un souvenir del suo ultimo viaggio a Roma.

– La percezione – Chen alzò l'indice, come per attirare l'attenzione su quella frase – è tutto, compagna Yang: bisogna evitare che la nostra presenza venga avvertita come un pericolo, come una minaccia, come un qualcosa da cui doversi difendere. Per questo finora ci siamo concentrati su obiettivi ritenuti generalmente innocui come bar, ricevitorie, tabaccherie, sale massaggi, sale gioco, negozi low cost, settore della ristorazione, intrattenimento e beni di largo consumo, che sono comunque terminali nevralgici della società. – Chen si accese una sigaretta.

– In questa prima fase del Piano il nostro obiettivo è quindi di inserirci nel contesto economico e sociale italiano in punta di piedi, colmando i vuoti, rilevando attività che altrimenti avrebbero chiuso o che erano comunque in difficoltà. Devono considerarci benvenuti, volti familiari; la nostra presenza deve essere sempre percepita come positiva, non ingombrante o minacciosa. L'acquisizione delle due squadre Inter e Milan ne è un esempio brillante: i tifosi, i media, l'opinione pubblica, tutti l'hanno giudicata come un fatto positivo, benaccetto. Poco importa che poi siano state nuovamente cedute. Stiamo quindi creando un clima di simpatia nei nostri confronti. Questa è la strada maestra da seguire.

Chen fissò Yang. – Tu, compagna Wu, continuerai a supervisionare le nostre quattro stazioni di Polizia dislocate in Italia, ma avrai anche il compito di rilevare gli umori, il *sentiment* politico, sociale e mediatico nei nostri confronti. Ti potrai far aiutare da professionisti di ogni genere: sondaggisti, agenzie di pubbliche relazioni, esperti di marketing... Se avrai bisogno di aiuto rivolgiti pure al nostro personale diplomatico accreditato in Italia.

– Anche all'ambasciatore? – chiese Yang sorpresa.

– Sua eccellenza l'ambasciatore, come tutto il corpo diplomatico accreditato, tratta direttamente con il governo italiano e rappresenta la nostra madrepatria. La loro immagine non può assolutamente essere scalfita da sospetti o addirittura compromessa. Non vogliamo quindi coinvolgerli troppo, sanno giusto il minimo che devono sapere, ma non devono avere ruoli operativi nella parte che compete a te. In certe operazioni... – Chen fece una breve pausa per trovare la parola giusta – ... pratiche li avrai tu, e riferirai direttamente a me.

Yang rimase impassibile durante l'esposizione di Chen, memorizzando ogni sillaba.

– Devi sapere, compagna Wu, che finora ci siamo ben guardati dal rilevare e guidare grandi asset strategici italiani, benché avessimo avuto più di un'occasione per farlo... I tempi non sono ancora abbastanza maturi. Stiamo attraversando una fase molto delicata. Il COPASIR, il Comitato parlamentare italiano per la sicurezza della Repubblica, ha recentemente relazionato il Parlamento italiano sulla tutela degli asset strategici nazionali e ha già lanciato un primo allarme su quella che ha definito "un'irrefrenabile penetrazione economica cinese, in continuo aumento senza eccezioni".

Chen aveva citato a memoria il passaggio, segno che quel rapporto lo aveva studiato nei minimi dettagli.

– I loro dati sono per fortuna obsoleti e di gran lunga sottostimati, ma non dobbiamo dare loro motivo per allarmarsi ulteriormente.

Chen aprì un fascicolo che teneva sulla scrivania

e lo porse a Yang. – Le nostre aziende in Italia non delocalizzano la produzione, noi investiamo per rimanere, consolidarci e guadagnare terreno, non solo per fare profitti. A oggi, lo leggerai anche nel fascicolo e nel rapporto del COPASIR che troverai dentro, deteniamo attraverso la Bank of China e gruppi come Stae Grid o ChemChina quote molto significative o addirittura di controllo delle principali aziende energetiche e degli istituti bancari italiani – continuò compiaciuto. – Ma agiamo sempre con discrezione, come soci occulti, finanziatori disinteressati, senza disturbare i loro manovratori. Per ora, sui grandi asset strategici preferiamo rimanere in seconda linea. Noi otteniamo il potere attraverso il consenso e i numeri, non con la sopraffazione.

– Il concetto mi è chiaro, compagno Chen – intervenne Yang.

– Bene, compagna Wu. Delle grandi questioni strategiche si occupa direttamente Pechino. Il suo compito è altresì quello di aumentare la massa critica in termini di popolazione cinese residente in Italia e di coltivare il suo legame con la madrepatria, soprattutto per le seconde e terze generazioni, quindi scuole, asili, centri culturali e ricreativi, in modo che non dimentichino le proprie origini e l'amore per la Cina. Il tuo compito specifico, compagna, sarà garantire che in Italia il clima nei confronti della nostra comunità rimanga positivo, fra il disinteresse e la simpatia, che non degeneri mai in ostilità, preoccupazione o addirittura allarme, e mi riferisco a certi nostri connazionali fuori controllo. Il braccio operativo del Piano sei ora tu. All'interno del progetto Grande Cina tu devi assicurare che nulla possa macchiare nell'opinione pubblica italiana la nostra immagine di comunità pacifica, operosa e rispettosa della legalità. Balordi, truffatori, malavitosi cinesi non allineati o connazionali dissidenti particolarmente molesti non devono più fare notizia, soprattutto al di fuori della nostra comunità. Per questo compito, in qualità di funzionario del Guóānbù, hai tutte le risorse che ti servono. Sai cosa devi fare, credo non debba aggiungere altro.

Yang annuì nuovamente, e Chen, guardando un punto indefinito sul soffitto dell'ufficio, le domandò: – Sai cosa contraddistingue la nostra azione politica da quella dei Paesi occidentali, compagna Wu?

Yang non dovette attendere a lungo la risposta.

– Noi pensiamo in orizzonti temporali molto più lunghi. Noi pensiamo, pianifichiamo e agiamo in termini di generazioni, a lungo termine, mentre i governanti occidentali pensano e agiscono in orizzonti temporali brevissimi, che durano al massimo fino alla scadenza del loro mandato elettorale. In secondo luogo, i politici occidentali, e quelli italiani non sono un'eccezione, perseguono principalmente gli interessi del loro partito o del loro elettorato di riferimento; non pensano al Paese o alle future generazioni, salvo rare eccezioni, e a ogni nuova maggioranza o governo cambiano le priorità, gli obiettivi, spesso vanificando il lavoro del governo che li ha preceduti. Noi, invece, siamo una gigantesca nave portacontainer che solca l'oceano seguendo una rotta predeterminata che la conduce dritto alla meta.

Quella metafora evidentemente piacque a Chen, che aggiunse: – Le democrazie occidentali sono come barchette a vela che cambiano rotta ogniqualvolta gira il vento. Il tempo apre le porte a chi sa attendere. Per questo i nostri sforzi saranno coronati da successo. –

Sorrise e guardò nuovamente Yang, per assicurarsi che lo stesse seguendo. – Mai come ora le circostanze sono a noi favorevoli. In Italia, l'età media è fra le più alte al mondo e continua a innalzarsi, mentre il tasso di natalità è ai minimi storici, ormai già negativo da diversi anni. L'Italia sarà presto un Paese di vecchi e nell'arco di un paio di generazioni la sua popolazione sarà dimezzata. La sua cultura è decadente, è un Paese che non investe nei giovani, non investe in istruzione e ricerca; i loro migliori cervelli emigrano. La classe politica italiana è miope, segue interessi di bottega e non fa nulla per contrastare questo fenomeno, anzi, non lo vede nemmeno.

Chen osservò la sua sigaretta accesa, scuotendo la testa. – Il sistema fiscale italiano induce le aziende più competitive a delocalizzare e a trasferirsi all'estero, il sistema pensionistico e di welfare italiani sono ormai insostenibili e destinati a saltare per aria fra pochi anni. Ci saranno disordini e incredibilmente non se ne rendono conto. Sarà un po' come la fine dell'Impero romano d'Occidente. Ecco, compagna Wu, – Chen la fissò con sguardo severo – noi a quel punto dovremo invece essere pronti.

– Lo saremo, compagno Chen, sono onorata di dare il mio contributo alla causa.

– Ci conto, compagna. Ma è importante procedere con cautela e armonia: non vogliamo che i cinesi diventino italiani, e nemmeno che gli italiani diventino cinesi, per carità! I pochi italiani che rimarranno dovremo tutelarli come una specie protetta, come i nostri panda, – aggiunse sorridendo – altrimenti il made in Italy e buona parte del turismo andranno persi. Tu mangeresti mai un cannolo siciliano in una pasticceria gestita da cinesi? O preferiresti quello fatto da un bravo pasticciere italiano?

Yang sorrise.

– Pensa al loro patrimonio paesaggistico, alla musica, all'arte, al design, alla moda, al cibo, alla loro creatività e inventiva... L'Italia in questo non ha eguali – proseguì Chen, e Yang annuì. – Trasformeremo l'Italia in una meta turistica di lusso, valorizzeremo appieno il suo potenziale, diventerà un'eccellenza unica al mondo, ma la gestiremo noi, che ne siamo capaci. E lo faremo un po' meglio di come ha fatto Zihao a Venezia. La città lagunare assomiglia ormai a una Chinatown, lì ha esagerato.

Chen scosse la testa in segno di disapprovazione, per poi riprendere il discorso.

– L'Italia diventerà il nostro ponte, il nostro hub verso l'Europa e il Mediterraneo. Il futuro è questo – concluse Yang, quasi stesse pronunciando una sentenza.

– Quali sono i tempi di questa operazione, compagno Chen? – chiese Yang.

– Ci siamo posti il 2100 come obiettivo, fra tre generazioni, anche se la loro disdetta dell'accordo sulla Nuova via della seta potrebbe far slittare il progetto di qualche decennio. Ma non è detto, cara compagna: la Storia sta accelerando. Viviamo per la prima volta in tempi in cui gli eventi e la realtà superano la nostra immaginazione. Quando ero giovane non c'erano internet o gli smartphone, e l'Unione Sovietica era un impero. Guarda dove siamo oggi.

Chen spense la sigaretta e riprese posto alla sua scrivania. Yang gli piaceva, aveva assunto informazioni su di lei: era ambiziosa, intelligente, astuta, disciplinata, con una forza di volontà d'acciaio, e soprattutto... era una persona pratica. Un connubio raro, rifletté. Gli ricordava sé stesso da giovane.

– Hai domande, compagna Yang?

Appena entrato in casa, l'ispettore Baroni si allentò la cravatta e posò la giacca su una sedia all'ingresso. Il suo appartamento non era proprio ciò che si potrebbe definire un focolare caldo e accogliente, c'era solo lo stretto necessario, e a lui bastava. Sapeva già come avrebbe passato la serata, erano praticamente tutte uguali, e quando varcava la soglia di casa si abbandonava a quei momenti di relax e di routine.

Andò in cucina, accese il lettore dvd e subito la voce del tenente Colombo riempì la stanza. Aveva acquistato la collezione completa di quella serie televisiva, e la sera, mentre cucinava o preparava la tavola, seguiva un episodio a caso. Li conosceva ormai tutti a memoria, ogni singola battuta, ma niente e nessuno lo rilassava di più delle indagini di Colombo e della sua voce rassicurante, quella del doppiatore italiano si intende, perché quella originale di Peter Falk era inascoltabile.

La routine casalinga lo rassicurava e non aveva mai fatto nulla per combatterla. Anzi, la difendeva strenuamente, convinto che ogni distrazione avrebbe portato con sé disordine e caos. Lo stesso valeva per l'abbigliamento: indossava sempre una giacca, una camicia e cravatte monocolori. Gli unici capi di abbigliamento firmati che sostavano nel suo guardaroba erano una camicia e due cravatte che gli aveva regalato Elisabetta, il resto proveniva dai grandi magazzini a buon mercato.

Da anni la sua vicina di pianerottolo, la signora Anna, una simpatica quarantenne divorziata e single, cercava di coinvolgerlo in qualche conversazione ogniqualvolta si incrociavano, ma lui aveva sempre stroncato sul nascere ogni suo tentativo, sempre in modo cordiale, chiaramente. Non aveva nulla contro di lei, ma gli pareva chiaro sin da subito, dall'eccessiva euforia che lei ogni volta manifestava nell'incontrarlo e dal tenore delle poche battute che riusciva a proferire prima di essere regolarmente e cortesemente liquidata, che l'avrebbe annoiato a morte e che la conversazione non avrebbe mai superato la soglia del pettegolezzo o del chiacchiericcio da comare. Per giunta, quella signora teneva un gatto, segno che era introversa e sensibile, mentre a lui piacevano i cani. Baroni avrebbe sempre voluto un cane corso, ma non aveva lo spazio per tenerlo.

Sapeva di essere nel torto, era consapevole che l'uomo è un essere sociale e che quindi ha bisogno di relazionarsi con i propri simili, di parlare, ascoltare, interagire. Per molti era una necessità fisiologica, Baroni ne era convinto, stavano male se non riuscivano a parlare con qualcuno dei propri problemi, delle proprie relazioni, del proprio lavoro e, soprattutto, di quello che facevano gli altri. Tuttavia, anche a costo di passare per una persona antipatica, maleducata o asociale, preferiva rimanere solo con sé stesso, con i suoi libri e i suoi film e non dover ascoltare chiacchiere di cui non gli importava niente.

Baroni non era di indole allegra. Soprattutto non sopportava quelli che definiva i "brillanti a ogni costo", quei personaggi che anche solo per chiederti come stai lo facevano con quel sorriso smagliante, quell'interessamento simulato, quell'eccessivo entusiasmo, quasi avessero appena scoperto un nuovo vaccino. Tutta gente che, appena scavavi un po' sotto la superficie, scoprivi essere persone vuote, che non avevano nulla da dire se non qualche banalità o qualche idiozia, gente che – nella migliore delle ipotesi – pensava solo a sé e ai propri interessi, quasi sempre a discapito degli altri.

Il metro di giudizio di Baroni si poteva sintetizzare in un paio di domande: "Tu contribuisci a migliorare la società e le condizioni in cui vive? Pensi solo al tuo benessere oppure fai qualcosa per combattere le diseguaglianze? Rispetti il prossimo, rispetti l'ambiente, fai il tuo dovere?". Secondo Baroni, l'umanità si divideva in due categorie: chi poteva sinceramente rispondere in modo affermativo a tali domande e chi no. In molti casi la risposta se la dava direttamente lui. Anche il suo senso di giustizia era particolare, non conosceva attenuanti, compromessi o altre vie di mezzo: se sbagliavi dovevi pagare. Per questo i suoi superiori, in fondo, lo consideravano un buon poliziotto: portava sempre a termine il suo lavoro, in un modo o nell'altro, come soleva dire. Che "l'altro modo" non fosse sempre rispettoso di tutte le regole lo sapevano tutti, anche in Procura, ma la sua onestà non veniva mai messa in dubbio e quindi spesso si chiudeva un occhio.

Di conseguenza, lui stesso era consapevole che la sua cerchia di amicizie era destinata a rimanere ristretta. Le uniche persone che considerava veramente amiche e con cui si confidava erano un collega poliziotto, Giovanni, in servizio presso la Questura di Perugia, e un suo ex compagno di classe, Giuseppe, che faceva l'elettricista.

Anche il suo rapporto con le donne non era semplice.

Il suo grande amore era stato la sua ex moglie Elisabetta, che dopo qualche anno, però, lo aveva lasciato per mettersi con un altro. La causa non era, probabilmente, solo l'impossibilità di darle dei figli. Che il rapporto avesse preso una brutta piega era attribuibile anche alla sua insensibilità, Baroni lo sapeva benissimo. Erano troppe le sere passate fuori casa, per il lavoro, per i corsi di recupero degli esami universitari, per aiutare la madre rimasta sola. Elisabetta si sentiva trascurata, non amata, relegata al ruolo di casalinga, glielo aveva detto e fatto capire più volte. Lui non l'aveva voluta ascoltare, non aveva compreso le sue esigenze. Chissà per quale motivo lei non era stata fra le sue priorità. Infine, Elisabetta lo aveva lasciato. Ma lui continuava ad amarla, a modo suo, al punto di essere contento di vederla finalmente felice, anche se con un altro. Non provava invidia o gelosia, era come se vedesse la propria figlia felicemente sposata; e anche Elisabetta aveva sempre apprezzato il suo atteggiamento.

Dopo la storia con l'ex moglie, Baroni non aveva abbandonato l'idea di iniziare una nuova relazione, ma sapeva che sarebbe stato difficile. Le donne della generazione social media, una generazione che secondo lui comprendeva chiunque avesse un profilo su Facebook o su Instagram, erano troppo esigenti, pretendevano tutto ciò che prometteva il mondo virtuale con cui si interfacciavano quotidianamente. Conducevano, insomma, un'esistenza inconciliabile con la sua.

Lo stesso valeva per la sua vita sessuale, sempre che la si potesse definire tale visti i periodi di astinenza che duravano anni. Il termine "scopare" era poi bandito dal suo vocabolario, sia come concetto sia come verbo. Secondo Baroni era inconcepibile un amplesso finalizzato puramente alla soddisfazione del proprio desiderio sessuale, senza un vero e profondo coinvolgimento sentimentale. Provava fastidio anche solo ad ascoltare le bravate dei colleghi che si vantavano delle loro scappatelle, indistintamente che fossero sposati o single. “Fare l’amore”: era questa la romantica locuzione fuori moda che usava Baroni. Per lui era un atto quasi sacro, la più importante dichiarazione d’amore che due esseri umani potessero scambiarsi, a sigillo di una relazione esclusiva, destinata a durare nel tempo. Non c’entrava nulla la religione, per lui era una questione proprio etica.

Meglio, quindi, Colombo, un buon lambrusco e un buon sigaro toscano o, al massimo, una bevuta solitaria nel suo pub preferito, il Soho. Le abitudini e la routine placavano la sua ansia di mettere ordine nel caos.

Baroni era, inoltre, un incallito abitudinario con i libri. Leggeva solo alcuni selezionati autori, una decina non di più, e rileggeva lo stesso libro più volte, anche a distanza di anni, e ogni volta con la gioia di cogliere qualche nuovo dettaglio.

Quella sera si preparò una zuppa di fagioli e un filetto di pollo alla griglia. Sapeva cucinare benissimo, questo a detta di tutti, ma raramente applicava tale capacità per sé stesso. Quando era solo, cioè quasi sempre, preparava solo piatti molto semplici, ma quando venivano a trovarlo amici o qualche collega di lavoro si trasformava in un cuoco stellato.

Quella sera il tenente Colombo era alle prese con un produttore di vini, Adrian Carsini, che aveva appena assassinato il fratello. Baroni si stava appunto versando un bicchiere di vino rosso quando, in una scena del telefilm, Adrian Carsini, interpretato da un eccezionale Donald Pleasence, alzò il calice per brindare con gli amici, ignari del delitto, e proclamò: – Che i nostri nemici possano non essere mai così felici come noi in questo momento. – L'ispettore, a quel punto, si unì al loro brindisi alzando il bicchiere di lambrusco, e iniziò a cenare, compiaciuto.

Ufficio del compagno Chen, Pechino

Yang aveva seguito con la massima attenzione l'esposizione del Piano Grande Cina. Non aveva osato interrompere il compagno Chen ed era rimasta in attesa che fosse lui a sollecitarla.

– Sì, compagno. Una domanda ce l'ho. Gli americani e l'Unione Europea ce lo permetteranno?

– Gli americani e l'Unione Europea... – ripeté Chen lentamente, scuotendo la testa. – Giusta domanda, compagna, ma dubito che l'Unione Europea esisterà ancora a lungo, se non come un grande mercato comune. Temo che i nazionalismi dei vari Stati che la compongono le impediranno di giungere a una vera e propria federazione politica che possa decidere alcunché e avranno comunque altro di cui preoccuparsi a breve e a medio termine, a cominciare dai flussi migratori.

Chen prese un fascicolo dalla scrivania e lo porse a Yang. – Questo è l'ultimo rapporto delle Nazioni Unite sulla crescita demografica in Africa. Fra poco più di vent'anni, nel 2050, gli abitanti di quel continente saranno due miliardi e mezzo e quasi il doppio a fine secolo. Dove pensi che vorrà stabilirsi la maggior parte dei giovani africani? Con internet disponibile anche nel più sperduto villaggio sapranno che si vive meglio in Europa, che è pure così vicina. È il loro Eldorado. A breve assisteremo a migrazioni bibliche e a grandi conflitti sociali.

Chen scosse di nuovo la testa. – Credimi, in Europa avranno altro a cui pensare che non a noi. Hanno pure perso il principale fornitore energetico, la Russia, che era il loro naturale partner strategico.

Quello era il progetto della cancelliera tedesca, ma temo che gli americani siano riusciti a farlo fallire definitivamente con la guerra in Ucraina e con l'espansione della NATO verso i confini russi. Dovremmo essergli grati: hanno spinto la Russia fra le nostre braccia. L'Unione Europea non sarà un problema; anzi, diversi Paesi diventeranno nostri alleati nel braccio di ferro con gli Stati Uniti.

Yang guardò sorpresa il compagno Chen, che diede un'occhiata al suo orologio e le spiegò pazientemente il suo punto di vista. – L'unica cosa in politica estera che importa agli americani sarà di mantenere la propria egemonia militare e la supremazia del dollaro statunitense come principale valuta di scambio e di riserva di valore nel mondo. Vedremo se ci riusciranno. Finché non si sentiranno minacciati nel loro benessere e le famiglie americane potranno mantenere il loro alto tenore di vita non vorranno imbarcarsi in un conflitto con la prima economia mondiale. La loro politica estera per giunta, più isolazionismo o più interventismo, è imprevedibile, dipenderà dalle prossime presidenze.

Chen si accese una nuova sigaretta e riprese subito il suo discorso. – Il mondo fra pochi anni sarà completamente diverso da come lo conosciamo oggi e le vere sfide saranno altre: lo spazio, l'intelligenza artificiale, la supremazia informatica e tecnologica, l'accesso alle terre rare, la raccolta e la gestione dei Big Data, le conseguenze del cambiamento climatico, la sovrappopolazione, la lotta alla fame e alla povertà, l'accesso all'acqua potabile, i flussi migratori, ma, soprattutto, le crescenti diseguaglianze sociali e la tenuta delle democrazie occidentali, in primis quelle europee e quella americana.

Chen fece una pausa, diede nuovamente un'occhiata al suo orologio e si accorse che stava perdendo tempo su un argomento che non aveva intenzione di affrontare. – Non dimenticarti, compagna Wu: fra noi e gli Stati Uniti non ci sarà mai una vera guerra, sarà sempre un braccio di ferro in cui però nessuna delle due parti potrà mai vincere o perdere definitivamente, sarà sempre una continua misurazione dei rapporti di forza, in cui ciascuno cercherà di estendere la propria sfera di influenza: noi con la Russia, l'Asia e i Paesi in via di sviluppo, quello che ora chiamano il Global South, e loro con ciò che rimarrà dell'Europa, insieme ad alcuni Paesi a noi ostili nell'area asiatica. Torneremo a un mondo bipolare, ma con noi protagonisti. Stiamo lavorando anche sul Mediterraneo, area strategica per eccellenza, e stiamo ottenendo risultati molto positivi. In Italia gli americani e la NATO potranno farci solo piccoli sgambetti, come hanno fatto con la disdetta dell'accordo sulla Nuova via della seta o con il porto di Taranto, dandolo in appalto ai turchi, ma non potranno fermarci.

Chen fece un sorriso e si rivolse di nuovo a Yang. – Ora veniamo a noi, compagna Wu, occupiamoci di cose più concrete. Sai perché abbiamo scelto te per un compito così importante all'interno del progetto Grande Cina?

Yang lo guardò negli occhi. – Non credo, compagno.

– Perché hai dimostrato di saperti anche sporcare le mani, se necessario. Hai saputo riconoscere prontamente il pericolo e reagire con determinazione e tempestività di fronte a una situazione che ci stava sfuggendo di mano. La vicenda nel Mantovano stava minando l'intero progetto, e tu hai agito nell'unico modo possibile. Sono fiero di te, compagna Yang. Ma ora – aggiunse Chen, guardando fuori dalla grande vetrata – dobbiamo impedire che si ripetano simili situazioni di pericolo, anche perché la Polizia italiana si insospettirebbe e potrebbe estendere le indagini, con il rischio di scoperchiare il vaso di Pandora. Quindi, – concluse, rivolgendosi di nuovo a Yang – basta con questi cimiteri abusivi. Non tollereremo più simili pratiche in Italia, a prescindere da chi le porterà avanti. Darò un messaggio chiaro e inequivocabile anche ai capi delle Triadi a Hong Kong: questo genere di business in Italia dovrà cessare all'istante, rischia di metterci in cattiva luce.

– E per il disordine che si è creato a Mantova come procediamo? – chiese Yang, sommessamente.

– Insabbieremo tutto – la rassicurò Chen. – Abbiamo chiesto al governo italiano di partecipare alle indagini, e una delegazione della Polizia partirà stanotte all'una e mezzo per l'Italia. Tu prenderai lo stesso volo. La delegazione identificherà i cadaveri e attribuiremo il tutto a un regolamento di conti interno alle Triadi cinesi. Avrete tempo di incontrarvi e di aggiornarvi durante il volo, ma non appena scesi dall'aereo vi separerete, non vogliamo correre rischi. Per quanto riguarda, invece, il proprietario dei campi, il cittadino italiano che, se ho capito bene, è ancora in tua custodia... risolvi il problema, sono certo che troverai il modo giusto.

Chen guardò l'orologio per l'ennesima volta e si alzò. – Lavorerai in stretto contatto con i miei collaboratori. Il mio assistente ti ragguaglierà. Ora devo congedarti, compagna Wu. Sono sicuro che non ci deluderai.

– Farò del mio meglio, compagno Chen – rispose lei facendo il saluto militare, ma Chen le porse anche la mano e Yang la strinse con un profondo inchino.

Questura di Mantova

– Baroni!

Il commissario capo Ardenti aveva questa brutta abitudine, era più forte di lui. Non riusciva proprio a mantenere un tono di voce normale quando chiamava i sottoposti, doveva per forza urlare come se fosse in osteria. Non lo faceva con cattiveria, era proprio fatto così.

Baroni si alzò dalla scrivania e si affacciò alla porta dell'ufficio del commissario. – Mi ha chiamato?

– Accomodati, abbiamo una nuova rogna.

Baroni si sedette e guardò il suo capo con aria interrogativa. – Che tipo di rogna?

– Mi ha appena chiamato il questore – sbuffò Ardenti. – Pare sia in arrivo dalla Cina una delegazione della Polizia cinese, un commissario e due agenti della Scientifica, che dovrebbe affiancarci nelle indagini sui resti rinvenuti nei campi. Sono riuscito a limitare la loro presenza a un sopralluogo del fondo in cui sono stati trovati e a una visita presso il reparto di medicina legale per l'identificazione dei cadaveri.

Il commissario era alle prese con numerosi dossier e fascicoli accumulati sulla scrivania e continuava a spostarli da una parte all'altra, nel vano tentativo di metterli un po' in ordine. – Ci mancavano solo i poliziotti cinesi a romperci le scatole, come se non avessimo altro da fare qui. – Aprì la finestra dell'ufficio e si accese una sigaretta. – Arriveranno dopodomani alle sei e mezzo del mattino, a Malpensa. Pensaci tu, per favore. Li vai a prendere in aeroporto, li porti prima nel campo di Ferrari e poi all'obitorio dell'ospedale, e nel pomeriggio facciamo un briefing in Questura con il colonnello Ceccarelli e il questore. Mi raccomando, Franco, massima collaborazione e disponibilità. Questa delegazione è stata richiesta direttamente dal Ministero degli Esteri cinese alla Farnesina, pare che al briefing partecipi anche il console cinese. Facciamogli vedere che abbiamo fatto tutto il possibile per l'identificazione dei cadaveri e per la ricerca dei responsabili. Glisseremo per ora sulla sparizione di quel contadino, Ferrari; se ne stanno occupando i Carabinieri e non è detto che sia in relazione con i cadaveri. E poi – il commissario capo Ardenti si avvicinò a Baroni e abbassò il tono della voce, quasi dovesse confidargli un segreto – non farei cenno alla tua teoria dei cimiteri cinesi clandestini. Ho letto il rapporto, ma mi sembra un'ipotesi investigativa un po' azzardata. Direi di glissare. Prima se ne vanno e meglio è per tutti, chiaro?

Baroni annuì. Stava già alzandosi per uscire quando Ardenti lo fermò. – Non ho finito, Baroni, rimani seduto ancora un attimo. Voglio essere sicuro che tu abbia capito. Su questa vicenda abbiamo gli occhi puntati addosso: il Viminale, il prefetto, il questore, la Farnesina, i cinesi. Qui devono uscirne tutti contenti e soddisfatti e vedrai che ne usciremo bene anche noi, o no? Che ne dici, *commissario* Baroni?

Ardenti aveva scandito il titolo di "commissario" sapendo che con quella parola avrebbe toccato le corde più sensibili dell'ispettore. Baroni aveva tentato già due volte il concorso interno per diventare commissario, ma ogni volta risultava in fondo alla graduatoria. Conosceva ormai troppo bene l'ambiente per non sapere che certe graduatorie non seguivano criteri esclusivamente meritocratici, ma non aveva ancora abbandonato l'idea di riprovarci una terza volta. Non che fosse particolarmente ambizioso, ma raggiungere la qualifica di commissario era un traguardo che si era prefissato sin dal suo ingresso in Polizia. L'idea che il suo diretto superiore potesse mettere una buona parola alla commissione esaminatrice non gli dispiaceva. Ci teneva molto, e a tale scopo era pure riuscito, dopo dieci anni, a dare gli ultimi esami per conseguire la laurea in Giurisprudenza, titolo indispensabile per concorrere per la qualifica di commissario.

Baroni fissò il capo negli occhi, e questa volta Ardenti ricambiò lo sguardo.

– Non sto scherzando, Baroni, questa indagine è veramente importante e metterà in risalto chi la porterà a termine, senza troppo clamore: non solo i Carabinieri, ma anche noi. Tu hai già fatto un'ottima figura, e questo potrebbe diventare un lasciapassare per vincere quel maledetto concorso. Quindi – ripeté abbassando la voce – al briefing non farei cenno a ipotesi campate in aria, tipo cimiteri o altre fantasie, e nemmeno alla sparizione del Ferrari. Anzi, Ferrari non è sparito o in fuga, per quanto ci riguarda è solo momentaneamente irreperibile. Non vorrei che a questi altrimenti venisse in mente di partecipare alle ricerche e ce li trovassimo qui in pianta stabile. Se ne dovesse fare cenno Ceccarelli, saranno fatti suoi. Di Ferrari ce ne occuperemo dopo, tanto mi sa che è già sottoterra con una pallottola in testa. Ci siamo capiti?

– Certo, non si preoccupi, faremo le cose per bene, signor commissario capo.

– Ottimo, Baroni, vai pure e tienimi costantemente al corrente. In questa cartelletta c'è tutta la documentazione che riguarda la visita della delegazione. Tieni pure la Stelvio per questi giorni. Ci vediamo al briefing con i cinesi in Prefettura.

Baroni annuì, prese la cartelletta e uscì senza dire una parola.

Aeroporto di Malpensa, Milano

Il volo diretto Pechino-Milano della Air China non era in ritardo, e questa era già una buona notizia. Baroni non si alzava così presto, le cinque del mattino, da diversi anni e gli ci vollero due caffè per svegliarsi pienamente; uno lo aveva preso in albergo e l'altro in aeroporto.

Sostò davanti all'uscita degli arrivi in attesa del signor Chow, un dipendente del Consolato cinese incaricato di accompagnare la delegazione come autista e interprete. Quella era una novità dell'ultimo minuto. Il signor Chow lo aveva chiamato al cellulare la sera prima per informarlo che lo avrebbe raggiunto in aeroporto la mattina dopo e che si sarebbe occupato lui di tutti gli spostamenti della delegazione.

"Potevo risparmiarmi il viaggio a Milano" pensò Baroni, ma non era vero.

Era arrivato a Milano la sera prima perché voleva ispezionare la zona che aveva varcato Ferrari con la moto il giorno della sua sparizione, o della sua fuga. Era la via Giovanni Battista Niccolini, una stretta strada a senso unico che incrocia via Paolo Sarpi, il cuore della Chinatown milanese. "Ferrari non può aver imboccato quella strada per caso" pensava Baroni. "È andato a Chinatown per incontrare qualcuno, per forza."

Aveva parcheggiato la Stelvio lungo via Niccolini e aveva proseguito a piedi. Non aveva particolari aspettative, ma voleva farsi un'idea di persona. Dopo pochi passi, arrivò in via Sarpi. Effettivamente, sembrava di venire catapultati in una città cinese. Era una zona pedonale lunga quasi un chilometro, con una miriade di negozi, bar, ristoranti, supermercati, farmacie, librerie, insegne e persino lampioni cinesi dappertutto e un brulichio di asiatici indaffarati che si spostavano in continuazione a piedi o in bicicletta.

"Mancano solo i risciò" pensò Baroni.

Sarebbe stato inutile fare una ricerca in quel posto, concluse. Ripose in tasca la foto di Ferrari e del cinese morto che teneva in mano. Fece due passi fra i negozi e poi tornò alla vettura.

"Questo è un mondo a sé, praticamente un'enclave cinese a Milano" si disse, mentre metteva in moto la macchina per recarsi in albergo. Doveva svegliarsi presto la mattina dopo, accogliere la delegazione della Polizia cinese, poi accompagnarla a Mantova e magari intrattenerla pure per cena.

"Speriamo che parlino almeno un po' di inglese, altrimenti dovremo comunicare a gesti" si disse. Non che il suo inglese fosse perfetto, Baroni conosceva giusto lo stretto necessario per farsi capire. "Livello scolastico" aveva scritto nella scheda per il personale tempo prima, un'autovalutazione peraltro molto generosa.

Si prospettava una giornata pesante.

Durante l'attesa in aeroporto, Baroni si interrogò sul perché di quella delegazione. Ardenti gli aveva detto che ne era stata richiesta la presenza dal Ministero degli Esteri cinese e la cosa inizialmente non gli era parsa strana, ma quella mattina, dopo il secondo caffè, mentre era in attesa in aeroporto, alcuni dettagli non gli tornarono. Non gli tornarono i tempi.

Il ritrovamento del primo cadavere non poteva aver suscitato l'interesse del governo cinese, se ne era parlato giusto nei media locali, mentre i quattro successivi cadaveri erano stati ritrovati solo due giorni prima. Le agenzie e alcuni giornali online ne avevano dato notizia in tarda mattinata, quattro ore dopo, verso mezzogiorno. Significava che il governo aveva deciso e organizzato quella missione in meno di ventiquattro ore, considerando che il volo era partito da Pechino la sera prima.

"Efficienza cinese, probabilmente" si disse.

Squillò il cellulare. L'ispettore accettò la chiamata e in quel momento vide un giovanotto cinese dirigersi verso di lui a passo spedito, agitando la mano.

– Buongiorno, ispettore Baroni. Sono Chow, dipendente del Consolato generale cinese a Milano. Mi scusi, ho fatto squillare io il suo cellulare, per riconoscerla. Sono a sua disposizione per tutta la permanenza in Italia della delegazione. Sono anche interprete. I membri della delegazione non parlano italiano, solo cinese e inglese, e pensavamo fosse utile che li assistesse un interprete di fiducia. Accompagnerò la delegazione ovunque lei desideri. A sua disposizione, ispettore.

– Ispettore Baroni, piacere. – Gli strinse la mano.

– Il volo è già atterrato, ci vorrà almeno mezz'ora per recuperare i bagagli e passare la dogana. Li possiamo aspettare qui.

Baroni fece un cenno con il capo e si guardò intorno. A quell'ora la hall dell'aeroporto era quasi vuota, insieme a loro c'erano solo alcuni autisti in giacca e cravatta con un cartello in mano in attesa dei passeggeri del volo diretto Pechino-Malpensa.

Dopo una decina di minuti iniziarono a uscire i piloti e le hostess dell'aereo, tutte elegantissime nella loro divisa rosso bordeaux. Baroni le osservò attentamente, erano davvero attraenti, mentre Chow stava conversando al telefono nella sua lingua, probabilmente con i membri della delegazione appena atterrati.

Qualche istante dopo il passaggio dell'equipaggio, le vetrate scorrevoli degli arrivi si riaprirono e uscirono alla spicciolata altri tre passeggeri ben vestiti muniti di trolley.

"Passaporto diplomatico" pensò l'ispettore.

Fra quei passeggeri notò una donna molto elegante, snella, di media statura, zigomi pronunciati, labbra carnose, naso alla francese – particolare raro fra le donne cinesi – e sguardo imperscrutabile. Portava i tacchi a spillo e i capelli raccolti. Baroni la osservò con attenzione mentre si avvicinava. Una vistosa cicatrice, parzialmente coperta da un foulard, le attraversava il viso fino allo zigomo sinistro, un viso che altrimenti sarebbe stato perfetto. Ma ciò non disturbava l'armonioso fascino che emanava quella donna. L'ispettore non le tolse gli occhi di dosso. Avrà avuto trentacinque anni, avanzava con un'andatura decisa, quasi marziale, e gli passò davanti con lo sguardo fisso verso l'uscita senza degnarlo di uno sguardo, anche se gli parve di scorgere al suo passaggio l'accenno di un sorriso.

Rimase interdetto per qualche istante, non era sicuro che quel sorriso fosse rivolto a lui, ma sentì aumentare velocemente le pulsazioni del cuore.

"Mamma mia, che donna!" esclamò fra sé, voltandosi e continuando a osservarla intensamente per tutto il tempo che le ci volle per raggiungere l'uscita.

L'ispettore iniziò a interrogarsi su cosa lo avesse così colpito di quella donna tanto da scombussolargli in pochi attimi il ritmo cardiaco. Non era quella evidente cicatrice, sicuramente provocata, e non certo per sbaglio, da un rasoio o da un coltello molto affilato. Era qualcos'altro che gli sfuggiva. Dopo qualche attimo di riflessione, lo capì: erano la sicurezza, lo sguardo fiero, la disinvoltura e l'eleganza con cui la donna portava quello sfregio, quasi fosse un segno distintivo della sua forte personalità, un armonioso connubio fra fascino femminile e autodisciplina ferrea.

La donna misteriosa era già uscita dalle porte scorrevoli esterne dell'aeroporto. Se non avesse dovuto attendere la delegazione, Baroni l'avrebbe sicuramente seguita, giusto per osservarla ancora per qualche secondo e vedere se prendesse un taxi o se ci fosse qualcuno ad aspettarla fuori.

"Che donna..." si ripeté, e tornò con lo sguardo verso gli arrivi. Chow e Baroni rimasero lì ancora venti minuti prima che le porte scorrevoli si aprissero di nuovo e iniziassero a uscire colonne di persone, quasi tutte di nazionalità cinese, intente a spingere o a tirare carrelli con borsoni e valigie extralarge.

Chow individuò la delegazione e Baroni tirò un sospiro. Odiava tutti i convenevoli protocollari che sarebbero seguiti: saluti, presentazioni con nomi, ruoli e funzioni, e le solite domande su come fosse andato il viaggio, se fossero mai stati in Italia ecc. Non gliene importava niente di chi fossero e di come fosse andato il loro viaggio, ma si sforzò di non sembrare scontroso o maleducato e recitò come da copione il ruolo che gli spettava.

Per fortuna non persero troppo tempo, e i membri della delegazione acconsentirono a recarsi subito a Mantova. Baroni temeva di doverli prima portare in albergo a Milano, attraversare la città e perdere mezza giornata, ma imboccarono subito l'autostrada per Venezia e in un'ora e mezzo giunsero a Castello sull'Argine.

Baroni aveva fatto strada con il lampeggiante acceso. Guidava veloce, con punte di centosettanta chilometri orari, e Chow, a bordo di una Mercedes nera, lo seguiva agilmente con la delegazione, rimanendo staccato non più di dieci metri dalla Stelvio.

"Per essere solo un interprete sa guidare bene" commentò l'ispettore, guardando nel retrovisore.

Giunti a Castello sull'Argine i poliziotti cinesi si limitarono a scattare foto delle fosse e dell'ambiente circostante e successivamente, all'obitorio, fecero alcuni prelievi di tessuto umano e di capelli, un calco delle dentature e un'accurata serie di fotografie dei defunti. Del primo cadavere, ancora intatto, presero anche le impronte dei palmi delle mani.

Dopo un'ora il loro lavoro all'obitorio era finito. Era quasi l'una del pomeriggio e non avevano nemmeno chiesto di pranzare. Fu Baroni a dover quasi insistere, e Chow, infine, li convinse ad accettare l'invito in un ristorante accanto alla Questura.

– Abbiamo ancora più di due ore a disposizione – li informò successivamente Baroni, contento che le cose non fossero andate per le lunghe e memore delle raccomandazioni che gli aveva fatto il commissario. – Il briefing in Questura è fissato per le diciassette. Sarei lieto di mostrarvi il bellissimo centro storico di Mantova. Sono sicuro che rimarrete sorpresi.

Già si immaginava le facce che i suoi ospiti avrebbero fatto appena entrati nel Teatro Bibiena o nei saloni del Palazzo Ducale, o di Palazzo Te, o nella rotonda di San Lorenzo. Ma con sua grande sorpresa il signor Chow, dopo essersi consultato con i membri della delegazione, lo ringraziò per l'ospitalità e la cortesia, ma gli rispose che avrebbero preferito usufruire di una stanza in Questura per continuare il lavoro. Una stanza dotata possibilmente di wi-fi, aggiunse Chow dopo qualche attimo di esitazione, lievemente imbarazzato.

Baroni lo guardò stupito, poi annuì. – Certamente, in Questura abbiamo un ufficio proprio per questo genere di evenienze, e ha anche il wi-fi. Vi ci porto subito.

Era rimasto impressionato: uno zelo e una professionalità simili gli fecero quasi paura.

Anche il briefing in Questura durò solo lo stretto necessario. Il comandante Ceccarelli fece un breve resoconto dei fatti e delle indagini in corso, il questore li rassicurò circa il massimo impegno delle forze di Polizia nella ricerca dei colpevoli e il viceprefetto, che si era aggiunto all'ultimo minuto, ringraziò la delegazione a nome del governo per il loro interessamento e per l'eventuale contributo nel far luce su quella che definì una "incresciosa vicenda", sottolineando inoltre che la cooperazione fra le Polizie dei due Stati rafforzava il già solido legame di amicizia fra i loro Paesi. Il console generale e il capo della delegazione ringraziarono i presenti per aver dato alla Polizia cinese la possibilità di contribuire alle indagini, aggiungendo che l'obiettivo era quello di identificare i cadaveri.

Il tutto non durò più di cinquanta minuti.

Finita la riunione in Questura, il signor Chow e i membri della delegazione ringraziarono calorosamente Baroni per il suo aiuto, informandolo che sarebbero subito ritornati a Milano e che non si sarebbe dovuto scomodare per riaccompagnarli.

Baroni era sorpreso, li avrebbe accompagnati volentieri, ma il signor Chow insistette. Dopo essersi brevemente consultato con il suo capo, l'ispettore augurò loro un buon viaggio di ritorno.

Tutto sommato, non era affatto dispiaciuto; anzi, gli era andata bene: scortarli a Milano e tornare, a quell'ora, avrebbe significato rientrare quasi a mezzanotte. Invece così aveva praticamente terminato la giornata di lavoro ed era libero di farsi una passeggiata per il centro storico.

Questura di Mantova

Dieci giorni dopo, il Consolato generale mandò al questore una traduzione del rapporto stilato dalla Polizia cinese, in cui si leggeva che quattro dei cinque cadaveri, quelli scoperti con gli scavi fatti dai Carabinieri, erano stati identificati grazie all'esame del DNA. Risultavano nel data base della Polizia cinese in quanto pregiudicati e ricercati in patria per reati di sangue. Erano affiliati alle Triadi. L'ipotesi più plausibile era, così proseguiva il rapporto, che si trattasse di una sepoltura abusiva a opera della mafia cinese. Il primo morto, invece, non era stato identificato, ma tutto faceva supporre che si trattasse anche lui di un affiliato.

Quando lesse il rapporto, Baroni telefonò al comandante Ceccarelli.

– Buongiorno, colonnello.

– Buongiorno, ispettore, stavo per chiamarti io. Mi cercavi per il rapporto della Polizia cinese sui cadaveri?

– Sì, la chiamavo appunto per questo. Che ne pensa?

– Mi sembra abbastanza plausibile. Per qualche motivo la mafia cinese non voleva che questi personaggi venissero identificati o non voleva far sapere che fossero morti, o che fossero in Italia, e quindi li ha fatti sparire. Il fatto che abbiano comunque ricevuto una sepoltura tutto sommato dignitosa fa pensare che non fosse un regolamento di conti, altrimenti li avrebbero fatti a pezzi e buttati in una discarica o in un fiume.

– Questo è possibile, – replicò Baroni – ma allora

perché seppellirli proprio da Ferrari?

– Non sappiamo dove vivessero o da dove li abbiano portati. Magari operavano qui nei dintorni. In provincia abbiamo numerose comunità cinesi e non c'è mai stata una grande trasparenza sui numeri e sulle loro attività... lo sai meglio di me.

Ceccarelli si riferiva al fatto che era stato proprio lui, l'ispettore Baroni, a scoprire diversi laboratori irregolari cinesi, laboratori che impiegavano centinaia di operai clandestini tenuti in un regime di semischiavitù.

– Purtroppo sì – rispose Baroni. – Quello è un mondo a sé – aggiunse dopo qualche attimo, e con la mente tornò all'irruzione che aveva condotto pochi mesi prima in un capannone della zona industriale. Vi avevano trovato una quarantina di schiavi cinesi, che vivevano e lavoravano da anni in un grande garage sotterraneo trasformato in una squallida impresa-dormitorio di confezionamento e imballaggio. Erano tutti clandestini e nessuno ne aveva mai notato la presenza nei dintorni: erano degli "invisibili".

Baroni aveva anche cercato di capire cosa spingesse questi schiavi moderni a sottomettersi a una tale condizione e ne aveva interrogati diversi, facendosi aiutare da un interprete. Venne a conoscenza di vicende e storie familiari in gran parte orribili, come quella della donna che, per onorare un debito dei propri genitori contratto in Cina, aveva accettato di lavorare per dieci anni in una fabbrica-dormitorio in Italia, sei giorni alla settimana, diciotto ore al giorno. Il compenso al termine dei dieci anni sarebbe stato di cinquantamila dollari, una fortuna ai suoi occhi.

Molte di quelle persone avevano accettato volontariamente di fare un tale sacrificio, per tornare in Cina e potersi acquistare una casa. Si trattava per lo più di gente di umilissima estrazione, spesso analfabeta, proveniente quasi sempre dal più remoto entroterra rurale, come le aree di Sichuan, Guizhou, Yunnan o Guangxi. Gente che alcune organizzazioni malavitose adescavano con la promessa di un facile guadagno.

– Non saprei, comandante – continuò Baroni, perplesso. – Mi sembra troppo comoda come soluzione. E non spiega comunque il comportamento di Ferrari: era complice o no? E, soprattutto, dov'è finito? – Sperava che il comandante condividesse i suoi dubbi.

– Hai ragione, rimane aperta la questione della fuga o sparizione di Ferrari, ma a ben guardare non siamo sicuri che le due cose siano collegate e... – Ceccarelli fece una breve pausa – la pensa così anche il sostituto procuratore.

Quella risposta gelò Baroni. – Pertanto l'indagine finisce qui? – chiese in un tono lievemente alterato.

– No, Baroni – rispose Ceccarelli, cercando di tranquillizzarlo. – L'indagine rimane aperta, ma senza nuovi spunti investigativi cosa possiamo fare? Cosa proponi concretamente?

L'ispettore venne colto alla sprovvista. In effetti, nemmeno lui sapeva come procedere. Erano finiti in un vicolo cieco e nessuno sembrava volerne uscire. Infine, i dubbi lo assalirono e anche lui si arrese rassegnato di fronte all'evidenza.

– Forse ha ragione lei, comandante. Meglio fare una pausa di riflessione, magari ci viene in mente qualcosa.

Sapevano entrambi che non era vero, l'indagine

ormai viaggiava su un binario morto e, salvo eclatanti sorprese, tipo il ritorno di Ferrari, non si sarebbe più mossa da lì. La figlia aveva denunciato la scomparsa del padre, ma le speranze che tornasse o che lo trovassero vivo erano poche.

– Se ti viene in mente qualcosa fammi sapere, Baroni, mi raccomando. A proposito, come va l'anca?

– Certo, le farò sapere. L'anca continua a farmi arrabbiare, ma me la cavo.

L'ispettore ricambiò il saluto e terminò la chiamata. Era sconsolato. Spense il computer, salutò i colleghi e tornò a casa, nel suo piccolo appartamento che distava solo cinque minuti dalla Questura, in pieno centro storico. Durante il tragitto si accese un toscano, diede un'occhiata alla vetrina del Libraccio e acquistò due pani per la cena.

Questura di Mantova

La mattina dopo il commissario Ardenti lo convocò nel suo ufficio.

Baroni si affacciò alla porta e lo salutò. – Buongiorno, signor commissario. Entro?

– Ciao, Franco, accomodati, prego. – Ardenti gli fece cenno con la mano di prendere posto davanti alla scrivania. – Ho saputo che a settembre verrà bandito un nuovo concorso interno per commissario. Potrebbe essere la volta buona.

Baroni apprezzò l'interessamento. Avrebbe voluto replicare, ma Ardenti riprese subito il discorso. – Ma di questo parleremo più avanti. Ora dobbiamo occuparci di un tentativo di estorsione denunciato ieri dalla figlia di Di Stefano, l'ex senatore.

Baroni lo guardò sorpreso. La famiglia Di Stefano era fra le più in vista in città, grandi industriali da diverse generazioni; uno dei quattro fratelli era stato anche senatore della Repubblica.

– La figlia vive temporaneamente a Milano per motivi di studio, – gli spiegò il commissario – ma risiede a Mantova e ha fatto la denuncia qui da noi, quindi è di nostra competenza. Pare che un suo ex la stia ricattando con foto compromettenti, ma non siamo sicuri che sia lui l'autore. Un anonimo ha chiesto del denaro per non farle finire in rete. Occupatene tu, troverai tutto nel fascicolo. Per il momento lascia perdere i cinesi trovati nel campo.

Baroni annuì e fece per alzarsi, ma Ardenti lo fermò. – Aspetta. La figlia di Di Stefano è tornata oggi a Milano, se vuoi parlarle dovrai andare da lei. Inutile aggiungere che si tratta di un'indagine delicata: massima discrezione, mi raccomando. E riferisci direttamente a me.

– Non si preoccupi, capo – lo rassicurò Baroni, e uscì con la cartelletta sottobraccio.

"Di nuovo a Milano" sospirò. Tornò alla sua scrivania e si accasciò sulla sedia. Odiava il traffico di quella città: troppo troppe ZTL, pochissimi parcheggi. Un incubo per un automobilista che veniva da fuori. Se non fosse stato in servizio ci sarebbe andato solo in treno.

Iniziò a sfogliare il fascicolo. Conteneva la denuncia della signorina Di Stefano, una copia della scheda personale dell'ex amante scaricata dal data base del Viminale, delle sommarie informazioni raccolte su ambedue da una collega della Questura, due foto che riprendevano la Di Stefano durante una pratica sessuale, con la faccia resa irriconoscibile da un pennarello nero, copia della lettera anonima con cui l'avevano ricattata e un foglio con indirizzi e numeri di telefono a cui la signorina sarebbe sempre stata reperibile. Baroni lesse l'indirizzo: piazza Sempione, uno dei posti più esclusivi di Milano.

"Sicuramente un palazzo con vista sull'Arco della Pace e il parco" pensò. Consultò il computer e trovò la conferma di ciò che già sapeva: piazza Sempione distava solo un tiro di schioppo da via Paolo Sarpi.

Accennò un sorriso, forse il destino voleva riportarlo a Chinatown, ma ormai quello sembrava un capitolo chiuso. Chissà che fine aveva fatto Giulio Ferrari. Già che doveva andare a Milano, poteva andare a trovare la figlia del Ferrari, pensò, anche se, dopo qualche istante, abbandonò l'idea. Non aveva molto senso. L'indagine era ufficialmente in capo ai Carabinieri.

Milano

Il giorno dopo, Baroni partì la mattina presto, alle sette, sperando di evitare i consueti ingorghi che si creavano al casello autostradale di Milano, alla barriera di Milano Est, ma un incidente in autostrada vanificò il piano e lui si ritrovò in una coda lunga diversi chilometri. Aveva appuntamento con la Di Stefano per le dieci a casa sua e sarebbe sicuramente arrivato in ritardo.

Accese un sigaro e la chiamò per fissare un nuovo appuntamento.

– Sì, alle quattordici e trenta va benissimo – confermò Baroni terminando la chiamata con la signorina Di Stefano, anche se non gli andava bene per niente. Cosa avrebbe fatto fino a quell'ora?

Il traffico era ancora intenso e si procedeva lentamente. Baroni cercò di ingannare il tempo riflettendo su qualche caso investigativo o su qualche argomento che lo appassionava, ma questa volta non ci riuscì, era troppo nervoso a causa dell'ingorgo in cui era finito. Non sarebbe servito nemmeno azionare il lampeggiante, era tutto bloccato.

Un'ora e mezzo dopo passò il casello, e dopo altri trenta minuti imboccò l'uscita di Cormano ed entrò in città. Arrivato in piazza Sempione parcheggiò sotto casa della Di Stefano in sosta vietata, esponendo il pass della Polizia in bella vista sul cruscotto.

"Ora devo camminare, fare una passeggiata, altrimenti impazzisco" si disse, stremato dal traffico. Si avviò verso il parco, e la vista del verde ebbe subito un effetto benefico sul suo umore. Si accese il terzo sigaro della giornata e cominciò a camminare senza una meta precisa.

A un certo punto si fermò e guardò l'orologio: erano le undici e mezzo.

"Quasi quasi... ma sì... facciamo un salto a Chinatown" si disse e si diresse verso via Paolo Sarpi, che distava solo pochi isolati. Avrebbe avuto circa tre ore di tempo per visitare il quartiere cinese, e questa volta lo avrebbe fatto da turista, fermandosi magari anche per un boccone. Teneva ancora in tasca la foto di Ferrari e del cinese ritrovato nel campo, magari l'avrebbe mostrata a qualche barista, non si poteva mai sapere.

Raggiunse il quartiere cinese in venti minuti, zoppicando lievemente a causa dell'artrosi che si era rifatta viva, e rimase nuovamente colpito dalla frenesia con cui si muovevano gli abitanti cinesi in quelle vie, sembrava di essere in un alveare.

Il dolore all'anca era improvvisamente aumentato, forse aveva camminato troppo. Baroni fece una smorfia e si sedette al tavolino di un bar.

– Un caffè espresso per favore, italiano... – precisò al cameriere cinese, temendo che gli portassero un caffè fatto in qualche altro strano modo.

Il cameriere annuì e tornò dopo qualche minuto con un espresso Illy.

– Perfetto, grazie – lo ringraziò Baroni e iniziò a rilassarsi osservando il viavai della gente. Si riaccese l'ammezzato che, secondo la sua convinzione, era un toccasana contro i dolori da artrosi e le ineludibili amarezze della vita.

Osservare il variopinto passaggio in quella affollata via gli stava calmando i nervi, e dopo un quarto d'ora aveva già completamente smaltito il nervosismo accumulato durante il viaggio di andata. All'improvviso notò con grande stupore sull'altro lato della strada una persona che non avrebbe mai potuto dimenticare. Sgranò gli occhi.

"Ma quella è la donna dell'aeroporto, la amazzone!" esclamò fra sé.

Era proprio lei, la giovane donna con la cicatrice che lo aveva tanto impressionato due settimane prima a Malpensa. Nel suo archivio delle persone da non dimenticare, l'aveva definita "l'amazzone cinese", una donna che avrebbe voluto conoscere a ogni costo.

La signora stava procedendo con passo spedito lungo il marciapiede e, se non si fosse dato subito una mossa, l'avrebbe persa di vista per la seconda volta.

Baroni non resistette. Si alzò, lasciò una banconota da dieci euro sotto la tazzina del caffè e la seguì.

"Ma che stai facendo?!" Dal profondo del suo inconscio una voce lo stava redarguendo. "Fai il ragazzino che insegue le femmine?" continuò quella voce. "Sei patetico..."

Baroni la mise a tacere con un sorriso; era troppo curioso di sapere chi fosse quella donna, che lavoro facesse e, perché no, magari avrebbe potuto conoscerla.

L'inseguimento non durò che una decina di secondi perché, appena svoltato l'angolo di una laterale di via Paolo Sarpi, la donna sparì.

Baroni raggiunse la traversa e rimase fermo all'angolo per alcuni istanti. Scrutò la strada, cercando di capire cosa fosse successo.

Era sconcertato, li dividevano al massimo quindici metri, non poteva essersi dissolta nel nulla. Magari era salita in una macchina o aveva cambiato marciapiede, ma avrebbe dovuto comunque notarla, e l'unico portone in cui sarebbe potuta entrare in un lasso di tempo così breve era quello di un centro massaggi cinese, ipotesi che Baroni escluse.

"Sto invecchiando" sospirò e tornò sconsolato al bar in cui aveva appena preso il caffè. Con sorpresa, notò che i dieci euro erano ancora sul tavolo.

Rimase seduto lì ancora per un'ora, osservando i passanti e in particolar modo quella traversa.

– Ma tu pensa che coincidenza – commentò sottovoce. – Anche se – ironizzò, prendendosi in giro – tutto sommato, caro Sherlock Holmes, non è proprio strano incontrare una cinese a Chinatown.

L'ispettore abbozzò un sorriso ma non riuscì a togliersi dalla mente la dinamica inspiegabile dell'accaduto, tanto che saldò il conto al bar e tornò al punto in cui aveva perso di vista la donna per controllare nuovamente cosa fosse successo.

Lo dividevano al massimo sette, otto secondi da lei e anche con passo spedito la donna non poteva aver percorso più di una decina di metri.

Baroni verificò nuovamente, ma l'unica porta che si affacciava lungo i primi venti metri su ambedue i lati della strada era quella del centro massaggi, il Loto Azzurro, ipotesi che Baroni continuava a rifiutarsi di considerare. Dalle insegne al neon a forma di cuoricini non era difficile immaginare che tipo di servizi fornissero in quel centro, e quella donna non poteva lavorare lì, lo escludeva categoricamente. Si guardò di nuovo attorno e infine si rassegnò.

Riprese la strada per tornare verso piazza Sempione. Era già la seconda volta che il destino, o il caso, gli aveva fatto incontrare quella donna, una donna che lo intrigava, lo incuriosiva, lo affascinava, tanto da dimenticare per un momento il motivo per cui si era recato a Chinatown.

Non era la bellezza esteriore che in genere lo attirava in una donna, quella era evanescente, un involucro che a volte non conteneva nulla, ma piuttosto la forte personalità, la forza e la bellezza interiore che certe donne sviluppano ed emanano attraverso il sacrificio, il duro lavoro, la sofferenza che la vita riserva ai più forti. Una vita fatta di sacrifici e sofferenze porta in genere alla depressione, alla disperazione, alla resa, alla rinuncia di qualsivoglia ambizione o sogno. Ma ci sono donne che reagiscono, combattono, sfidano la sorte e alla fine riescono a dominarla e, quando ci riescono, fanno trasparire questa forza interiore e questa bellezza d'animo in qualche dettaglio, che può essere lo sguardo, il portamento, il modo in cui vestono o parlano. Quella era la bellezza femminile che lo attraeva.

Non gli piaceva molto l'espressione, ma una volta aveva sentito dire da un collega che "a Baroni piacciono solo le donne con le palle". Il collega aveva ragione, e lui riconosceva subito quel genere di donne: l'amazzone cinese ne era il prototipo.

"Baroni, torna in te, basta sognare a occhi aperti e va' dalla Di Stefano," gli ricordò la stessa antipatica voce che lo aveva messo in guardia poco prima "altrimenti fai tardi anche stavolta."

Si affrettò, zoppicando leggermente e stringendo i denti per sopportare le fitte che gli stavano tormentando l'anca. Pochi minuti dopo si presentò puntuale davanti al portone del palazzo in cui abitava la Di Stefano, si aggiustò la cravatta e si fece annunciare dal custode, che lo accompagnò all'ascensore.

– Quarto piano – gli disse l'uomo, indicando i pulsanti.

Dopo pochi attimi Baroni si trovò di fronte alla signorina Di Stefano, che lo fece accomodare in un salone con vista sul parco. Stimò che la stanza dovesse misurare almeno cento metri quadri.

Era una bella ragazza di poco più di vent'anni che si era palesemente già sottoposta a diversi interventi chirurgici. Baroni, a prima vista, ne individuò almeno tre: labbra, zigomi e seno. Il modo in cui era vestita lo infastidì: portava dei pantaloncini di jeans talmente corti che sembravano mutande e una mezza maglietta, anche quella troppo corta, che le copriva giusto il seno.

Non fece trasparire alcun disagio, ma lo riteneva un portamento poco consono per un incontro con un pubblico ufficiale, anche se lei si trovava in casa propria.

La ragazza si presentò e lo fece accomodare su un divano, mentre lei si sedette su una poltrona di fronte.

Baroni andò subito al sodo. Il suo era un tipico caso di revenge porn: l'ex compagno si vendicava per essere stato lasciato pubblicando in rete foto sessualmente esplicite dell'ex senza la sua autorizzazione, scattate tuttavia con il suo consenso quando stavano insieme. Si trattava di un'orribile pratica nata negli Stati Uniti che si stava diffondendo soprattutto fra i giovani, quasi sempre a danno della ragazza, e che costituiva reato anche in Italia. In quel caso specifico, la diffusione non era ancora avvenuta, ma veniva minacciata da un anonimo, quasi sicuramente il suo ex, che chiedeva centomila euro per non farlo.

– Se lei paga non risolverà il problema – le spiegò Baroni. – Anzi, gliene chiederanno altri subito dopo.

Sapeva che quelle parole non l'avrebbero certo tranquillizzata, ma era meglio chiarire subito la situazione.

La Di Stefano accavallò le gambe e ascoltò con attenzione. Si accese una sigaretta offrendone una all'ispettore, che però rifiutò cortesemente. Baroni registrò che la ragazza non sembrava particolarmente preoccupata e continuò la sua spiegazione. – In questi casi l'unico modo per impedire la diffusione è quello di individuare e persuadere in tempo il possessore delle foto o dei filmati a non farlo, in un modo o nell'altro.

– Scusi, ispettore, cosa intende per "in un modo o nell'altro"? – lo interruppe la ragazza, incuriosita.

– Gli si chiarisce la gravità del reato che sta commettendo e tutte le conseguenze penali e civili che comporta – le spiegò Baroni. – Sa, spesso la gente non si rende nemmeno conto delle conseguenze di certe azioni, soprattutto i giovani. Ho letto che il suo ex compagno ha ventidue anni.

– Sì, un anno meno di me.

– Studia ancora?

– Sì, siamo iscritti entrambi alla Bocconi.

– E lui è di buona famiglia? Intendo, una famiglia agiata come la sua?

– Sì, i suoi hanno due grandi aziende in Brianza, producono mobili.

A quel punto Baroni capì che la cosa si sarebbe potuta risolvere rapidamente. – Parlerò con questo ragazzo. Trattandosi di un reato perseguibile d'ufficio, l'estorsione intendo, lei non può più ritirare la denuncia. Se è stato lui a scrivere quella lettera, lo scoprirò presto e cercherò di convincerlo a non mettersi ulteriormente nei guai. La vostra relazione è finita, giusto?

La ragazza esitò un attimo, ma poi annuì. – Sì, certo. Non mi importa più niente di lui, voglio solo che esca dalla mia vita, possibilmente senza rovinarmi l'immagine.

– Bene, ho capito. Devo però prima farle ancora una domanda: c'erano altre persone oltre al suo ex compagno quando... – Baroni fece una breve pausa prima di continuare – quando venivano scattate queste foto... intime, o eravate solo voi due? – Dopo un ulteriore attimo di esitazione aggiunse: – Glielo chiedo giusto per escludere che non ci siano altre persone che possano aver girato filmati o scattato foto.

– Capisco, certo. Eravamo sempre solo noi due, non c'erano altre persone – rispose la Di Stefano, guardandolo negli occhi. Non era minimamente imbarazzata, anzi, sembrava divertirsi nel notare il disagio con cui Baroni poneva certe domande.

– Signor ispettore, – riprese sorridendo – guardi che io sono cresciuta in un mondo e in un'epoca diversi dai suoi. Capisco che per lei sia difficile comprendere la nostra generazione, ma le assicuro che per una ragazza di vent'anni oggigiorno queste sono cose normalissime. Viviamo nell'era digitale, degli smartphone e dei social media, dove tutto viene vissuto e comunicato attraverso immagini. Il revenge porn non è che uno degli aspetti negativi che accompagnano questa nuova epoca, come le truffe online o i virus informatici. Non si senta quindi in imbarazzo. Lei ha figlie, signor ispettore?

– No – si limitò a rispondere Baroni. Avrebbe voluto aggiungere “per fortuna”, ma stava ancora riflettendo sulle parole della ragazza. Forse aveva ragione, era lui che non stava più al passo con i tempi.

– E lei è sicura che sia stato il suo ex a mandare quella lettera anonima?

– E chi altro poteva farlo? Le ha scattate lui quando stavamo insieme. Spero sia stato lui, altrimenti significherebbe che le foto sono in mano ad altri e la cosa si complicherebbe parecchio immagino.

– Ha ragione. Bene, signorina Di Stefano, io avrei finito. – Baroni si alzò dal divano e le andò incontro porgendole la mano. – Ora lasci fare a noi della Polizia e cerchiamo di risolverla nel migliore dei modi. Mi ha fatto piacere conoscerla – aggiunse poi, senza troppa convinzione.

La ragazza lo guardò, gli porse la mano ma rimase seduta, non per scortesia, ma perché era sicura che l’ultima frase pronunciata dall’ispettore non era sincera.

Una governante lo accompagnò all’uscita e Nicole Di Stefano lo seguì con lo sguardo. Baroni era stato molto cordiale con lei, forse falsamente cordiale, ma c’era qualcosa in lui che comunque la intimoriva, anzi, le faceva proprio paura. Quel poliziotto stava dalla sua parte, era venuto per aiutarla, a difenderla da quel cretino del suo ex. Eppure l’istinto le diceva che poteva diventare molto pericoloso e che era meglio tenerlo buono. Forse era quell’intercalare sul risolvere la cosa “in un modo o nell’altro” che non le tornava o forse anche quando aveva detto che avrebbe risolto la cosa “nel migliore dei modi”.

Baroni, nel frattempo, era risalito in macchina.

Impostò il navigatore sulla destinazione "casa". Non voleva rischiare di perdersi nel traffico uscendo dalla città.

Smezzò con il taglierino un toscano e ne posò una metà sul cruscotto, sicuro che avrebbe fumato anche il secondo prima di arrivare a Mantova. Accese quindi il suo ammezzato e mise in moto. Il toscano gli serviva per calmare i nervi che sarebbero stati nuovamente messi a dura prova nel traffico metropolitano.

Appena uscito dal parcheggio Baroni chiamò il commissario e lo relazionò sull'incontro avuto con la Di Stefano.

– Bene, Baroni – commentò Ardenti. – Vacci a parlare tu con quel cretino, fallo subito e fagli capire che non si fa così... Senza esagerare, però. Non devo ricordarti chi è la ragazza, vero? Ci siamo capiti?

– Certo, signor commissario capo, lasci fare a me.

– Ti saluto.

– Buona serata.

Ora si trattava di agire in fretta, aveva ragione Ardenti, prima che il ragazzo potesse magari postare su internet qualche filmato o immagine. Una volta in rete, sarebbe stato impossibile impedirne la diffusione a livello globale.

Milano

Baroni fermò la macchina in seconda fila e consultò brevemente il fascicolo che conteneva gli estremi dell'indiziato, Marco Rivera. Vi trovò l'indirizzo e il numero di cellulare. Bene, era quello che cercava.

Cancellò la destinazione su cui era programmato il navigatore e immise l'indirizzo del ragazzo. Non lo avrebbe chiamato per annunciarsi, non voleva allarmarlo e magari lasciargli il tempo di chiamare un avvocato. Preferiva coglierlo di sorpresa.

Con grande sollievo Baroni notò che la nuova destinazione distava solo dieci minuti da dove si trovava, valeva quasi la pena parcheggiare e andarci a piedi, ma alla fine decise di recarcisi in macchina.

Poco dopo arrivò in via Washington, sotto la casa di Rivera. Incredibilmente trovò anche parcheggio, e la cosa lo rimise subito di buon umore.

Il ragazzo viveva in un condominio signorile, non così vistoso come quello della Di Stefano, ma comunque importante. Anche questo palazzo aveva una portineria, e Baroni si presentò alla signora che stava lavando l'androne.

– Buongiorno, abita qui il signor Marco Rivera? – chiese cortesemente.

– Chi lo desidera? – rispose la portinaia, voltandosi verso l'ispettore e assumendo un'aria da funzionario delle dogane.

Baroni si avvicinò e le mostrò il distintivo. – Sono della Polizia – le disse a bassa voce, quasi le stesse confidando un segreto. – Devo parlare con il signor Rivera riguardo a una vicenda delicata... Mi dica solo a che piano lo trovo, per cortesia, e non ne parli con nessuno.

L'anziana guardò il distintivo e si intimorì per qualche istante, poi gli indicò il piano.

– Marco è in casa, che lei sappia?

La signora annuì e Baroni la ringraziò per l'informazione.

Per fortuna c'era l'ascensore. Arrivato al quinto piano, Baroni suonò il campanello. Non dovette attendere molto: dopo qualche secondo si aprì un'anta della porta di entrata e un ragazzo palestrato che indossava una tuta da ginnastica e scarpe sportive si affacciò, bloccando la porta con il piede.

– Buongiorno – si presentò Baroni, mostrando il distintivo. – Sono l'ispettore Baroni, della Polizia di Stato. Dovrei parlare con il signor Marco Rivera.

Il ragazzo non sembrava sorpreso della visita, probabilmente si era già preparato a una simile eventualità, ma finse comunque di cadere dalle nuvole.

– Polizia? Cosa è successo?

– È lei Marco Rivera? – ripeté Baroni. – Posso entrare?

– Certamente, si accomodi e scusi il disordine. Sì, sono Marco Rivera, cosa posso fare per lei?

Il giovane fece accomodare l'ispettore in cucina, al tavolo. Sembrava molto sicuro di sé, quasi spavaldo. Baroni riconobbe subito quella disinvoltura fuori luogo tipica dei giovani che iniziano ad affrontare il mondo adulto con l'approccio sbagliato, cioè con la malriposta convinzione di conoscere già tutte le regole della vita.

"Hai ancora molto da imparare, ragazzo" pensò.

– In salotto stanno facendo le pulizie, quindi non si offenda se ci accomodiamo qui in cucina. Qual è il motivo della sua visita, signor ispettore, cosa posso fare per lei? – chiese il ragazzo, accendendosi una sigaretta.

Entrambi si erano seduti al tavolo e Baroni si rilassò contro la spalliera della sedia, fece un sorriso bonario come per tranquillizzare il ragazzo, e chiarì che si trattava di una normale routine relativa a un'indagine in corso, ma poi andò subito al sodo. – Lei e la signorina Di Stefano eravate legati sentimentalmente fino a poco tempo fa, corretto?

Il ragazzo annuì e cambiò subito atteggiamento. La sorpresa per la visita della Polizia che aveva simulato solo pochi attimi prima aveva lasciato il posto a un'espressione diffidente.

Baroni si limitò a guardarsi intorno e dopo qualche attimo cominciò a spiegare la ragione per cui era venuto a trovarlo. Intanto continuava a vagare con lo sguardo fra le pareti e le mensole della cucina.

– Pare che qualcuno minacci la signorina Di Stefano di diffondere in rete delle foto, diciamo intime, che lei, signor Rivera, le ha scattato durante la vostra relazione. – Si fermò qualche secondo e poi fissò Rivera negli occhi. – E che chieda pure un'ingente somma per non farlo. Ne sa niente?

Lo sguardo di Baroni si fece penetrante e la voce seria, ma mantenne ancora un'espressione amichevole. Notò improvvisamente un leggero tremolio della palpebra sinistra del ragazzo.

– Le foto le avevamo scattate insieme, con il consenso di entrambi... e siamo entrambi adulti... – cominciò a giustificarsi Rivera, scandendo la frase con diversi intervalli.

Sembrava ancora sicuro di sé, si era evidentemente preparato a dare una simile risposta, ma c'era qualcosa nel modo di fare di quell'ispettore che lo intimoriva, qualcosa che non riusciva però a mettere a fuoco.

Baroni annuì. – Certo, siete entrambi adulti, ma non è quello il vero problema, Marco.

Passò a dargli del tu. – Il problema è che se tu diffondi quelle foto in rete, ti trovi in un grosso guaio. È un reato. E aver chiesto dei soldi per non farlo è anche peggio, perché hai commesso anche un'estorsione, un reato ancora più grave.

– Ma come si permette? – protestò Rivera, cercando di sembrare indignato, ma lo fece senza troppa convinzione e se ne rese subito conto. Baroni continuava a guardarlo con un'espressione bonaria e questo lo rendeva più nervoso.

– Comunque le foto non le ho solo io – proseguì prontamente Rivera. La sua espressione era cambiata, ma cercò comunque di ostentare sicurezza. – Le avevo condivise con amici quando stavamo ancora insieme, io e Nicole. Chissà in che mani sono ora. Cosa le fa pensare che sia io a ricattarla?

Baroni si alzò lentamente, assunse di nuovo un'aria affabile e posò una mano sulla spalla del ragazzo, quasi a volerlo consolare. Dopo tanti anni in Polizia aveva imparato a leggere gli sguardi, e quello di Rivera era di uno che stava mentendo.

– Eh, caro Marco. Spero, nel tuo interesse, che non sia andata così, che le foto non siano finite in mano a terzi. E sai perché? – L'ispettore assunse di colpo un'aria rassegnata.

– No, perché? – Rivera cercava ancora di sorridere, ma era visibilmente a disagio. L'istinto gli lanciava forti segnali di pericolo. C'era qualcosa in quel poliziotto che lo inquietava, ma si sforzò di mantenere una certa compostezza. Non riusciva a inquadrarlo. Forse lo aveva sopravvalutato, magari era solo un imbecille che voleva impressionarlo.

– Perché, tutto sommato, mi sei simpatico.

Rivera lo guardò sorpreso e l'ispettore ricambiò con un sorriso. – Sì, Marco, mi sei proprio simpatico! – ripeté Baroni, dando piccole pacche sulla spalla del giovanotto. Volse lo sguardo fuori dalla finestra che dava sul cortile e dopo una breve pausa aggiunse: – E mi dispiacerebbe se tu finissi all'inferno.

Mentre pronunciava quelle parole, si voltò di scatto e fissò il ragazzo negli occhi.

Rivera si spaventò e lo guardò sconcertato. Era sicuro di aver capito bene, ma non riusciva a contestualizzare quelle parole, e lo sguardo che aveva assunto l'ispettore non gli piaceva per nulla.

Baroni gli si avvicinò e gli chiese sottovoce: – Ma tu, Marco, credi nell'inferno o no?

– Temo di non capire, ispettore – rispose timidamente il ragazzo. Aveva smesso di sorridere. Quell'uomo gli faceva paura.

Baroni lo fissò con un'aria quasi ingenua, come stesse parlando a un bambino. – Temi di non capire... – replicò, pazientemente, rimanendo in piedi davanti al ragazzo. – Vedi, io non sono particolarmente religioso, non vado spesso in chiesa, ma ti assicuro che l'inferno esiste. Qui sulla Terra. Ce n'è uno proprio anche a Milano, lo sapevi?

Aveva pronunciato le ultime parole quasi sussurrando e indicò con il dito verso il pavimento. Fissò il ragazzo sbarrando gli occhi, aveva assunto l'espressione di un invasato.

– È qui a Milano, in via San Vittore. E sai com'è

fatto, l'inferno? – Baroni attese qualche istante prima di riprendere, voleva aumentare la tensione. – Ha la forma di una stanza con le sbarre alle porte e alle finestre, che misura due metri e trenta per quattro metri e trenta, quindi meno della metà della tua cucina, in cui dovrai vivere per anni insieme ad altri cinque o sei detenuti, magari anche di più, quasi sicuramente degli immigrati. Avrai sentito, immagino, del problema del sovraffollamento nelle carceri italiane, vero?

Baroni fece di nuovo una breve pausa, voleva dare il tempo al ragazzo di assimilare bene il concetto. – E sai, Marco, non sono tanto la privazione della libertà, gli spazi ridotti, la puzza insopportabile, il cesso in comune accanto al tuo letto, le piattole, la mancanza di privacy... A questo dopo qualche mese ci puoi magari anche fare l'abitudine... Il problema vero, nel tuo caso, sarà molto più grosso. – Fece di nuovo una breve pausa. – Indovina, Marco, quale sarà il tuo vero problema a vivere qualche mesetto o qualche anno in quell'inferno. – Lo guardò con un'aria benevola e attese una risposta.

Rivera era troppo scosso per rispondere: gli si era seccata la gola, teneva lo sguardo fisso sull'ispettore e aveva cominciato a sudare.

– Non lo sai, Marco, forse lo immagini, ma te lo dico io. Un bel giovanotto come te, di carnagione bianca, ben curato, palestrato e di buona famiglia, in carcere farà gola a un sacco di brutta gente. Ci sono dei bruti che non toccano una donna da anni, alcuni da decenni, e che quindi sono sempre alla ricerca di un'alternativa fra i nuovi detenuti, specie fra quelli carini e indifesi come te. E non è gente che ti chiede il permesso prima di stuprarti. Anzi, non si prende nemmeno il disturbo di mettersi il preservativo. Poi, una volta che ci hanno preso gusto, non ti mollano più, per anni. Capisci ora cosa intendo per inferno?

Di Stefano era rimasto immobile sulla sedia, sembrava terrorizzato, non muoveva più un muscolo. Poi fece sì con la testa, e Baroni riprese la spiegazione, a bassa voce, in un tono quasi confidenziale. – E quando uscirai non sarai più lo stesso, te lo garantisco, sarai uno straccio da buttar via, un uomo devastato.

Si chinò verso il ragazzo e gli sussurrò: – Per questo ti consiglio di far sparire per sempre quei filmati, sia gli originali sia eventuali copie, e spero anche, nel tuo interesse, che tu non li abbia girati ad altri, perché ciò renderebbe tutto più difficile e per te si aprirebbero probabilmente le porte dell'inferno.

Continuò a fissarlo con quello sguardo indecifrabile, gli pose nuovamente la mano sulla spalla e gli confidò paternamente: – Guarda che sei fortunato, Marco, io sono quello buono. Il poliziotto cattivo non ti dava tutte queste spiegazioni, non cercava di aiutarti, ti spediva direttamente all'inferno. Nel tuo caso c'è anche il reato di estorsione, dove la pena minima è di cinque anni di galera. Sei sicuro di voler andare avanti con la tua bravata? Non sprecare questa occasione per uscire da questo casino, potrebbe essere l'ultima.

Rivera abbassò gli occhi, si erano inumiditi, stava per crollare. – Cosa devo fare? – chiese, trattenendo a stento le lacrime.

– Sei stato tu a scrivere quella lettera alla tua ex, giusto?

Il ragazzo annuì. Della sua iniziale spavalderia non era rimasto più nulla.

– Ti voglio aiutare Marco, veramente.

Baroni aveva cambiato tono di voce. Assunse un'aria conciliante e per la prima volta provò un'autentica pena per quel ragazzo. – Facciamo così: ti costituisci spontaneamente e dici che era tutto uno scherzo, distruggi tutti gli originali e le copie di quei filmati, ti assicuri che non ce ne siano altri in giro. Nel malaugurato caso li avessi già condivisi con qualcuno, e...

Rivera lo interruppe con tono supplichevole. – No, ispettore, non ci sono altre copie in giro, non li ho condivisi con nessuno, glielo giuro. E poi era veramente uno scherzo, volevo solo fargliela pagare a quella... – Non riuscì a finire la frase, voleva solo rifugiarsi in un pianto liberatorio, ma non lo fece.

– Meglio così – lo tranquillizzò Baroni. – Purtroppo, la denuncia in questi casi non può più essere ritirata, ma sei incensurato e con un buon avvocato te la caverai con una multa e con la sospensione della pena. Il legale riuscirà a far passare il tutto per uno stupido scherzo che hai iniziato e finito tu stesso. Niente inferno. Che ne pensi?

Il ragazzo non reagì più, riusciva a malapena a tenersi in equilibrio sulla sedia. Dopo una lunga pausa annuì lentamente.

Baroni rimase accanto a lui ancora per qualche istante, senza dire una parola.

– Hai fatto una grossa stupidata, Marco, ma non una di quelle che non si possano in qualche modo aggiustare. Non voglio sapere perché l'hai fatto, posso però immaginarmelo.

Il ragazzo guardò l'ispettore, che lo confortò. – Ti darò una mano col giudice, diremo che è stata una tua iniziativa, che hai confessato spontaneamente e che ti sei costituito volontariamente; questo farà una buona impressione al magistrato. Siamo d'accordo?

Il ragazzo annuì, voleva piangere ma si trattenne, non voleva sfigurare davanti a Baroni.

L'ispettore rimase in piedi accanto a lui e gli ripeté che avrebbe confermato al magistrato la spontaneità della sua confessione e che avrebbe sicuramente evitato il carcere. Quel ragazzo gli faceva davvero pena. Forse aveva calcato un po' troppo la mano. Poi gli consigliò di chiamare il suo legale e di costituirsi presso la Questura di Milano quel giorno stesso.

Rivera seguì subito il suo consiglio: un'ora dopo l'avvocato sarebbe passato a prenderlo a casa sua. Baroni rimase con lui, temendo che potesse commettere qualche follia. L'avvocato aveva consigliato a Rivera di non dire più una parola fino al suo arrivo, ma il ragazzo lo aveva zittito: non avrebbe ritrattato nulla di quanto detto all'ispettore.

Baroni spiegò al legale quanto concordato con il ragazzo, e i due si separarono con una stretta di mano.

Appena uscito dall'abitazione e di nuovo in strada Baroni si accese un sigaro e lo fumò con un senso di liberazione. Prese il cellulare e aggiornò Ardenti su come aveva risolto il caso. Nonostante gli apprezzamenti ricevuti, non si sentiva a proprio agio. Il ragazzo era colpevole di un reato odioso e lui aveva fatto il proprio dovere, che era quello di impedire che portasse a termine il progetto criminale e di assicurarlo alla giustizia. C'era, tuttavia, qualcosa che gli impediva di essere soddisfatto di come si era risolta la situazione. Aveva forse esagerato con la prospettiva di farlo finire in un irrealistico inferno dantesco? Era giusto estorcere con minacce o addirittura con la violenza la confessione di una persona colpevole? Baroni si poneva spesso questo dilemma in casi simili e non sempre trovava una risposta che lo soddisfacesse. Dipendeva molto dalla situazione, dalle circostanze, si disse. Sicuramente non era giusto in via di principio, oltre che da un punto di vista legale, ammise, ma lo "scherzo" di Rivera alla sua ex compagna stava prendendo una brutta piega e l'intera vicenda sarebbe potuta finire molto peggio per il ragazzo. Per non parlare della Di Stefano, che rischiava di essere rovinata per tutta la vita. Era giusto fermarlo in tempo e fargli capire bene a cosa stesse andando incontro.

Dopo quella autoassoluzione Baroni s'incamminò verso la macchina. L'idea di tornare a Mantova affrontando il traffico cittadino per uscire dalla città gli ributtò giù subito il morale. Si fermò per riflettere sul da farsi quando un folto gruppo di turisti cinesi gli passò davanti. Baroni non ci fece caso, era troppo stanco.

Rifletté per qualche istante e optò per tornare a casa in serata. Il caso volle che ci fosse un tabaccaio proprio a due passi. L'ispettore non esitò e acquistò una confezione da dieci scatole di sigari toscani.

Mezz'ora dopo era in coda nel consueto ingorgo serale della tangenziale est milanese. Accese la radio sul canale che trasmetteva prevalentemente musica degli anni Ottanta, e con sua grande soddisfazione sentì la voce di Donna Summer che cantava *Hot Stuff*. La musica gli risollevò lievemente l'umore e Baroni estrasse dalla tasca un sigaro "per gustare meglio la musica". Abbassò il finestrino e iniziò a seguire il ritmo della canzone tamburellando le dita sul volante.

Il traffico non accennava a diminuire e, come spesso accadeva in quelle situazioni, i suoi pensieri iniziarono a vagare fra i ricordi. Puntualmente gli tornò in mente l'amazzone cinese che aveva intravisto e seguito quella mattina in via Sarpi.

Cercò d'immaginare cosa facesse nella vita. Con ogni probabilità viveva a Chinatown o nei dintorni. L'aveva vista che era un po' prima di mezzogiorno, troppo presto per una pausa pranzo; magari aveva un impegno di lavoro o era forse uscita per fare la spesa, ma non portava sacchetti con sé, solo la borsetta. Di sicuro era pratica della zona, non sembrava una turista. Poi gli venne in mente la prima volta in cui gli era apparsa, agli arrivi dell'aeroporto. Era uscita praticamente insieme all'equipaggio dell'aeromobile, almeno venti minuti prima di tutti gli altri passeggeri. Una corsia così preferenziale ce l'hanno solo i diplomatici o chi può sfoggiare un passaporto diplomatico.

Che fosse arrivata con il volo da Pechino era fuor di dubbio, non c'erano altri voli quella mattina presto, se non uno proveniente da Melbourne e uno da Dakar, che Baroni però escluse tra le ipotesi possibili. L'amazzone faceva quindi probabilmente parte del corpo diplomatico cinese di stanza a Milano. Il Consolato cinese si trovava però dall'altra parte della città rispetto a Chinatown. Cosa ci faceva allora in via Sarpi durante l'orario d'ufficio? Viveva lì?

"Ma chi sei, mia cara amazzone?" si domandò l'ispettore. Poi gli venne un'idea e abbozzò un lieve sorriso. "Lo scopriremo domani..."

– Ciao, Romualdo, vieni che ti offro un caffè.

Baroni era giunto in ufficio la mattina presto, alle otto: voleva essere sicuro di arrivare prima del collega addetto all'ufficio visti, in modo da intercettarlo al momento giusto.

Baroni lo prese sottobraccio e sfoderò il suo più accattivante sorriso. Romualdo Brigliadori accettò volentieri il suo invito e si fece accompagnare alla macchinetta del caffè. Quando voleva, Baroni poteva essere davvero simpatico.

– Ti devo chiedere un favore – gli disse l'ispettore sottovoce. – Dovrei dare un'occhiata all'elenco del personale diplomatico cinese accreditato in Italia, solo quello di stanza a Milano.

Era in buoni rapporti con Romualdo e sapeva che non avrebbe fatto storie, anche se una simile richiesta avrebbe dovuto seguire un protocollo ufficiale.

Brigliadori lo guardò incuriosito, in attesa di una spiegazione.

– Si tratta della delegazione di poliziotti cinesi che è venuta qui per quei cadaveri trovati nel campo a Castello sull'Argine, ti ricordi? – mentì Baroni. – Avevo promesso di fare un favore a un addetto del Consolato cinese che li ha accompagnati, ma ho perso il suo biglietto da visita e non ricordo più il suo nome. Non vorrei fare figuracce chiamandolo con il nome sbagliato.

– No problem, Franco. Guardiamo subito.

Baroni seguì il collega. Tornati alla sua postazione lo vide battere alcuni tasti e aprire e chiudere diverse schermate del terminale prima di arrivare a quella che gli interessava.

– Chi è fra questi? – gli chiese Romualdo, presentandogli sullo schermo una dozzina di volti in formato fototessera.

Baroni si chinò verso lo schermo e riconobbe subito la persona che cercava, era inconfondibile. Si chiamava Yang Wu, nata a Nanning il 12.2.1980, addetta all'ufficio amministrativo del Consolato. Memorizzò il dato, poi cercò l'autista della delegazione, il signor Chow, e lo indicò con. – Eccolo, è questo, signor Chow Li, aspetta che me lo scrivo. Ottimo, grazie, Romualdo, dopo lo chiamo. Di nuovo grazie.

Baroni tornò nel suo ufficio visibilmente soddisfatto, anche se sulla scrivania lo stava attendendo una montagna di scartoffie da compilare, consegnare e archiviare. Poteva finalmente dare un nome alla sua amazzone: Yang Wu.

Si mise subito alla ricerca di quel nome su internet, ma non trovò nulla.

– Sei una donna misteriosa, mia cara Yang. Prima o poi dobbiamo conoscerci – sussurrò compiaciuto e annotò i dati nel suo taccuino.

La cosa lo divertiva, non tanto per gli improbabili sviluppi che avrebbe potuto offrire, era perfettamente consapevole che non ce ne sarebbero stati, di nessun genere, ma piuttosto perché la donna aveva risvegliato in lui quell'entusiasmo giovanile che sempre più spesso gli mancava, facendogli temporaneamente dimenticare che gli anni passavano anche per lui.

All'improvviso squillò il cellulare, un numero non presente nella rubrica, con prefisso di Verona.

– Signor Franco Baroni?

– Sì?

– Buongiorno, sono Monica, la caposala di ortopedia dell'ospedale San Camillo. La chiamo per l'intervento all'anca. Si è liberato un posto nella lista d'attesa e potremmo anticipare l'intervento di qualche mese, se lei è d'accordo. Le andrebbe bene fra due settimane, giovedì 22?

– Buongiorno. Signora Monica, diceva? Guardi, mi ha colto alla sprovvista, non saprei, mi dia un minuto...

Baroni consultò il calendario da tavolo e lo trovò completamente vuoto.

– Be', in teoria sì, andrebbe bene. Ma deve saperlo subito?

– Guardi, se vuole pensarci ha tempo fino a domani mattina, dopodiché devo chiamare quello dopo di lei.

– Ho capito, preferisco pensarci e darle una risposta in giornata o domani. La posso richiamare a questo numero?

– Certo, anche domani, ma mi trova solo fino a mezzogiorno. La saluto, signor Baroni.

L'ispettore rimase per qualche minuto seduto alla scrivania. In teoria avrebbe dovuto essere felice di risolvere finalmente il problema all'anca, che era ormai diventato imbarazzante, oltre che doloroso. Ma aveva imparato a convivere con quel dolore, e anche se tutti gli facevano notare che zoppicava leggermente lui ogni volta minimizzava, rispondendo che non era nulla di grave. In realtà, non voleva ammettere e far sapere al mondo intero di avere l'artrosi all'anca, tipica malattia da persone anziane, e lui non era anziano, né tantomeno *si sentiva* anziano. Un po' come quelli che a una certa età si accorgono di non vederci o di non sentirci più bene e si ostinano a non portare gli occhiali o l'apparecchio acustico, quasi a volersi opporre con la propria forza di volontà alle leggi della natura.

Da giovane si era spesso chiesto quale sarebbe stato il momento, il suo momento, che avrebbe segnato il culmine e quindi la discesa della parabola della sua vita. Qualche anno prima gli erano spuntati i primi capelli bianchi, chiaro sintomo di invecchiamento, ma a suo parere quelli erano riconducibili allo stress. Ora invece lo aveva trovato, l'inizio della discesa. E aveva solo quarantotto anni.

– Non sei più un giovanotto, Baroni, rassegnati – si disse sottovoce.

Ora che si prospettava la possibilità di risolvere definitivamente quel problema lui rimase in dubbio. Provava un sentimento misto fra il sollievo e la paura di un intervento chirurgico tanto importante. Oltre all'operazione in sé, che avrebbe comunque subito in anestesia totale, lo spaventavano la convalescenza in ospedale e il lungo periodo di riabilitazione in clinica, minimo un mese di fisioterapia ed esercizi.

"Mi sa che non si potrà evitare, bisognerà ingoiare il rospo" concluse, dopo diversi ragionamenti a favore di un rinvio e quelli contro. Riprese in mano il cellulare e chiamò la signora Monica per confermare la data del ricovero.

La sera Baroni tornò a casa sconsolato. Nella sua personale graduatoria degli impegni sgradevoli, subito dopo le sedute dal dentista regnava sovrano il ricovero in ospedale. Avrebbe passato tutto quel tempo leggendo, pensò, stilando a mente una lista dei libri che aveva tenuto in caldo per l'ennesima rilettura.

Ospedale San Camillo, Verona

Il tempo per la riabilitazione postoperatoria sembrava non finire più. Esercizi con la gamba, massaggi muscolari, piscina, riposo a letto. La giornata era scandita da quei quattro momenti, con l'unico intervallo segnato dai pasti, che Baroni reputava immangiabili. Il compagno di stanza dell'ispettore russava per giunta come un elefante, impedendogli di prendere sonno. Ma la cosa che più gli mancava era fumare il sigaro e la possibilità di muoversi liberamente. Non doveva assolutamente caricare il peso del corpo sulla gamba operata, e le stampelle che era obbligato a usare gli impedivano qualsiasi fuga, anche solo provvisoria, dalla clinica.

A due settimane dall'intervento la scorta di sigari che teneva nascosta nel trolley era rimasta intatta: non c'era modo di eludere la sorveglianza delle infermiere e uscire all'aperto per fumarsi un benedetto toscano. Il fatto lo innervosiva parecchio, al punto da cercare un varco non sorvegliato che portasse al parcheggio sotterraneo.

Alla fine lo trovò. Era una scala antincendio che si poteva raggiungere in fondo a un corridoio attiguo al suo e che portava direttamente nel sotterraneo. L'unico problema erano i tre piani da scendere e poi risalire con le stampelle.

"Per una salutare fumata questo e altro" pensò Baroni. Estrasse dal trolley un toscano, lo smezzò con le forbici, si mise in tasca le due metà insieme a un accendino e si lanciò in quella temeraria quanto incosciente impresa.

Erano esattamente sessanta gradini per pianerottolo. Scendendo le scale fece molta attenzione a stare in equilibrio sulle stampelle, in quanto i gradini gli sembravano particolarmente corti.

– Una mossa sbagliata e sei fottuto – si disse sottovoce, ma la prospettiva del premio finale gli diede la forza e la concentrazione necessarie per raggiungere l'obiettivo.

Arrivato in garage cercò un posto su cui sedersi, ma non trovò nulla di meglio di un estintore appeso al muro. Appoggiò una stampella contro la parete tenendosi in equilibrio sulla gamba sana e, rasentando il limite delle sue forze, riuscì a sganciare con una mano l'estintore. Lo pose lungo la parete e cercò di accomodarcisi sopra, ma capì subito che quella soluzione era impraticabile.

A quel punto si sedette per terra, a costo di sporcare il camice bianco. Stava scomodissimo in quella posizione, ma per la prima volta in due settimane si sentì a proprio agio.

Tirò fuori un toscano smezzato e cominciò quella che definì una "fumata di salute". La combustione del tabacco Kentucky del sigaro sprigionò un intenso aroma di cuoio stagionato. Baroni trattenne il fumo in bocca per qualche secondo, in modo che le papille gustative ne assorbissero il sapore, per poi espellerlo lentamente.

Il parcheggio era quasi vuoto, illuminato da una decina di lampade al neon, alcune delle quali difettose. Diffondevano a intermittenza una luce fredda ed emettevano un fastidioso rumore, ma nonostante il contesto fosse tutt'altro che accogliente, in quel momento Baroni era un uomo rilassato, felice.

"Ci manca solo un buon panino al salame e un bicchiere di lambrusco" commentò compiaciuto, osservando una piccola nuvola di fumo espandersi di fronte a lui.

Sapeva che non avrebbe mai dimenticato quella scena, anzi, sarebbe diventata uno spassoso ricordo da raccontare ad amici e conoscenti anche a distanza di anni. Seduto per terra in un garage sotterraneo, con la gamba fasciata da una lunga calza medicale antitrombo e le stampelle appoggiate al muro, Baroni fumò il sigaro riflettendo sul suo argomento preferito: l'amazzone cinese, la signora Yang Wu.

Quella donna era veramente misteriosa, lo intrigava. Aveva consultato, tramite un collega fidato perché lui non ne era capace, tutti i social media più noti, ma la donna non compariva in nessuno di essi, né su Facebook, Instagram o LinkedIn.

Nei giorni antecedenti il ricovero in ospedale aveva pure raccolto ulteriori informazioni: risiedeva in Italia, a Milano, da oltre sette anni. Lavorava presso il Consolato generale cinese e possedeva un passaporto diplomatico, doveva quindi essere perlomeno un alto funzionario del Ministero degli Esteri, non certo una semplice contabile. L'indirizzo di residenza non fu una sorpresa: via Paolo Sarpi.

Baroni si chiedeva se parlasse l'italiano o se, come molti cinesi che vivevano in Italia, non avesse mai sentito il bisogno di imparare la lingua locale.

Man mano che il sigaro si accorciava, immaginò come avrebbe potuto svolgersi il loro primo incontro, magari sorseggiando un cocktail o a una cena a lume di candela, in un romantico ristorante milanese.

A un certo punto scosse la testa. "Baroni, Baroni, ma che cavolo stai sognando a occhi aperti? Le possibili spiegazioni sono due: o sei un inguaribile romanticone oppure un patetico sognatore." Optò per la prima, sperando che fosse quella giusta. Il sigaro era quasi terminato, la fumata si intensificò, cambiando aroma e lasciando in bocca un sentore di pepe nero e noce moscata.

Si rialzò faticosamente, tirò un'ultima boccata e gettò il sigaro in un angolo. Poi si avviò verso le scale. Proprio mentre era in bilico fra due gradini della scalinata del primo piano, squillò il cellulare. Era il comandante Ceccarelli. Baroni si fermò e accettò la chiamata.

– Buongiorno ispettore, sono Ceccarelli. Come stai?

– Sto bene, grazie. E lei, comandante?

– Non mi lamento. Ho saputo che sei ancora in ospedale, in convalescenza. Ti disturbo?

– Assolutamente no, comandante. Anzi, mi fa piacere sentire una voce amica.

– Volevo informarti su un importante sviluppo nelle indagini dei cadaveri trovati nei campi: Ferrari è vivo e ha chiamato la figlia.

Baroni stava ancora aggrappato con una mano al corrimano della scala antincendio, la gamba operata sospesa e le stampelle appoggiate al muro, una situazione non proprio ideale per una lunga conversazione telefonica.

– Mi scusi, comandante, posso richiamarla fra un paio di minuti? Altrimenti mi sa che dovranno operarmi nuovamente...

– Ma certo, Franco, richiamami quando puoi. A dopo.

Baroni ripose il cellulare nella tasca del camice e riprese la tortuosa salita verso il suo reparto. Appena arrivato si tolse il camice e lo buttò in un carrello portabiancheria, dimenticandosi che nella tasca erano ancora rimasti l'altra metà del sigaro e l'accendino. Poi andò in stanza e chiamò il colonnello.

– Il Ferrari si è quindi fatto vivo?

– Sì, ce lo ha comunicato la figlia. L'ha chiamata ieri. Dice che dal tenore della conversazione non le pareva che il padre parlasse sotto costrizione. Le sembrava tranquillo, in buona salute. L'ha rassicurata che sta bene e di non preoccuparsi per lui, ma che non si rivedranno per un paio di mesi.

– Un paio di mesi? – chiese Baroni, stupito.

– Sì, pare che abbia detto proprio così, un paio di mesi.

Baroni rimase per qualche secondo a riflettere. – E il procuratore che ne pensa?

– Niente, pensa che prima o poi lo prenderemo. Le ricerche di Ferrari continuano, ha i conti bloccati ed è ufficialmente ricercato, i suoi margini di movimento sono molto limitati.

– E come fa allora a dire alla figlia che non si rivedranno per un paio di mesi? – rifletté Baroni ad alta voce.

– È quello che pensavo anche io. L'unica spiegazione plausibile è che si trovi già all'estero. Inizialmente non avevamo motivo di sospettare che potesse scappare. Ha avuto abbastanza tempo per organizzare una fuga, anche se... – il comandante fece una breve pausa – c'è qualcosa che comunque non torna. Se avesse voluto scappare o addirittura espatriare, avrebbe prima prelevato del contante, il massimo possibile, invece niente. L'ultimo prelievo risale addirittura a tre giorni prima del ritrovamento del primo cadavere.

– No, non quadra proprio per nulla. Concordo, colonnello – ribadì Baroni. – E se invece non fosse scappato, ma se fosse stato rapito o comunque tenuto prigioniero, che ne so, magari dai suoi complici che gestivano i cimiteri clandestini?

– Non farti sentire dal procuratore o dal tuo capo, Baroni – lo avvertì scherzosamente Ceccarelli. – Quell'ipotesi investigativa non è più attuale da quando la delegazione venuta da Pechino ha identificato i cadaveri come affiliati alla mafia cinese. Lo avranno al massimo pagato per usare il suo campo e far sparire i cinque morti. Abbiamo scavato in ambedue i suoi campi e non c'era niente. Probabilmente – aggiunse – si era già preparato per una potenziale fuga, tenendo da parte del contante e addirittura anche documenti falsi.

Baroni rimase in silenzio e si sdraiò sul letto. Non condivideva il ragionamento del comandante, secondo lui Ferrari non sarebbe mai fuggito senza informare prima la figlia, ma non voleva contraddirlo apertamente.

Un'infermiera, nel frattempo, era entrata nella stanza per fargli un'iniezione nella pancia ed era rimasta in attesa che Baroni finisse la telefonata. L'ispettore terminò la conversazione con una scusa e appoggiò il cellulare sul comodino. L'infermiera, Iva, si avvicinò ed estrasse dalla tasca l'accendino e il mezzo toscano che lui aveva dimenticato nel camice. – Sono suoi questi?

Baroni non riuscì a mascherare la sorpresa e la guardò per un istante come un bambino colto con le mani nella marmellata. Si riprese subito, ma la scena divertì molto l'infermiera che, sorridendo, li ripose nel cassetto del suo comodino.

– Da come era conciato il suo camice mi viene in mente solo un posto dove può essere andato a fumare. Guardi, ispettore, che l'ultimo paziente che ha fatto una simile pazzia, anche lui un fumatore di toscani, lo hanno ritrovato in fondo alle scale con tutte le ossa rotte. Si sarà fatto almeno altri tre mesi di ospedale. Vuole fargli compagnia?

Baroni la scrutò imbarazzato e poi replicò in tono scherzoso, alzando le mani in segno di resa. – Mi arrendo e confesso, mi ha beccato in pieno.

L'infermiera si chinò su di lui per fargli la puntura e gli confidò sottovoce: – E comunque, signor ispettore, quello non era il cesto della biancheria sporca, ma il sacco per la raccolta della plastica. – Gli strizzò l'occhio e se ne andò.

– Sto invecchiando, non c'è niente da fare – si consolò Baroni, ma con il pensiero tornò immediatamente alla conversazione con il comandante Ceccarelli.

"Riordiniamo i fatti" ragionò. "Subito dopo il ritrovamento del primo cadavere, quello di un cinese, Ferrari si reca di nascosto a Milano, più esattamente a Chinatown, contravvenendo a un esplicito ordine dei Carabinieri, e là fa perdere le proprie tracce. Alcuni giorni dopo si scopre che nel suo campo sono stati sepolti in passato altri cadaveri, anche questi cinesi. Ferrari doveva saperlo e la possibilità che avremmo scoperto gli altri quattro morti evidentemente lo spaventava parecchio, ecco il motivo per cui era così nervoso quando lo abbiamo interrogato. La delegazione della Polizia cinese ha poi identificato le salme e le ha attribuite alla mafia cinese, che si trova a Chinatown. Dopodiché, il buio."

Baroni rifletté per qualche attimo e infine concluse che la soluzione del caso era da cercarsi per forza a Chinatown. Dove, fra l'altro, viveva anche quella che ormai definiva la sua amazzone.

– Mi sa che bisognerà tornarci – concluse sottovoce.

Chinatown, Milano

Yang Wu aveva appena finito il suo allenamento quotidiano di Wing Chun e stava facendo una doccia. Sin da giovanissima praticava con passione quell'arte marziale, sorta nel Sud della Cina intorno al diciassettesimo secolo, grazie a Ng Mui, una monaca buddista. E in più di un'occasione aveva anche dovuto farne uso pratico al di fuori della palestra, come quando, durante una vacanza a Parigi, di sera era stata aggredita da due teppisti che volevano scipparla. Vennero entrambi travolti da una raffica di pugni, gomitate e ginocchiate talmente rapida che non avevano avuto nemmeno il tempo di rendersi conto di cosa stesse succedendo che già erano a terra semincoscienti, sanguinanti e con il viso tumefatto.

Il Wing Chun le serviva soprattutto per rimanere in forma, ma anche per ridurre lo stress cui era quotidianamente sottoposta. Il suo incarico sotto copertura richiedeva molta concentrazione, una cautela estrema e ogni giorno si presentavano nuovi problemi, nuove emergenze da gestire.

Quella più pressante era riuscita a risolverla, finalmente, e per giunta con l'approvazione del suo nuovo capo, Chen. Ferrari era rimasto segregato per quasi un mese in cantina. Era un cittadino italiano, la cosa scottava troppo, doveva sparire per forza. Lui stesso si era reso conto che non potevano lasciarlo tornare a casa, sapeva troppo, e le conseguenze di una sua eventuale confessione potevano essere catastrofiche.

Una sera Yang era scesa in cantina e gliene aveva parlato. Lo aveva fatto ragionare e gli aveva spiegato che un suo ritorno a casa era ormai fuori discussione. Gli aveva anche fatto chiamare la figlia e infine aveva dato istruzioni ai suoi collaboratori su come procedere.

Risolto quel problema, Yang poteva finalmente concentrarsi su altre priorità.

Le indagini sui cadaveri sepolti nel campo di Ferrari per fortuna si erano arenate e, tutto sommato, il pericolo che venissero scoperti anche gli altri campi sparsi in Italia sembrava al momento scongiurato. Anche i media stavano perdendo interesse per la vicenda. Quella pratica doveva comunque finire, il compagno Chen era stato chiaro: le Triadi avrebbero dovuto trovare un'altra soluzione e, a pensarci bene, la necessità di far sparire i cadaveri non sussisteva più veramente. Adesso le sostituzioni di identità non erano necessarie come una volta, quando era difficile ottenere un visto o un permesso di soggiorno. La comunità cinese disponeva ora in Italia dei mezzi economici, dell'organizzazione, delle aziende e delle infrastrutture necessari per farli ottenere regolarmente, per non parlare dei ricongiungimenti familiari, che venivano ormai approvati senza problemi.

Era stato il signor Chong a riprendere quella pratica oramai desueta da decenni, ma il compagno Chen le aveva assicurato che avrebbe fatto pressione sui capi delle Triadi a Hong Kong per far cessare questo genere di business, perlomeno in Italia.

Ora Yang si sarebbe potuta nuovamente concentrare sulla sua missione. Da anni lei e la sua struttura clandestina monitoravano i dissidenti e i criminali cinesi operanti in Italia, il cui numero aumentava di anno in anno. I dissidenti non rappresentavano un problema, erano pochi e disorganizzati. Il problema vero che poteva creare allarme sociale in Italia era la criminalità cinese, anche se non tutta.

Gli ambienti criminali cinesi si caratterizzavano, in genere, per la loro coesione etnica, e raramente agivano al di fuori della comunità, per questo motivo non se ne sentiva quasi mai parlare dai media italiani.

Stavano, tuttavia, emergendo nuovi fenomeni che la preoccupavano molto, perché rischiavano di esulare dal perimetro della sua comunità, e questo era assolutamente da evitare. Il compagno Chen era stato chiarissimo: – Evitare a qualsiasi costo che l'opinione pubblica italiana percepisca la nostra presenza come una minaccia o un pericolo. Non svegliamo il cane che dorme.

Il problema non erano le Triadi, la tradizionale mafia cinese. Loro svolgevano il business soprattutto con il traffico di clandestini e il loro sfruttamento, con la contraffazione dei marchi, lo sfruttamento della prostituzione, le bische clandestine, il traffico su larga scala di eroina e di droghe sintetiche, il riciclaggio di denaro sporco... Tutte attività criminali, beninteso, ma che non creavano un vero allarme sociale, anche perché operavano molto discretamente e quasi sempre solo all'interno della comunità cinese o con le mafie locali, tant'è vero che l'opinione pubblica e i media italiani ne ignoravano persino l'esistenza. Di solito agivano attraverso società regolarmente registrate nel Paese ospitante, i cosiddetti Tong, che operavano dietro un'apparente cornice di legalità.

Con le Triadi le regole erano chiare e ci si rispettava reciprocamente. Yang frequentava i loro ambienti per ragioni di lavoro e tutti sapevano chi fosse.

Anche il governo cinese aveva sempre avuto un rapporto di quieta convivenza con loro, tanto che le quattro principali Triadi – Sun Yee On, Wo Shing Wo, Wo Hop To e 14K – avevano anche contribuito a reprimere violentemente le rivolte prodemocrazia scoppiate a Hong Kong e a Tienanmen. Le Triadi riconoscevano la supremazia del partito, e i loro affiliati si consideravano veri patrioti cinesi.

No, il problema vero per Yang non erano le Triadi, erano piuttosto le gang, bande giovanili cinesi che operavano in modo indipendente dalle Triadi. Queste bande avevano una struttura orizzontale, erano scollegate fra loro e sconfinavano spesso al di fuori della comunità cinese. Molti di quei giovani malviventi erano infatti immigrati di seconda o terza generazione, operavano a cavallo fra le due comunità, alleandosi spesso anche con la malavita italiana di basso livello.

Di tanto in tanto le Triadi coinvolgevano queste bande nei loro affari, un modo per tenerle sotto controllo, ma non sempre ci riuscivano, al punto che alcune gang si erano persino spinte all'estorsione di connazionali che pagavano il pizzo alle Triadi.

Per sua fortuna queste bande criminali erano ancora in uno stato embrionale e presenti solo a Prato, Firenze e Milano. Ma il fenomeno andava stroncato al più presto, anche perché erano estremamente pericolose, e aveva iniziato a interessarsene anche la Polizia italiana.

"Crea più allarme sociale una rapina o una sparatoria in strada che non il traffico di decine di migliaia di clandestini, da sfruttare nei laboratori tessili o nel retrobottega di qualche ristorante" rifletté Yang, uscendo dalla doccia e rivestendosi. Queste gang criminali, che nel gergo poliziesco cinese venivano definite "draghi senza testa e senza coda", erano ormai da tempo in cima alla sua lista dei soggetti da togliere dalla circolazione. Era giunto il momento di iniziare con le sue "persuasioni".

Tre settimane di fisioterapia e di riabilitazione erano più che sufficienti secondo il giudizio personale dell'ispettore Baroni, che aveva insistito per farsi dimettere anzitempo. Non ce la faceva più a rimanere in quell'ospedale.

Aveva promesso al medico che avrebbe continuato gli esercizi a casa e che sarebbe stato attento a non caricare troppo la gamba operata, ma non poteva rimanere un giorno di più, per gravi motivi familiari. Non aveva specificato quali fossero, ma con un'espressione grave e preoccupata aveva fatto intendere che si trattava di un'emergenza indifferibile.

Anche Iva, l'infermiera di origini croate che lo aveva preso in simpatia, aveva cercato di dissuaderlo, ma alla fine si era arresa e gli aveva raccomandato di attenersi scrupolosamente alla tabella degli esercizi per almeno un altro mese. Baroni le promise che l'avrebbe fatto.

Si fece accompagnare a casa da un collega ma, appena varcata la soglia della cucina, cominciò a venirgli il dubbio che forse aveva commesso un grosso errore. Anche solo per aprire il frigorifero dovette rimanere in equilibrio su un piede e su una stampella.

Come avrebbe fatto la spesa al supermercato? Ci sarebbe andato con le stampelle? Le appoggiò contro la parete, si sedette al tavolo della cucina, il suo posto preferito in tutta la casa, e si guardò intorno. Per la prima volta nella sua vita si rese conto di cosa significasse non essere completamente autosufficienti. Avrebbe fatto fatica anche a cucinare, a vestirsi, a lavarsi... a fare qualsiasi cosa, insomma. Non era in grado di badare a sé stesso, era vulnerabile. Chi lo avrebbe aiutato ora?

La condizione di single e le abitudini che tanto aveva apprezzato e che pensava gli si addicessero si presentarono di colpo in tutta la loro cruda realtà per quello che erano veramente: pura solitudine.

"Sei un uomo solo, Baroni" ammise, ma già ne era consapevole. La fine del suo matrimonio aveva ulteriormente contribuito a ridurre le sue frequentazioni e le sue amicizie, specie con gli uomini sposati.

Rimase seduto così per alcuni minuti, fissando nel vuoto, nel vuoto che lo circondava, nel vuoto che lui stesso si era costruito intorno negli ultimi anni. Non temeva la solitudine, anzi, secondo lui non aver paura della solitudine era una condizione essenziale per poter amare veramente una persona, per trovare il vero amore e per non accontentarsi di una comoda convivenza. E lui non aveva ancora rinunciato a trovarlo, l'amore. Ciò che lo spaventava, piuttosto, era la fragilità dell'essere umano.

– Alla fine siamo tutti dei guerrieri di carta, basta un nonnulla per farci cadere – si disse a bassa voce, guardando prima le stampelle, poi il poster di Falcone e Borsellino che teneva appeso in cucina.

Doveva reagire: abbattersi e autocommiserarsi non sarebbe servito a nulla.

Si rialzò pensando alla vicina di pianerottolo, la signora Anna, sempre così gentile e disponibile nei suoi confronti, ma che lui aveva sempre cordialmente respinto accampando scuse. Forse mantenere un minimo di rapporto con i vicini non era poi un'idea così malsana.

"Non sei stato particolarmente intelligente, Baroni" pensò. "Ora con che faccia vai a chiederle dei favori?"

Si rese conto di dover urgentemente correggere quel lato del suo carattere. Forse non avevano tutti i torti certi colleghi che lo consideravano un orso solitario.

Baroni avrebbe ricordato per sempre l'esame di coscienza e i momenti di banalissima quanto chiara riflessione esistenziale passati quel giorno in cucina. Erano l'inizio di una svolta di vita.

"Non è mai troppo tardi per migliorarsi" si disse ravveduto, mentre suonava il campanello della signora Anna.

La gentilezza e la simpatia con cui la sua vicina lo accolse e la sua disponibilità ad aiutarlo lo misero subito in profondo imbarazzo. Si vergognava per come l'aveva trattata fino a quel giorno. La signora Anna si offrì persino di cucinare, cosa che lui all'inizio rifiutò categoricamente, ma quando, il giorno dopo, lei si presentò alla sua porta con un piatto fumante di lasagne e un brasato al Barolo, Baroni si arrese e la fece entrare. Avrebbe voluto nascondere le scatolette di tonno e di Manzotin che aveva aperto per il pranzo, prova evidente della sua penosa condizione di single non autosufficiente, ma la signora Anna le aveva già notate e messe da parte sorridendo.

Per due settimane la sua vicina si prese cura di lui, facendo la spesa, cucinando, lavando le stoviglie, pulendo la casa. "Come una badante..." pensò Baroni, che aveva insistito con forza di pagarla per il disturbo. "O magari... come una compagna affettuosa" fu il secondo pensiero, subito dopo.

Aveva iniziato ad apprezzare Anna per il suo

buon umore, la gioia di vivere, il carattere dolce, e per la prima volta notò che aveva anche bei lineamenti.

Quando Anna non era presente Baroni si impegnava duramente negli esercizi che gli avevano prescritto. Voleva liberarsi dalle stampelle e recuperare la piena funzionalità della gamba operata il prima possibile, anche se iniziava a piacergli essere al centro delle attenzioni della donna. Si era ormai affezionato. In che rapporti sarebbero rimasti una volta guarito completamente? Baroni rifletté su questo aspetto, più volte al giorno, anche durante gli esercizi.

"Di sicuro continueremo a frequentarci, ma vediamo, magari nascerà qualcosa di più..." era il suo pensiero più ricorrente.

Era proprio intento in uno degli esercizi pomeridiani con la gamba, quando il suo cellulare squillò. Era il maresciallo Salvemini.

– Come sta, ispettore?

Baroni fu lieto di conversare un po' con il maresciallo e si dilungò a parlargli della convalescenza. Prima di quella telefonata non aveva mai accennato a questioni di carattere personale con il suo collega d'indagine, mai prima della sua conversione a persona socievole.

– Mi fa piacere sentire che sta bene – lo interruppe Salvemini, cogliendo al balzo una breve pausa che aveva fatto Baroni nel suo dettagliato resoconto della riabilitazione. – La chiamavo per aggiornarla sul caso dei cadaveri trovati nel campo di Ferrari – continuò il maresciallo. – Abbiamo fatto una seconda perquisizione in casa sua, su ordine della Procura, a seguito di una segnalazione della figlia che aveva trovato un biglietto da visita nella rubrica del telefono del padre. La perquisizione non ha fatto emergere nulla di nuovo, ma il biglietto da visita è alquanto interessante.

Salvemini fece una breve pausa e Baroni rimase in attesa che continuasse. – È il biglietto di un centro massaggi cinese.

– Va be', – rispose Baroni – lo sapevamo già che al Ferrari piacevano quei centri, non credo che ci possa aiutare nelle indagini.

– Eh no, ispettore – replicò il maresciallo, che ci teneva all'effetto sorpresa quando parlava con una persona che gli stava simpatica. – Si tratta di un centro massaggi a Milano, in una traversa di via Paolo Sarpi, in piena Chinatown.

Baroni non disse nulla per diversi secondi. La sua mente stava alacremente cercando di collocare quel nuovo pezzo nel puzzle rimasto incompleto.

– È in effetti un dettaglio importante – commentò pensieroso.

– Il centro si chiama Loto Azzurro – continuò Salvemini. – I colleghi di Milano l'avevano già attenzionato senza esito il mese scorso per altri motivi, ma ora sappiamo con certezza che Ferrari lo frequentava. Ed è vicinissimo al punto in cui lui ha varcato la ZTL il giorno in cui è sparito.

– Capisco, come intendete procedere ora?

– È proprio questo il punto, ispettore. Ieri abbiamo mandato un agente in borghese a visitare il centro, ma non c'è nulla di sospetto. È il solito centro massaggi cinese con alcune ragazze che, per un adeguato extra, dopo il massaggio si prostituiscono, niente di anomalo.

– Non credo che Ferrari sia andato fino a Milano

per farsi fare un massaggio o altro, specie nello stato d'animo in cui si trovava – replicò Baroni, mentre la mente continuava a macinare quell'informazione.

– Concordo, ispettore. Ma a mio avviso questo indizio ci riporta definitivamente alla Chinatown milanese. Lui si reca là e sparisce, poi troviamo una prova che lui frequentava un centro massaggi proprio a Chinatown, e i cadaveri sepolti nel suo campo erano tutti cinesi. Non le sembrano troppe le coincidenze?

– Ha ragione, maresciallo, condivido in pieno, sono un po' troppe – rispose Baroni. La sua mente cercò di ricordare il nome del centro massaggi che aveva notato quando aveva perso di vista la sua amazzone, durante l'improvvisato pedinamento in via Paolo Sarpi.

– Il comandante mi ha chiesto di aggiornarla, lo avrebbe fatto volentieri di persona ma oggi è occupato tutto il giorno per un'importante visita al Comando provinciale. Ci sarà comunque una riunione operativa sul caso presso il Comando di Milano a cui parteciperà anche la Direzione Investigativa Antimafia, in quanto si valuta l'ipotesi che ci sia di mezzo la mafia cinese, le Triadi. Lei è chiaramente invitato, ma non credo possa partecipare ancora, giusto?

– No, lo escludo, sono inchiodato qui ancora per qualche settimana, non posso muovermi – rispose Baroni.

– Lo temevo, ma non si preoccupi, ispettore, la terremo sempre aggiornata.

– Ci conto, maresciallo. La ringrazio per la telefonata.

Baroni terminò la chiamata e si sedette al tavolo

della cucina per riflettere, poi fece una breve ricerca sul browser del cellulare. Quando trovò conferma di quanto sospettava, riappoggiò il cellulare sul tavolo, aprì la finestra e si riaccomodò al tavolo, sempre tenendo sospesa la gamba operata. La breve ricerca confermava che il Loto Azzurro era proprio quel centro massaggi che immaginava, dove aveva perso di vista la signora Yang.

L'istinto gli diceva che era sulla pista giusta, che la soluzione era a portata di mano, ma non riusciva a metterla a fuoco e nemmeno poteva farne cenno a Salvemini. Nessuno nella squadra investigativa sapeva della Yang, non ne aveva chiaramente parlato con nessuno e tantomeno l'aveva citata nelle sue relazioni di servizio. Non ne aveva motivo, anzi, sarebbe stato ridicolo menzionarla. "Comandante Ceccarelli, signor commissario capo. All'aeroporto Malpensa di Milano ho visto una donna cinese che mi ha colpito molto e l'ho rivista qualche settimana dopo, per caso, proprio nel quartiere cinese di Milano, in via Paolo Sarpi. Pensate che incredibile coincidenza! L'ho anche seguita per un pezzo di strada perché quella donna mi intriga, ma poi l'ho persa di vista, proprio vicino a un centro massaggi. Ci tenevo a relazionarvi su questi fatti perché sono convinto siano informazioni molto utili alle indagini in corso." Doveva forse riferire una cosa simile? L'avrebbero cacciato a risate.

E aggiungere il dettaglio che successivamente lui aveva scoperto che la donna si chiamava Yang Wu e che era una funzionaria del Consolato cinese avrebbe solo aggravato la sua posizione, perché avrebbe dovuto anche spiegare come faceva a saperlo, cioè convincendo un collega a fare una ricerca nel data base del Viminale violando il protocollo.

No, per il momento avrebbe dovuto procedere da solo.

Certo che non gli era mai capitato di trovarsi di fronte a un simile coacervo di indizi e di coincidenze concordanti. Baroni cercò di porli in ordine mentalmente: “Ferrari il giorno della sparizione fa perdere le tracce a Chinatown; la figlia trova nella casa del padre un biglietto da visita di un centro massaggi cinese di Chinatown; la signora Yang Wu arriva a Milano con lo stesso volo della delegazione della Polizia cinese, vive a Chinatown, si occupa al Consolato di contabilità ma possiede un passaporto diplomatico, circostanza già di per sé anomala; un giorno la vedo per caso passeggiare per via Paolo Sarpi, la seguo e la perdo di vista. Dove? Proprio di fronte al centro massaggi Loto Azzurro, che ora risulta lo stesso centro frequentato dal Ferrari”.

Troppe coincidenze, troppe anomalie.

Iniziò a sospettare che la signora Yang Wu in qualche modo c’entrasse con quella storia. Anzi, era più di un sospetto, ormai Baroni ne era convinto.

Hong Kong, Repubblica Popolare Cinese

Sandalo di Paglia, uomo di fiducia del Capo Dragone addetto ai rapporti esterni della Triade, rimase qualche istante in silenzio, con gli occhi fissi sul telefono d'oro massiccio. Riagganciò la cornetta, poi si scusò con i suoi ospiti. Non erano buone notizie, non poteva indugiare un minuto di più.

Avrebbe prima atteso che il capo terminasse i suoi esercizi di Qi Gong e che avesse preso il suo rituale tè nel tempio, ma poi doveva necessariamente riferirgli della telefonata dell'onorevole signor Chen. Percorse il lungo sentiero di ghiaia rivestito con assi di legno che attraversava il giardino di fronte al tempio, una pagoda costruita in teak senza nemmeno un chiodo.

L'ambiente somigliava a una tenuta imperiale, con un giardino che poteva essere paragonato a un parco botanico, pieno di fiori e piante esotiche, situato nel centro di Hong Kong, nel quartiere di lusso Causeway Bay, accanto al tranquillo Viktoria Park. Nessun estraneo avrebbe potuto immaginare che quella fosse la residenza del boss di una delle più agguerrite Triadi cinesi, con ramificazioni in tutto il mondo.

Quando arrivò di fronte al tempio, Sandalo di Paglia constatò che il Capo Dragone, chiamato anche Signore della Montagna, ovvero numero 489, stava ancora assistendo alla cerimonia del tè, un rituale quasi religioso che contemplava "l'adorazione del magnifico tra i fatti spiacevoli della vita quotidiana". Un rituale che era meglio non interrompere, nemmeno per un'emergenza come quella che doveva riferirgli.

Sandalo di Paglia approfittò di quella breve attesa per riflettere sui 36 giuramenti pronunciati per l'affiliazione, nonché sui gradi di appartenenza alle Triadi, in cui a ogni posizione e funzione dell'organizzazione corrispondevano un numero e una denominazione in codice. Lui era il 432. I gradi di appartenenza iniziavano sempre con il numero 4. Simboleggiava i quattro mari che secondo la mitologia cinese circondavano il pianeta. I numeri che seguivano si riferivano invece a una complessa numerologia esoterica taoista ispirata alla storia del tempio di Shàolín e al Wu Xing, l'ordine dei cinque elementi che regolavano il mondo secondo la tradizione cinese. Studiare quei numeri era una pratica esoterica tipica delle Triadi, perlomeno nelle alte gerarchie.

Alla cerimonia del tè seguirono alcuni minuti di meditazione, e quando il Capo Dragone finalmente si alzò l'assistente avanzò verso il tempio per farsi vedere, fermandosi di fronte ai tre gradini che contornavano l'edificio.

Il capo lo notò e con un cenno della testa gli diede il permesso di avvicinarsi. L'assistente entrò nel tempio, si inchinò profondamente e gli riferì della telefonata arrivata da Pechino: a Milano, la Triade locale rischiava di creare grande imbarazzo alla madrepatria per un business legato alla sepoltura abusiva di cittadini cinesi in campi agricoli sparsi per tutto il Paese. Quello era il sunto della telefonata.

Il compagno Chen non aveva aggiunto altro, sapeva che quel breve messaggio sarebbe bastato.

Il Capo Dragone rimase in silenzio per qualche istante, riflettendo su quanto appena appreso. Infine si pronunciò. – L'avidità di Wong Chong è pari solo alla sua stupidità – disse a bassa voce. Poi si voltò lentamente, si avvicinò a una delle piante che ornavano il tempio e ne staccò alcuni fiori. – Falli avere a Wong Chong da parte mia e digli che quella pratica deve cessare all'istante.

I fiori erano gladioli rossi. Nella tradizione delle Triadi simboleggiavano l'ultimo avvertimento prima di una morte violenta.

Il Capo Dragone fece poi chiamare il Maestro d'Incenso, il numero 438, e gli ordinò di disporre una cerimonia funebre per chiedere perdono alle anime di quei defunti senza nome. Il capo della Triade era un uomo spietato, aveva fatto sbranare uomini per semplici sgarri e ordinato l'uccisione di un numero imprecisato di concorrenti, ma secondo il suo codice etico i defunti andavano sempre rispettati. Poiché erano stati sepolti irritualmente, le loro anime avrebbero continuato a vagare per la Terra e si sarebbero probabilmente accanite su tutti i responsabili di quello scempio, magari anche su di lui, visto che Wong Chong era un suo uomo.

Poche ore dopo un jet privato, un Bombardier Global 7500, decollò dall'aeroporto internazionale di Hong Kong per l'aeroporto di Milano Linate, con un unico passeggero a bordo. Si trattava di un caporegime, un 426, numero riservato ai capi delle unità da combattimento delle Triadi, denominato anche Randello Rosso.

Il passeggero non aveva valigie o altro tipo di bagaglio, se non una piccola scatola bianca di cartone che tenne immobile sulle ginocchia per tutto il viaggio. Doveva consegnarla personalmente a Wong Chong da parte del Capo Dragone.

Chong era stato avvertito poche ore prima del suo

arrivo e lo aspettava nella hall dell'aeroporto milanese insieme alle sue guardie del corpo. Aveva già intuito che non si sarebbe trattato di una visita di cortesia, perché gli era stato riferito che l'incontro sarebbe avvenuto nell'aeroporto stesso e che il messaggero sarebbe subito ripartito per Hong Kong.

Il jet atterrò a notte fonda, e l'incontro fu in effetti brevissimo, senza grandi convenevoli.

Appena uscito dal gate riservato ai voli privati, il passeggero riconobbe Wong Chong, che gli andò incontro dopo aver ordinato alle sue guardie di non seguirlo.

Randello Rosso non necessitava di presentazioni, nell'ambiente la sua fama di spietato killer della Triade era nota a tutti. Quando fu al cospetto di Wong Chong chinò il capo in segno di rispetto e gli riferì l'ambasciata. Gli consegnò la scatola, fece nuovamente un inchino e tornò al gate senza dire una parola.

Il tutto non durò più di un minuto.

Wong rimase muto, con la scatola in mano. Per alcuni secondi guardò il messaggero allontanarsi. Poi osservò la scatola, l'aprì lentamente per verificarne il contenuto e sbiancò: gladioli rossi.

Baroni alzò lo sguardo verso l'orologio a parete della cucina. Erano le diciotto e trentacinque. Solitamente, a quell'ora, in condizioni normali, sarebbe stato di ritorno dall'ufficio e avrebbe iniziato a cucinare, in compagnia del tenente Colombo in sottofondo, ma nonostante non avesse davvero fame rimase impazientemente in attesa che Anna suonasse alla porta per portargli la cena. Le aveva anche preparato una piccola sorpresa: un libro di Carlos Ruiz Zafón, uno dei suoi autori preferiti.

Quando finalmente la donna si presentò, Baroni la accolse con un grande sorriso. Lei rimase sorpresa per il regalo, era evidente che non se lo aspettava, ma Baroni notò subito che appena vista la copertina lei aveva cambiato espressione, sembrava lievemente imbarazzata. L'ispettore si affrettò a precisare in tono gioviale che si trattava solo di un libro.

– Mi farebbe piacere che lei lo leggesse – le disse. – Io l'avrò letto una dozzina di volte. Prima o poi dovrà consentirmi di sdebitarmi un poco con lei, altrimenti mi mette in imbarazzo.

Anna accennò un sorriso, sfogliò il libro e poi lo ripose sul tavolo. – La ringrazio per il pensiero, ispettore. È stato gentile da parte sua. A me piace molto Zafón.

– Lo conosce? – chiese incredulo Baroni, senza rendersi conto che con quel tono non stava certo facendo un complimento alla sua vicina.

– Questo è il primo libro della quadrilogia del "Cimitero dei libri dimenticati". Li ho letti tutti un paio di volte – rispose Anna con lo sguardo rivolto alla copertina – e ogni volta quel racconto e i suoi personaggi riescono a sorprendermi e a farmi sognare.

Baroni era veramente stupito. Non gli era mai capitato di conoscere una persona che condividesse la sua passione per quell'autore spagnolo, e in quel momento scopriva che la sua vicina di casa, che per anni aveva considerato poco più di una pettegola, era forse un'anima gemella.

– Personalmente preferisco Faulkner, – continuò Anna – ma Zafón non è da meno.

Baroni rimase ammutolito. Lo assalì una sensazione indefinibile e in cuor suo sperò che Anna non gli chiedesse un parere su quell'autore, Faulkner, che non aveva mai sentito nominare.

– Pochi sanno che in realtà – aggiunse Anna – Zafón scrisse anche una breve novella nel 2014, *El príncipe de Parnaso*, tradotta stranamente solo in tedesco, che è una specie di prologo di tutta la quadrilogia, con protagonisti un avo dei Sempere e il mefistofelico Andreas Corelli.

Baroni parve sconvolto e abbassò gli occhi. In pochi secondi dovette rivedere molte certezze e pregiudizi maturati in tanti anni. Dopo essersi ripreso si alzò, aiutandosi goffamente con una stampella, e si avvicinò ad Anna.

– Mi permetta – e le fece un baciamano. – Sono veramente molto onorato di conoscerla, è raro incontrare una bella persona come lei – le disse con aria seria.

Anna apprezzò il gesto e rispose sorridendo. – Il piacere è reciproco, ma guardi che lei è in debito, chissà che un giorno non sarà lei a dovermi sorprendere.

Quella sera cenarono insieme, Baroni aveva insistito che lei rimanesse. Continuarono a darsi del lei. Era chiaro a entrambi che quella era l'ultima esile barriera che ancora li separava, ma tutti e due desideravano prolungare l'attesa, tenere in piedi quella debole difesa ancora per un tempo indefinito, sicuramente molto breve, prima di consegnarsi l'uno all'altra.

Quando però Baroni cercò di rompere il ghiaccio sfiorandole la mano, Anna indugiò un istante e la ritirò. Distolse lo sguardo per diversi secondi, sembrava triste, poi lo guardò con occhi lucidi e riprese la parola con voce rotta.

– Franco, devo confessarti una cosa. È giusto che tu lo sappia prima di iniziare una bellissima amicizia.

Baroni la guardò preoccupato, in dubbio se ad allarmarlo fosse stata la parola "amicizia" oppure l'espressione di Anna, che era cambiata così rapidamente.

La donna rimase di nuovo in silenzio per un momento che a lui parve infinito, poi, quasi sottovoce, disse: – Io ho un tumore, Franco. Un tumore al fegato, probabilmente incurabile, ancora non lo so.

Quelle parole colpirono Baroni come un fulmine. In una manciata di secondi il suo cervello aveva elaborato tutte le possibili varianti che la vita avrebbe loro riservato una volta cominciata quella che lei aveva definito una "bellissima amicizia", tutte fuorché una, che potesse cioè terminare così rapidamente.

L'atmosfera romantica che si era creata solo pochi istanti prima si era di colpo raggelata.

Baroni si riprese subito, guardò Anna con affetto,

non compassione. Le accarezzò la mano e questa volta lei abbozzò un sorriso e lo lasciò fare. Rimasero così per un paio di minuti, senza dire una parola. Anna abbassò lo sguardo trattenendo a malapena le lacrime e Baroni le accarezzò nuovamente la mano con dolcezza.

Cercò le parole giuste per sdrammatizzare la situazione, ma non sapeva da dove cominciare. – Ti va di guardare insieme un episodio del tenente Colombo?

Quelle parole gli erano uscite dalla bocca così, di getto, senza averle pensate veramente. Baroni si pentì all'istante di quella banalità, avrebbe voluto prendersi a schiaffi.

Anna alzò lo sguardo e lo scrutò sorpresa per alcuni secondi, quasi incredula.

"Complimenti, Baroni, tempismo perfetto. Tu sì che sai come tirare su di morale un malato terminale. L'empatia è il tuo forte, bravo!" infierì Baroni su sé stesso, dandosi del cretino.

Nel fare quella autovalutazione Baroni doveva aver assunto un'espressione particolarmente buffa perché Anna, all'improvviso e senza nessun apparente motivo, scoppiò a ridere e non smise più fino a quando lui, fra l'imbarazzo e la gioia di averle regalato involontariamente quell'attimo di spensieratezza, si alzò e con l'aiuto di una stampella le si avvicinò maldestramente per darle un bacio sulla nuca.

Anna continuò a ridere, si alzò a sua volta e si strinsero in un lungo abbraccio muto.

Ospedale San Camillo, Verona

– Bene, ispettore, vedo che si è comportato bene.

Il primario di ortopedia lodò Baroni per i progressi compiuti a casa con gli esercizi.

– Ora provi a camminare lentamente appoggiando la gamba, sempre con l'aiuto di una stampella. Le serve a non far gravare tutto il peso del corpo sull'arto operato.

Era ormai passato un mese e mezzo dall'intervento e, per la prima volta, Baroni ricominciò a camminare con ambedue le gambe, anche se con il fastidioso ausilio di una stampella.

– Quando potrò liberarmi di questo aggeggio? Vorrei tanto buttarlo – chiese al primario con un sorriso.

La risposta fu che per almeno altre due settimane, minimo, sarebbe stato meglio camminare con quell'ausilio. Beninteso, continuando a fare gli esercizi a casa.

– Ispettore, – aggiunse il primario in tono severo – guardi che la riabilitazione è tanto importante quanto l'operazione. Anche il miglior intervento di artroprotesi non serve a nulla se poi non è seguito da una corretta riabilitazione. Ci siamo capiti?

L'ispettore annuì rispettosamente. "Altre due settimane, minimo" si ripeté.

– Certo, dottore, seguirò alla lettera le sue istruzioni – promise Baroni, e si fece riportare subito a casa dal collega che l'aveva gentilmente accompagnato.

All'inizio voleva fare un salto in Questura per salutare amici e colleghi, ma poi ci ripensò e preferì tornare da Anna. "Lei ora merita tutta la mia attenzione" si disse.

Sulla via di ritorno a casa chiese al collega di fermarsi al Libraccio.

– Fammi un favore, Giovanni. Guarda un po' se hanno qualche libro di un autore che si chiama Faulkner.

Durante l'attesa in macchina, lo raggiunse una telefonata. Il numero non era nella sua rubrica. Accettò la chiamata. Era l'avvocato di Marco Rivera.

– Buonasera, ispettore. Posso disturbarla?

– Ma certo, avvocato, mi dica. È successo qualcosa a Marco?

– No, assolutamente. Anzi, volevo ringraziarla anche a nome del mio assistito. Il giudice ha tenuto conto della sua versione dei fatti ed è stato molto clemente con il ragazzo – lo informò il legale. – Se l'è cavata con il minimo e con la sospensione condizionale della pena.

– Bene, sono contento, avvocato. Grazie per avermi informato. È anche merito suo.

– Guardi, sono convinto che il ragazzo si sia veramente pentito di quello che ha fatto e anche questo ha influito sulla decisione del giudice. Marco mi ha anche chiesto di riferirle che le è grato per la lezione di vita che gli ha dato, anche se non ha voluto specificare di cosa si trattasse.

– Nulla di che avvocato, l'importante è che sia finito tutto bene.

Baroni terminò la telefonata. Gli aveva fatto piacere apprendere che il ragazzo se la fosse cavata, meritava una seconda possibilità.

Arrivato a casa, trovò Anna ad aspettarlo. Lui le aveva lasciato le chiavi, per ogni evenienza, e lei ne aveva approfittato per cucinargli un pranzo luculliano. Baroni quasi si commosse nel vedere con quanta premura lei aveva preparato la tavola, c'era persino un piccolo bouquet di fiori freschi al centro.

– Anna, vuoi proprio viziarmi – la salutò, abbracciandola.

La donna arrossì e rimasero avvolti in quel tenero abbraccio per diversi lunghi secondi.

– Non volevo dirtelo ora, aspettavo un momento più propizio, ma sono così felice di averti conosciuta... Non pensavo di poter provare ancora certi sentimenti. Devo ringraziarti per avermi fatto riscoprire questa gioia di vivere.

Le aveva sussurrato quelle parole mentre erano ancora abbracciati, e Anna ricambiò con un bacio sul collo.

L'ispettore Baroni e Anna stavano vivendo momenti indimenticabili, fra letture, brevi passeggiate, lunghe conversazioni e altrettanto lunghi silenzi d'intesa.

Erano diventati una coppia affiatata, poteva sembrare che si conoscessero da anni e in fondo avevano molto in comune. Entrambi erano dei sopravvissuti: avevano provato il dolore per un grande amore perduto e ciascuno vi aveva ovviato a modo suo: lui rifugiandosi nella solitudine, lei con l'eccessiva giovialità tipica delle persone tristi. Erano consapevoli che la loro storia non sarebbe potuta durare a lungo, ma credevano nell'amore e sfruttavano ogni momento per stare insieme.

Baroni provava un grande affetto per Anna, ammirava la sua genuinità, la sua mitezza, la sua voglia di vivere. Non si trattava di amore, perlomeno non ancora, o non ne era sicuro, ma ogniqualvolta non stavano insieme sentiva una mancanza, un vuoto che solo lei sapeva colmare. Valutò persino di prolungare il periodo di convalescenza accampando qualche scusa, ma Anna glielo vietò.

– Non devi trascurare il tuo lavoro a causa mia, mi farebbe male – protestò. E poi, abbracciandolo, aggiunse: – Voglio vivere normalmente, non voglio essere trattata come una malata da accudire, non ce n'è bisogno. Desidero che passiamo insieme questo periodo come una normale coppia di innamorati. – Fece una breve pausa e poi gli chiese, facendo gli occhi dolci: – Lo siamo, giusto?

– Certo, amore. Siamo una coppia di giovani innamorati che per fortuna qualche santo in paradiso ha permesso che si incontrassero.

Lei lo strinse forte e si baciarono, poi Anna aggiunse sottovoce: – Promettimi che non trascurerai il lavoro a causa mia, promettimelo!

– Va bene, Anna, te lo prometto.

In teoria, il periodo di convalescenza era terminato. Tutti gli avevano consigliato di prendersi ancora una settimana, se non altro per continuare in modo regolare con gli esercizi, ma Baroni insistette e così riprese servizio a tutti gli effetti.

Baroni non usava più la stampella di sostegno, erano passati quindici giorni dalla visita di controllo e dalla prescrizione del primario. Tuttavia, era rimasto a casa per qualche altro giorno, ufficialmente per continuare gli esercizi con la gamba. Per accontentare Anna, si decise infine a tornare in Questura.

Andare al lavoro senza stampelle lo fece sentire un uomo nuovo. Ma la vera novità nella sua vita era Anna. Non avrebbe mai pensato di provare ancora certi sentimenti, si sentiva ringiovanito di almeno vent'anni. Avrebbero condiviso anche la sua malattia, l'avrebbe accudita e amata fino alla fine dei suoi giorni.

Quando arrivò in Questura, i colleghi lo salutarono calorosamente e lui corrispose con sincera gratitudine. Apprezzò e ricambiò con un sorriso ogni saluto di bentornato, ogni pacca sulla spalla, ogni manifestazione di affetto, cosa che non avrebbe mai fatto prima dell'esame di coscienza svolto in cucina e di conoscere Anna. Lei gli aveva cambiato la prospettiva sui rapporti umani, sulle relazioni sociali, sulle sue considerazioni del prossimo. Situazioni e atteggiamenti che prima avrebbe detestato ed evitato con cura gli sembrarono di colpo normali, piacevoli.

Quando si sedette finalmente alla scrivania, Baroni si rese conto di aver lasciato in sospeso un sacco di lavoro, sotto forma di Post-it attaccati allo schermo del computer. Fra tutti, gli saltò all'occhio quello dedicato alle indagini sui cadaveri rinvenuti nel campo di Ferrari. Il Post-it conteneva solo tre parole: "Chinatown - Ferrari - Yang".

Da settimane non pensava più a quel caso, e i suoi pensieri erano ormai tutti concentrati su Anna. E poi Salvemini gli aveva detto che lo avrebbero aggiornato nel caso ci fossero state novità. Non aveva chiamato, quindi nessuna novità. Il caso era sostanzialmente chiuso e comunque in mano ai Carabinieri, che si arrangiassero loro. L'unico pensiero era piuttosto su come far passare una bella serata ad Anna. Avrebbe potuto portarla al cinema o al ristorante, oppure entrambe le cose.

Si recò alla macchinetta del caffè e sfogliò un giornale locale per consultare le programmazioni dei cinema della città. Scorrendo i titoli dei film, i pensieri tornarono ad Anna e alla promessa che le aveva fatto. Lei non avrebbe apprezzato il suo disinteresse per il lavoro. Doveva farlo per lei.

Ripiegò il giornale, tornò alla scrivania e tirò fuori dal cassetto il taccuino in cui aveva segnato i suoi appunti sul caso dei morti nel campo di Ferrari.

L'ultima annotazione riguardava l'identificazione dell'amazzone: Yang Wu, nata a Nanning il 12.2.1980, residente in via Paolo Sarpi, impiegata presso il Consolato cinese. Baroni fece mente locale e si concentrò sulle novità emerse durante la sua convalescenza e che non aveva ancora annotato nel taccuino: c'era la chiamata del Ferrari alla figlia, in cui la rassicurava che stava bene e che sarebbe stato via per qualche mese; e poi c'era anche il biglietto da visita del centro massaggi di Chinatown, il Loto

Azzurro, trovato dalla figlia in una rubrica del padre. Baroni cercò di richiamare alla memoria per quale motivo avesse collegato la signora Yang a quel puzzle e dopo qualche istante lo ricordò: aveva perso le tracce della signora Yang proprio di fronte al Loto Azzurro.

Ora, con la mente più lucida e meno annebbiata dalle fantasie su quella donna, Baroni concluse che non c'erano altre ipotesi plausibili se non quella che aveva sempre scartato, cioè che la signora Yang fosse entrata proprio in quel centro massaggi.

Ma cosa ci fa una donna del genere, un'impiegata del Consolato, in un posto simile?

C'erano troppe coincidenze e troppi dettagli che non tornavano. E anche se i Carabinieri avevano già attenzionato il centro massaggi, senza esito, si convinse che bisognava approfondire quella traccia. Doveva procedere in autonomia, altrimenti avrebbe dovuto spiegare troppe cose ai suoi superiori, a cominciare da come facesse a sapere della signora Yang.

Lo avrebbe fatto per Anna, voleva dimostrarle che la loro relazione non era un impedimento per il suo lavoro. Anzi, avrebbe attribuito a lei il merito per la sua ritrovata voglia di approfondire il caso. Sapeva che stava per avvicinarsi alla soluzione. Tutto sembrava ruotare intorno a quel centro massaggi, e in qualche modo c'entrava anche la signora Yang Wu. Lei doveva essere entrata proprio lì, non aveva più dubbi ormai. Non voleva, però, procedere all'insaputa del comandante Ceccarelli, non sarebbe stato corretto, così decise di chiamarlo e di informarlo circa le sue intenzioni, omettendo, tuttavia, qualche dettaglio.

– Buongiorno, comandante, la disturbo?

– Non disturbi mai, Franco, ti sei ripreso completamente dall'operazione?

– Come nuovo, potrei correre una maratona.

I due risero brevemente, poi Baroni andò subito al dunque. – Comandante, vorrei ispezionare il centro massaggi di Milano che frequentava Ferrari, nel quartiere cinese. So che lo avete già fatto voi, anche più di una volta, ma se non le dispiace vorrei darci un'ultima occhiata anch'io.

– Fai pure, ma stai attento, – aggiunse il comandante in modo scherzoso – pare che siano molto carine le ragazze lì. Ho sentito dai colleghi del nucleo operativo dei commenti non molto consoni per un investigatore.

– La ringrazio per l'avvertimento, comandante, starò attento, come Ulisse.

Baroni ne parlò brevemente anche con il commissario capo, che nel frattempo era rientrato dalle ferie e non era ancora stato aggiornato sul caso. Non ebbe nulla da obiettare. La sera ne avrebbe parlato anche con Anna.

A pensarci bene, rifletté Baroni, non aveva mai parlato con lei a proposito del suo lavoro o delle indagini che aveva svolto, tantomeno di quelle in corso. Era forse una scelta inconsapevole? Oppure erano così tante le cose che ogni giorno si dicevano e che ascoltavano per conoscersi meglio, per recuperare il tempo perso, per soddisfare le reciproche curiosità che quelle sul lavoro erano rimaste solo in fondo alla lista?

Appena arrivato a casa apparecchiò la tavola per la cena, mise al centro dei fiori freschi che aveva acquistato poco prima, due candele e si fece una doccia. Anna sarebbe arrivata come sempre verso le sette con la cena. Ora che non era più dipendente dalle stampelle, avrebbe potuto cucinare lui e lo avrebbe anche fatto più che volentieri, ma Anna aveva insistito di occuparsene lei e Baroni non voleva contraddirla.

Cenarono a lume di candela e passarono la serata conversando sulla prima giornata di lavoro dopo la convalescenza. L'ispettore le descrisse compiaciuto l'accoglienza ricevuta dai colleghi e lei lo ascoltò entusiasta. Era felice di apprendere che il suo compagno avesse ripreso a lavorare, ci teneva molto a condurre con lui una vita normale, con tutte le piccole gioie e incombenze che la quotidianità avrebbe loro riservato. Non c'era bisogno di roboanti dichiarazioni o plateali manifestazioni di affetto. "L'amore" pensò Baroni "si riconosce nelle cose non dette."

Le raccontò anche dell'indagine che stava seguendo, omettendo però la figura di Yang, non perché avesse qualcosa da nascondere, ma perché non voleva urtare la sua sensibilità o addirittura farla preoccupare. Le spiegò anche che il giorno dopo si sarebbe recato a Milano per ispezionare il centro massaggi avvertendola che avrebbe anche potuto tardare.

Dopo cena guardarono insieme la televisione nell'appartamento di lei, un film con Checco Zalone che li fece ridere quasi ininterrottamente per un'ora e mezzo.

Chinatown, Milano

Quando il navigatore gli indicò che mancavano solo cento metri alla meta, Baroni iniziò a cercare parcheggio, ma in quella via i posti erano tutti occupati, su ambedue i lati della strada. Girò per le varie traverse di via Paolo Sapri per venti minuti, ma non c'erano aree di sosta libere.

Erano le tre e venti del pomeriggio e l'ispettore alla fine si arrese ed entrò in un garage a pagamento. Odiava quel tipo di parcheggio, perché si dovevano lasciare le chiavi della propria macchina a uno sconosciuto. Nel suo caso era pure una macchina di servizio, con lampeggiante magnetico, ricetrasmittente e paletta della Polizia, per non parlare del gilè, degli stivali e del corpetto tattico stivati nel baule.

All'ingresso del garage si qualificò con il ragazzo alla cassa e gli spiegò che avrebbe parcheggiato lui stesso la macchina e che non gli avrebbe lasciato le chiavi. Il ragazzo annuì e Baroni poté finalmente uscire dall'abitacolo e sgranchirsi le gambe. Il garage era a cinquecento metri dal centro massaggi, la distanza giusta per una piccola passeggiata e un buon sigaro.

Nonostante fosse solo il primo pomeriggio, la zona pedonale di via Paolo Sarpi era già ben frequentata, soprattutto da giovani e turisti. Era piena di ristoranti aperti, bancarelle di street-food e bar con tavolini e poltroncine all'aperto. "Un luogo veramente pittoresco" commentò tra sé Baroni e cercò il baretto dove aveva preso un caffè la volta precedente, di fronte alla traversa dove era situato il suo obiettivo.

Quando lo trovò prese posto esattamente allo stesso tavolino, ordinò un caffè e si godette il sigaro, osservando la gente che passava. Di lì a poco avrebbe fatto visita al centro massaggi e cercò di immaginarsi la scena, ma poi abbandonò l'idea. Preferiva farsi sorprendere, e gli venne anche in mente un modo efficace per smuovere un po' le acque.

Dieci minuti dopo Jin Weiyi irruppe nell'ufficio di Yang. Aveva bussato solo due volte, poi entrò senza attendere risposta. Yang alzò sorpresa lo sguardo dal computer, non era mai capitato che Jin si comportasse così. – Cosa è successo? – le chiese stupita.

– C'è un ispettore di Polizia che chiede di te – le comunicò Jin concitata. – Ha detto che vuole parlare con Yang Wu.

Yang la guardò incredula per qualche secondo. – Ha proprio detto Yang Wu? – chiese, scandendo lentamente il proprio nome.

Jin annuì con aria preoccupata. – Gli ho detto che non conosco nessuno con questo nome, ma lui ha risposto che sa che sei qui e che vuole parlarti. – Jin fece una breve pausa e poi aggiunse: – Ha anche detto che, se non ti presenti subito al bancone, fa arrivare una pattuglia dei Carabinieri e perquisiscono il centro.

Yang assunse un'espressione seria, rivolse lo sguardo sul computer e, battendo un paio di tasti, aprì l'applicazione che le consentiva di accedere alle telecamere a circuito chiuso. Dalla telecamera posta all'ingresso vide un signore in giacca e cravatta, dall'aria lievemente trasandata, che conversava con la ragazza al bancone.

La mente di Yang elaborò tutte le possibili ragioni

per cui un ispettore di Polizia italiano conoscesse il suo nome e sapesse di trovarla nel centro massaggi. Non poteva trattarsi di uno scherzo o di un errore. Significava che la sua copertura era saltata.

Dovevano averla seguita, magari quelli del controspionaggio italiano. Eppure aveva sempre preso le necessarie precauzioni. O qualcuno all'interno della comunità cinese l'aveva segnalata alle autorità italiane, magari quello sciocco di Wong Chong, come ritorsione per lo stop che aveva ricevuto da Hong Kong al suo squallido business.

Yang scartò però subito quest'ultima ipotesi, perché una simile idiozia avrebbe significato per Wong la morte sicura e lui lo sapeva. Magari era un semplice controllo dell'ufficio immigrazione della Questura e per qualche motivo avevano saputo che potevano trovarla lì. Yang scartò tuttavia anche quella ipotesi. Mise in standby il computer e si alzò, diede una breve occhiata allo specchio, si avvolse un foulard intorno al collo e scese le scale per raggiungere il suo ospite sconosciuto.

– Buongiorno, ispettore, come posso esserle utile?

Sfoderò il suo più ammaliante sorriso e gli porse la mano.

Baroni ricambiò il saluto con un sorriso molto più sobrio, si presentò mostrandole il distintivo e iniziò a fissarla, come sempre faceva quando voleva torchiare qualcuno.

Vista da vicino era ancora più attraente, pensò, e si notava subito che era una donna dal forte carisma.

– Avrei qualche domanda da porle, signora Yang, ma credo sia meglio parlare in un luogo più adeguato.

Yang, dopo aver sentito e letto sul distintivo il nome dell'ispettore, rimase quasi fulminata, ma non diede a vederlo. "Baroni, Questura di Mantova" si disse. Era lo stesso nome dell'ispettore che stava indagando sui cadaveri trovati nei campi del Mantovano. Ferrari lo aveva nominato più volte. Non poteva essere una coincidenza. Ma era impossibile... Come aveva fatto a collegarla a Ferrari e, soprattutto, come aveva fatto a trovarla?

Baroni non si accorse del cortocircuito che stava avvenendo nella mente di Yang, era troppo distratto dall'osservare la cicatrice che spuntava dal foulard e che aveva già notato all'aeroporto.

Yang si riprese subito e mantenne i nervi saldi. Doveva temporeggiare e capire cosa stesse succedendo. – Certamente, ispettore. Possiamo andare nel mio appartamento, vivo qui vicino. Qui nel centro vengo solo per sbrigare alcune faccende personali.

– Preferirei parlarle... all'aperto – rispose Baroni. – C'è un bar a due passi da qui, se non le dispiace.

Notò che Yang esitava ad accettare la proposta, quindi aggiunse: – Oppure anche in Questura, come preferisce.

– Va bene il bar, signor ispettore – si affrettò a rispondere la donna.

Sussurrò qualche parola in cinese alla ragazza al banco d'ingresso e fece un segno a Baroni per indicargli l'uscita.

Appena fuori, Yang si infilò gli occhiali da sole e procedette con passo spedito verso il bar situato all'angolo della traversa, sul lato opposto della strada. Baroni fece fatica a seguirla e la guardò stranito, non se l'aspettava.

Trovarono un tavolino libero e l'ispettore le fece

cenno di accomodarsi.

– A cosa devo questo onore? – esordì Yang con un sorriso disarmante.

Baroni prese tempo prima di rispondere e si guardò intorno per cercare un cameriere. Voleva tenerla ancora sulle spine per qualche istante, per farla innervosire e vedere la sua reazione. Non poté fare a meno di notare che lei non portava anelli.

– Le posso offrire qualcosa? – chiese cortesemente a Yang.

Lei fece no con la testa, sorridendo. Sorrideva perché aveva capito la tattica dell'ispettore e la cosa un poco la divertiva. Baroni attese l'arrivo del cameriere, ordinò un cappuccino, si accese con calma un sigaro e poi, a un tratto, posò sul tavolo la foto di Ferrari che teneva in tasca. – Ha mai conosciuto o sentito nominare un certo signor Giulio Ferrari, l'uomo nella foto?

Yang non si fece sorprendere e reagì con compostezza e calma, scuotendo la testa. Per fortuna si era messa gli occhiali da sole, perché un esperto in interrogatori avrebbe subito notato che le sue pupille si erano dilatate per qualche secondo: un involontario segnale di comunicazione non verbale che avrebbe potuto tradirla.

Baroni, infatti, non se ne accorse, ma rilevò comunque un'eccessiva freddezza da parte di Yang, e il silenzio che mantenne dopo la sua risposta lo insospettì. Solitamente, in una situazione del genere, la curiosità spingerebbe chiunque a fare delle domande, per esempio: "Chi è? Perché mi chiede se lo conosco? Cosa ha fatto?". Yang invece rimase impassibile, si limitò a dire che non lo conosceva, in attesa della domanda successiva.

Baroni rivolse di nuovo lo sguardo alla foto di Ferrari e assunse un'espressione stupita. – Strano, però, – riprese – perché Ferrari parlava molto bene del suo centro massaggi, penso ci venisse spesso.

Yang lo fermò alzando la mano. – Guardi, signor ispettore, che io con quel centro massaggi ho poco o nulla a che fare, non conosco i clienti che lo frequentano.

Baroni la fissò con aria diffidente e non disse una parola.

Yang capì che doveva aver raccolto informazioni su di lei, l'aveva magari anche pedinata. Conosceva il suo nome, sapeva dove trovarla, ma non sembrava sapesse molto di più e, comunque, non sembrava potesse collegarla con certezza al Ferrari. Era sicuramente ancora alla ricerca di riscontri o di nuovi indizi. Tanto valeva passare al contrattacco.

– Signor ispettore, lei saprà certamente che faccio parte del corpo diplomatico cinese, non sono la tenutaria di un bordello.

Baroni notò che Yang aveva assunto un tono fermo e professionale, il tono di una persona abituata a dare ordini.

– Frequento quel posto per ragioni di lavoro, che non sono autorizzata a spiegarle, – continuò Yang – e non conosco quel signore nella foto. Non posso né escludere né confermare che abbia frequentato il centro massaggi, come migliaia di altri clienti italiani.

Lui rimase spiazzato, ma non lo diede a vedere, e lei, con quella mossa, pensava di aver chiuso l'incontro per k.o. tecnico.

Baroni osservò il sigaro che teneva in mano e cercò di guadagnare tempo per trovare la risposta giusta. Non si aspettava di venire messo all'angolo così rapidamente. Tanto valeva bluffare. – Signora Yang, – disse con aria di sfida – sappiamo entrambi che la vicenda è un po' più complessa di quanto lei voglia farmi credere. C'è di mezzo il rapimento di un cittadino italiano, probabilmente addirittura il suo omicidio, nonché una squallida pratica di cadaveri cinesi sepolti abusivamente nei suoi terreni agricoli.

Baroni fece di nuovo una breve pausa per fumare il sigaro e per assicurarsi che quella frase venisse recepita da Yang con tutta la gravità che comportava, ma continuò a osservare di sottecchi ogni minimo movimento della donna per captare un segnale che la tradisse.

– Non penserà veramente che questa vicenda possa finire qui, signora Yang, con una chiacchierata al bar davanti a un cappuccino, vero?

Lei non rispose e rimase impassibile con un sorriso stampato in faccia, che tuttavia non corrispondeva più al suo stato d'animo iniziale. Baroni lo notò subito.

Yang stava valutando freneticamente come rispondere, come comportarsi. Quell'ispettore sapeva o intuiva un po' troppe cose, ma soprattutto sospettava il coinvolgimento di Ferrari nel business delle sepolture clandestine e lo stava in qualche modo collegando a lei. La situazione poteva facilmente degenerare e andare fuori controllo e questo doveva essere evitato a tutti i costi. Si trattava ora di contenere al massimo i danni.

– Signor ispettore. Capisco che sta solo facendo il suo lavoro e lo sta facendo bene, ma non ha nulla in mano, solo un'ipotesi e forse qualche indizio, che però non la porteranno lontano, mi creda.

Yang si era tolta gli occhiali da sole e guardò Baroni, che in cuor suo dovette ammettere che aveva ragione. Poi lei aggiunse: – Si stupirebbe se le dicessi che siamo tutto sommato colleghi?

Baroni le rivolse un'espressione interrogativa, si sarebbe aspettato di tutto ma non un'affermazione del genere. – Mi scusi, in che senso colleghi? – chiese stupito.

– Ora non posso dirle di più. – Yang guardò l'orologio. Valutò se facesse ancora in tempo a parlare con il compagno Chen. Erano le quattro del pomeriggio, quindi le dieci di sera a Pechino; era proprio al limite, ma quella era un'emergenza. Poi ci ripensò. Era una vicenda troppo delicata, doveva parlarne con il compagno Chen con più calma.

– Devo consultarmi con i miei superiori. Se lei permette, propongo di continuare questa conversazione domani, stesso posto, a mezzogiorno.

L'idea di dover tornare a Milano una seconda volta fece quasi star male Baroni, che però annuì. Non aveva niente in mano, ma era riuscito nel suo intento di smuovere le acque ed era troppo curioso di sapere cosa gli avrebbe rivelato Yang.

Baroni bevve qualche sorso del cappuccino e i due si congedarono, dandosi appuntamento per l'indomani a mezzogiorno. Lei si alzò per prima e tornò con passo spedito verso il Loto Azzurro mentre l'ispettore rimase ancora seduto al tavolino. La guardò allontanarsi e non poté non constatare nuovamente che quell'andatura aveva qualcosa di marziale.

Quando Yang fu ormai fuori dalla sua visuale, rimuginò sull'incontro. Aveva bluffato, non aveva in mano nulla, e su questo Yang aveva ragione, ma qualcosa si era finalmente mosso, anche se in sostanza Yang non aveva detto niente, né su Ferrari né sui cadaveri. Quando lei aveva accennato al fatto che fossero colleghi gli era parsa sincera, non aveva bisogno di mentire su un particolare tanto anomalo. Questo poteva solo significare che la donna apparteneva a qualche ente governativo cinese, servizi segreti o qualcosa del genere. Ecco perché possedeva un passaporto diplomatico e usava il centro massaggi come copertura, perché di quello doveva trattarsi, di una copertura, Yang non era certamente una maîtresse.

Baroni rifletté su come avrebbe potuto spiegare tutti quei particolari e quelle circostanze in una relazione di servizio per i suoi superiori. Era ormai sicuro che Yang fosse la chiave di lettura per risolvere il caso, ma c'era il rischio reale di rendersi ridicolo se non poteva dimostrare e documentare certe affermazioni con fatti e prove concrete.

A quel punto, si rassegnò. Non avrebbe potuto fare altro che attendere l'appuntamento del giorno dopo. Pagò il conto e i suoi pensieri tornarono subito ad Anna. Voleva farle una piccola sorpresa e cercò una pasticceria. Si guardò intorno e ci ripensò: era nel quartiere cinese, sarebbe stato più originale portare a casa qualche dolce o qualche piatto orientale. La soluzione si presentò a pochi passi da lui, sul lato opposto della strada: una ravioleria. Era proprio quello che ci voleva. Acquistò due etti di ravioli di ciascun tipo: alla carne di maiale, alle verdure e alla carne di manzo. Ora poteva anche affrontare serenamente il viaggio di ritorno a Mantova senza l'imbarazzo di presentarsi da Anna a mani vuote.

L'incontro con Yang l'aveva colpito in tutti i

sensi. Per un verso, quella donna corrispondeva in pieno all'idea che si era fatto: una donna misteriosa, affascinante, con una forte personalità e un grande carisma. D'altra parte, era ormai sicuro che c'entrasse con la sparizione di Ferrari e, di conseguenza, anche con quei cadaveri sepolti nel suo campo.

Per evitare il traffico della tangenziale milanese Baroni scelse di tornare percorrendo la statale Paullese. Avrebbe allungato un po' il tragitto, ma sicuramente non avrebbe rischiato di trovarsi di nuovo imbottigliato alla barriera est di Milano.

Ripercorse mentalmente le varie tappe dell'indagine e si rese conto di essere giunto su quella traccia per puro caso. L'interrogatorio di Ferrari non aveva portato a nulla, e nemmeno le informazioni assunte dai suoi amici erano state fruttuose. L'unico dettaglio utile che era emerso era che Ferrari frequentava abitualmente i centri massaggi cinesi e che si era arricchito in modo inspiegabile. Poi la figlia aveva trovato il biglietto da visita del Loto Azzurro, ma anche il sopralluogo fatto dai Carabinieri di Milano in quel centro non portò a nulla, come gli aveva riferito qualche giorno addietro Ceccarelli. Quell'indizio diventava determinante solo se collegabile alla Yang. Ma lei, fino a quel momento, non risultava nel fascicolo delle indagini né come indagata né come persona informata dei fatti. Non era proprio menzionata.

Era indeciso se parlarne o no con i colleghi e, soprattutto, non sapeva come avrebbe potuto spiegarglielo. Continuò a rimuginare sul caso e a cercare qualche indizio che magari gli fosse sfuggito quando, sul lato opposto della carreggiata, vide un cartello che indicava un maneggio. Gli tornarono in mente Bossetti e il suo asino. Accostò la vettura e inserì una nuova destinazione nel navigatore, alla voce "tappa intermedia". Alla Yang ci avrebbe pensato il giorno dopo, ora preferiva far visita al suo "amico" Bossetti.

Il navigatore ricalcolò il percorso. Tutto sommato, la deviazione era fattibile, avrebbe allungato il ritorno di soli quarantacinque minuti, ne valeva la pena. Era curioso di verificare se quel bestione di Bossetti avesse preso sul serio il suo consiglio. Glielo aveva anche promesso che sarebbe tornato. Si accese l'ennesimo sigaro e cominciò il percorso verso la tappa intermedia.

Il ricordo di quel povero asino spazzò via ogni altro pensiero e la rabbia cominciò a ribollire nelle sue viscere. "Ma come si fa a essere così crudeli con un animale? Che essere umano sei?" disse, accelerando.

Pensò anche ad Anna, a come avrebbe reagito lei alla vista di una simile cattiveria d'animo. Poverina, sarebbe probabilmente svenuta o forse avrebbe cavato gli occhi con le proprie mani a quel cretino.

Dopo un'ora giunse sul posto. Lasciò la strada provinciale ed entrò nella stradina che portava all'abitazione di Ferrari. Parcheggiò sull'aia del suo casolare. Voleva raggiungere la cascina di Bossetti a piedi, sulla strada sterrata, senza farsi notare.

La breve camminata gli fece bene, anche la gamba operata non gli diede alcun fastidio. Quando finalmente vide la cascina di Bossetti, non riuscì a trattenere un sorriso. Intorno alla porcilaia era stata eretta una staccionata in legno. Avrà avuto un perimetro di almeno cento metri, e un asino vi stava pascolando tranquillo. Baroni accelerò il passo per avvicinarsi. Quando arrivò finalmente alla recinzione, l'asino gli si avvicinò e si lasciò accarezzare. Era proprio lui. Le cicatrici sul fianco erano ancora visibili, ma erano state evidentemente curate. L'animale sembrava in salute, in tutt'altre condizioni rispetto a quando lo aveva visto l'ultima volta.

– Ti è andata bene – gli sussurrò e prima di tornare alla macchina gli fece nuovamente una carezza sul muso.

"Almeno qualcosa di positivo in tutta questa indagine è stato fatto" si disse, e riprese la via di casa.

Chinatown, Milano

Appena rientrata nel centro massaggi, Yang scrisse un breve messaggio tramite WeChat all'assistente personale del compagno Chen: doveva parlare con il capo con la massima urgenza, altissima priorità.

Pochi minuti dopo arrivò la risposta. "Domani ore 9.30-9.45, ora di Pechino." Significava che avrebbe passato la notte in bianco. Ripose in cassaforte i fascicoli che aveva lasciato sulla scrivania, regolò la sveglia del suo cellulare per le tre e un quarto e uscì dal Loto Azzurro.

Avrebbe dormito qualche ora nel proprio appartamento e fatto la videochiamata dall'abitazione, cosa che abitualmente evitava. Ci teneva che il lavoro e quel poco di vita privata che era stata capace di custodire rimanessero separati.

Rimase sveglia tutta la notte. Quell'ispettore era in qualche modo riuscito a collegare lei, Ferrari e il business delle sepolture. Wong Chong, invece, non era stato ancora attenzionato dall'ispettore, in caso contrario lo avrebbe già saputo.

Probabilmente quel Baroni non aveva in mano nulla di più se non qualche fievole traccia, altrimenti sarebbe arrivato con una squadra e un mandato di perquisizione o addirittura di arresto. Il fatto che fosse venuto da solo la tranquillizzava, ma aveva abbastanza esperienza per sapere che l'effetto farfalla era sempre in agguato e che andava stroncato sul nascere.

Secondo la teoria del caos, il battito di una farfalla crea un movimento di molecole d'aria che, a loro volta, possono teoricamente provocare una catena di movimenti di altre molecole tale da scatenare un uragano a migliaia di chilometri di distanza.

Le piaceva molto quella teoria, la citava spesso con i collaboratori per esigere che qualsiasi compito, per quanto semplice o banale fosse, persino quello di lavare i piatti, venisse svolto alla perfezione, senza errori o smagliature che potessero, per qualche imperscrutabile e imprevedibile ragione, vanificare l'esito di una missione. La fossa scoperta nel Mantovano ne era la prova più evidente: da lì si era sviluppata una catena di eventi che era arrivata fino a lei e che, se non fermata in tempo, poteva addirittura sabotare il Piano Grande Cina.

Quell'ispettore andava a tutti i costi fermato, indirizzato in un vicolo cieco, in modo che girasse a vuoto o non continuasse a indagare. Baroni le era parso una persona ragionevole, e lei avrebbe eventualmente potuto anche giocare a carte scoperte.

Doveva anzitutto informare il compagno Chen che la sua copertura era saltata e poi farsi autorizzare a disinnescare in qualche modo quella mina vagante di Baroni.

Alle tre e trenta del mattino Yang ricevette la videochiamata di Cheng. Prese la chiamata e si dilungò negli usuali convenevoli, anche per dimostrargli che l'emergenza era comunque gestibile. Fece infine una concisa relazione su quanto accaduto nel pomeriggio, senza omettere alcun dettaglio e senza aggiungere alcuna valutazione personale. Il compagno Chen non accettava che un rapporto venisse condito con opinioni e valutazioni personali non richieste, quelle andavano riferite solo su sua espressa richiesta.

Questa volta il compagno Chen lo fece. – Che ne pensi, compagna Yang? Hai avuto l'impressione che l'ispettore sapesse di più di quanto ti ha detto o stava solo cercando conferme?

– Lo saprò presto, compagno Chen – rispose Yang. Poi aggiunse: – Avrò bisogno di carta bianca per risolvere il problema.

– Compagna Yang, riponiamo la nostra fiducia in te. Ti autorizziamo a prendere qualsiasi decisione riterrai opportuna per scongiurare che deflagri uno scandalo dagli esiti imprevedibili. Tienimi sempre aggiornato.

Era quello che Yang voleva sentirsi dire.

Lo ringraziò e attese che Chen terminasse la chiamata, dopodiché si recò a letto per recuperare qualche ora di sonno. Erano quasi le quattro del mattino.

Chinatown, Milano

L'ispettore Baroni arrivò a Chinatown un'ora prima del previsto. Non che avesse trovato poco traffico, ma era partito presto perché voleva ispezionare la zona circostante prima di prendere posto al bar dell'appuntamento.

Forse aveva visto troppi film polizieschi americani da giovane, ma era un po' preoccupato. "Se mi avvelenasse o se in qualche altro modo mi togliesse di mezzo, che fine farebbero le indagini su questa vicenda?" Baroni si era reso conto che, non avendo ancora relazionato nulla ai superiori a proposito della sua amazzone, una simile ipotesi, per quanto improbabile e forse anche paranoica, sarebbe stata ottimale per Yang e compagnia, in quanto solo lui la stava collegando al caso, e questo all'insaputa dei colleghi. Si rese conto che era stato forse un po' imprudente presentarsi all'appuntamento da solo e senza prendere alcuna precauzione.

Nel suo cassetto in Questura c'era ancora il taccuino con gli appunti, ma non era sufficiente. Yang, tuttavia, non poteva sapere tutte queste cose, pensò Baroni con un certo sollievo. "Comunque, anche solo per scaramanzia, facciamo così" si disse prendendo in mano il cellulare. Cercò in rubrica il numero di Anna e le mandò un messaggio su WhatsApp: "Cercate Yang Wu, nata a Nanning il 12.2.1980, Loto Azzurro Chinatown".

Nel caso gli fosse successo qualcosa, lei avrebbe sicuramente riportato quel messaggio ai suoi colleghi in Questura.

Nel frattempo, il cielo si era oscurato e sembrava

dovesse piovere. Baroni si recò al bar dove avrebbe incontrato Yang e aspettò fuori, in piedi.

Era mezzogiorno meno un quarto. L'ispettore rimase nuovamente impressionato dal movimento di persone in quella via, un'anomalia persino per una città come Milano. Guardò di nuovo l'orologio, mancavano solo cinque minuti. Quella mattina aveva fumato solo un toscano, in macchina. Decise che era venuto il momento di accendersi il secondo ammezzato della giornata, insieme a un buon caffè amaro. Prese posto a un tavolino fuori dal bar. In quel momento erano tutti liberi stante il pericolo di un imminente temporale. Chiamò il cameriere per ordinare il caffè. In quel preciso momento vide arrivare Yang Wu.

Baroni chiese al cameriere di aspettare un istante per prendere anche l'ordinazione della donna e si alzò per salutarla. Yang ricambiò il saluto con il solito sorriso ammaliante e si accomodò. Anche lei chiese un caffè.

Baroni ruppe subito il ghiaccio e andò al sodo, non aveva senso tirarla per le lunghe.

– Signora Yang. Iniziamo dalla parte che più mi ha incuriosito durante il nostro incontro di ieri. In che senso siamo colleghi, secondo lei?

– Apprezzo la sua franchezza, ispettore Baroni. Ci risparmierà un sacco di tempo. Mi permetta solo di informarla che nella mia borsetta ho attivato un jammer, un disturbatore di frequenze, per cui è impossibile registrare questa conversazione. Glielo dico per correttezza, nel caso lei o qualche suo collega nei paraggi avesse avuto questa intenzione.

Baroni era al contempo sorpreso e imbarazzato, non perché avesse avuto quel proposito, ma per non averci nemmeno pensato.

– Prima di rispondere alla sua domanda, – continuò Yang – devo sapere se questo per lei è un interrogatorio o una chiacchierata fra... diciamo potenziali amici.

Baroni la guardò spazientito. In un'altra occasione avrebbe preferito l'opzione amichevole, ma adesso non aveva voglia di giocare.

– Signora Yang, mi dica prima in che senso, secondo lei, siamo colleghi, perché da questo dipenderà la mia risposta alla sua domanda.

Lei, che era venuta all'appuntamento senza occhiali da sole, lo guardò con un'espressione difficile da decifrare e infine rispose. – Sono un ufficiale di Polizia, signor Baroni, esattamente come lei. Della Polizia cinese, s'intende.

Baroni rimase in silenzio e continuò ad ascoltarla con attenzione.

– Lei si chiederà cosa ci faccio in Italia, suppongo, per giunta in un centro massaggi.

L'ispettore annuì lentamente, senza dire una parola.

– Io opero qui sotto copertura, per garantire l'ordine pubblico all'interno delle comunità cinesi in Italia. Le comunità cinesi, come lei saprà, sono impermeabili alle società ospitanti, sono chiuse e hanno le proprie regole. A Chinatown la Polizia italiana non riuscirebbe mai ad arrivare dove posso arrivare io, troverebbe solo omertà. Per questo la Polizia cinese monitora le comunità all'estero tramite agenti come me. Sono consapevole che dal vostro punto di vista questa attività non sia considerata legale.

Baroni continuava ad ascoltare la donna con attenzione, gli parve sincera.

Yang estrasse dalla borsetta un distintivo: era il

tesserino di riconoscimento del Guóānbù. Baroni lo fissò per un istante e poi tornò a lei. Il distintivo era pieno di caratteri cinesi e ai suoi occhi poteva benissimo essere anche un abbonamento ferroviario, ma le credette.

– Quindi sì, le do atto che siamo colleghi, in un certo senso – disse. – Che mi dice invece di Giulio Ferrari? – la incalzò.

– Ferrari si era cacciato in un brutto guaio, collaborando con la mafia cinese.

Baroni rimase colpito da tanta franchezza e lo stupore trasparve dalla sua espressione: Yang aveva appena ammesso di conoscere Ferrari e di sapere che lui era coinvolto nel business dei cadaveri.

Yang notò lo sguardo stupito di Baroni. – Non l'avevate ancora capito? – domandò Yang sorpresa.

– Avevamo già forti sospetti, ma poi Ferrari è sparito...

Baroni scandì le ultime parole lentamente, lasciando la frase in sospeso.

Lei colse la provocazione e replicò subito. – Ferrari sta bene, è vivo e vegeto e fra poco riabbraccerà sua figlia.

Baroni sgranò nuovamente gli occhi e fissò ammutolito la donna. – Dov'è? – si limitò a chiedere.

– Vuole parlargli? – chiese lei tirando fuori il cellulare.

Senza attendere la risposta di Baroni, disattivò il jammer, maneggiò con il pollice la schermata del cellulare e rimase in attesa per qualche secondo.

Baroni sentì inizialmente solo una voce che parlava con Yang, poi lei appoggiò il cellulare contro la tazzina del caffè, in modo che Baroni potesse assistere alla videochiamata.

– Buongiorno, ispettore Baroni, sono Giulio Ferrari, spero si ricordi di me.

Il poliziotto rimase senza parole, e Ferrari, non capendo quel silenzio, riprese a presentarsi. – Ma sì, sono il proprietario del campo in cui vennero ritrovati quei cadaveri cinesi, a Castello sull'Argine. Ci siamo conosciuti nella caserma dei Carabinieri di Borghetto. Non ricorda?

– Ricordo benissimo, signor Ferrari, – rispose finalmente Baroni – solo che lei era sparito dalla circolazione ed eravamo tutti preoccupati, compresa sua figlia.

– Be', mia figlia lo era sicuramente più di voi. Comunque, so che mi stavate cercando e volevo informarla che potete anche terminare le ricerche. Come vede io sto bene, non sono morto e nemmeno sono stato sequestrato.

Ferrari sembrava di buon umore. – Se vuole, mando anche un videomessaggio ai suoi colleghi carabinieri, così potete occuparvi di cose più importanti.

Baroni non era preparato a una simile novità e non gli venne in mente niente di meglio che dirgli: – Guardi, Ferrari, che la stiamo cercando per interrogarla, lei è un latitante ufficialmente ricercato.

– Ispettore Baroni, non posso ritornare in Italia, lei lo sa meglio di me. E non a causa vostra o della signora Yang, che mi ha salvato e a cui sarò grato per tutta la vita, ma per la mafia cinese... Se mi trova, mi trasforma in mangime per maiali. So troppe cose, sono un pericolo per loro.

A Baroni parve di sentire in sottofondo dei rumori di piatti e stoviglie, anche l'ambiente da cui stava chiamando somigliava un po' alla cucina di un ristorante o di una mensa, e le voci in sottofondo non parlavano in italiano. Ferrari gli parve rilassato, a suo agio.

– Dove si trova? – chiese Baroni, ma a quel punto Yang riprese il cellulare, spese un paio di parole con Ferrari e concluse la videochiamata.

– Mi crede ora? – domandò in tono amichevole mentre riattivava il disturbatore di frequenze.

Baroni era ancora intento a riordinare le idee, era come se un frullatore le avesse scompigliate tutte; non sapeva più da che parte cominciare per rimetterle in ordine. Aveva bisogno di tempo. Finì il suo caffè e tirò fuori dalla giacca l'ultimo ammezzato. Poi si voltò per ordinare un altro caffè, e solo dopo aver fatto un paio di boccate di toscano si sentì pronto a riprendere il discorso con Yang. – Dove si trova Ferrari?

Lei lo guardò stranita. Probabilmente si attendeva una domanda un poco più intelligente di questa, pensò Baroni, e quindi si rispose da solo. – Okay, capisco. Comunque è all'estero, giusto? E, se non sbaglio, non ha nemmeno molto senso continuare a cercarlo perché avrà già anche un'altra identità, giusto?

Yang continuò a guardarlo impassibile, senza muovere un muscolo, senza nemmeno fare un cenno con la testa. Rimasero così per qualche secondo, poi la donna prese finalmente la parola. – La domanda giusta è come e perché Ferrari fosse coinvolto nell'occultamento di quei cadaveri. Concorda?

Baroni annuì. Aveva ragione Yang, di nuovo.

– Ebbene, – continuò lei – la mafia cinese lo teneva in pugno, prima per alcuni debiti di gioco, poi per la sua complicità in questo business. L'avevano anche minacciato. Il sistema funzionava così: la mafia cinese pagava Ferrari per farsi segnalare i luoghi dove seppellire abusivamente i cadaveri di cittadini cinesi che, per varie ragioni, non potevano o non dovevano essere rimpatriati o tumulati regolarmente. Li seppellivano di notte, e Ferrari, il mattino dopo, copriva le eventuali tracce residue passandoci sopra con i suoi mezzi agricoli.

Baroni la ascoltò quasi incredulo.

– Si trattava quasi sempre di connazionali molto poveri, spesso clandestini o irregolari, o di criminali – aggiunse dopo qualche secondo Yang, quasi fosse una giustificazione.

– Quindi ce ne sono molti altri in giro per i campi di quella zona – dedusse Baroni.

Questa volta Yang annuì.

L'ispettore rimase interdetto, la sua teoria dei cimiteri cinesi era allora corretta! – E magari anche in altre zone sparse per il Nord Italia, giusto?

Yang annuì di nuovo, sembrava dispiaciuta.

– Ma di che numeri stiamo parlando, signora Yang?

A quel punto, lei capì che era meglio non dirgli tutta la verità e di minimizzare di parecchio la portata di quel business, altrimenti non avrebbe avuto margini per trovare un accordo.

– Stiamo parlando di diverse centinaia – rispose dopo un attimo di esitazione. In effetti, quella risposta era veritiera, ma solo se riferita ai cadaveri fatti seppellire con la complicità del Ferrari. Se avesse considerato anche quelli sepolti nelle altre province e regioni, e magari anche quelli sepolti negli anni passati, la cifra, secondo una stima approssimativa che aveva già fatto in passato, sarebbe stata nell'ordine delle decine di migliaia.

Baroni rimase nuovamente senza parole. – Ma si rende conto di cosa sta dicendo? – domandò costernato.

Per un attimo rifletté su quel dato con sguardo assente: centinaia di cadaveri seppelliti nei campi agricoli della provincia...

– Era una pratica criminale, molto disdicevole anche moralmente, non creda che io o il mio Paese possiamo aver condiviso o approvato una cosa simile, era un business delle Triadi – gli spiegò Yang in tono rassicurante. – L'unico risvolto positivo di questa vicenda è che gli autori di questo crimine sono stati convinti a smettere, non lo rifaranno mai più.

Baroni la guardò, come per cercare una conferma di quanto aveva appena detto, e Yang ribadì il concetto. – Posso garantirle che non accadranno mai più cose del genere in Italia o perlomeno non in modo così organizzato a livello criminale.

– E come fa a dirlo?

– Glielo posso dire perché conosciamo l'autore responsabile di questo cosiddetto business, un malavitoso appartenente alle Triadi che vive a Chinatown, qui a Milano. I suoi capi a Hong Kong non hanno gradito di essere associati a un tale squallore e gli hanno ordinato di cessare subito quel business.

Baroni non sapeva più cosa pensare, gli sembrava una situazione surreale: i cimiteri cinesi, Ferrari che ringraziava Yang per averlo salvato dalle Triadi... anche il modo in cui Yang gli aveva servito su un piatto d'argento la soluzione del caso... era tutto anomalo.

– Perché mi ha detto tutto questo, signora Yang? – chiese, questa volta fissandola di sottecchi, voleva captare ogni minimo segno che potesse tradire una risposta non sincera.

– Ho valutato tutte le opzioni possibili. Ma alla fine ho pensato che lei non si sarebbe arreso, ormai conosceva la mia copertura e avrebbe continuato a investigare. Giusto?

– Yang Wu, nata a Nanning il 12.2.1980. Sappiamo molte cose di lei – bluffò Baroni, lasciandole intendere che anche lui aveva qualche asso nella manica.

– Avevo ragione... Ora che lei sa come sono andate le cose, si tratta solo di vedere come procedere, che uso farne. Non crede?

In effetti, Yang aveva ragione per l'ennesima volta, ammise l'ispettore.

– I cadaveri sepolti nei campi sono ormai il passato, saranno anche già decomposti – osservò lei, assumendo un tono professionale. – Le loro anime perseguiteranno chi ha messo in piedi tutto questo. Ferrari ha commesso un errore, un reato, in parte vi è stato anche costretto; e pagherà con l'esilio. Non potrà più tornare nella sua patria e rivedere sua figlia come prima, per molti anni. Penso sia una punizione abbastanza dura. Lei, ispettore Baroni, potrebbe eventualmente far scoppiare uno scandalo, denunciando quello che le ho raccontato, ma non avrebbe prove. Non ha la più pallida idea di dove siano sepolti gli altri cadaveri, e nemmeno io. Cosa può fare? Mettersi a scavare nei campi di mezzo Nord Italia?

Baroni elaborò le argomentazioni di Yang e cercò di controbattere, ma in effetti non c'era molto da replicare, lei aveva ragione su tutti i fronti. Le indagini, ufficialmente, erano su un binario morto, e anche i media non se ne interessavano più. Cosa poteva fare in concreto, a parte alzare un inutile gran polverone?

Baroni condivise a malincuore gli argomenti di Yang. Tuttavia, avvertì un profondo senso di insoddisfazione.

– E quindi, a parer suo, dopo tutto questo casino, dovrei accontentarmi della nostra chiacchierata, tornare a casa e far finta di niente? Ha la minima idea di quanto tempo e risorse sono stati spesi su questo caso? È questo che mi sta suggerendo, di lasciar perdere perché non ho le prove? – domandò Baroni alterato. Era furioso, perché in cuor suo anche lui non vedeva una via d'uscita.

– Non esattamente, ispettore – rispose Yang in tono serio. – Le do la possibilità di terminare questa vicenda con dignità e onore e di avere un'alleata di peso nella comunità cinese in Italia, che prima o poi le tornerà sicuramente utile. Professionalmente, intendo.

Baroni la guardò incuriosito.

– Le farò fare il più grande sequestro dell'anno di droga e di merce contraffatta, che le permetterà anche di arrestare Wong Chong, il principale responsabile di tutta questa squallida storia. Lei in cambio si dimentichi di quello che le ho raccontato e della mia copertura. Che gliene pare?

Baroni fumò il sigaro per una manciata di secondi senza dire una parola. La proposta di Yang era onorevole: avrebbe assicurato alla giustizia il responsabile delle sepolture abusive e inferto un colpo letale alla sua organizzazione criminale. Ferrari, tutto sommato, era una vittima e aveva già ricevuto la sua punizione. E comunque sarebbe stato difficile, se non impossibile, trovarlo. Magari era addirittura in Cina, con una nuova identità.

Rimaneva il problema dei morti che non avevano

ricevuto una degna sepoltura, qualche centinaio, secondo Yang. Ma lui cosa avrebbe potuto fare, in concreto?

Non c'erano prove, valutò Baroni, nemmeno indizi, e il caso si era risolto solo grazie a una pura coincidenza, una sua curiosità non attinente alle indagini, che avrebbe anche faticato a spiegare. Se avesse riferito ai superiori di come aveva conosciuto Yang, della sua curiosità per quella donna e di quella conversazione, avrebbe probabilmente solo sollevato un gran polverone, ma nulla di più. Nessuno si sarebbe preso la responsabilità di verificare un'ipotesi così abnorme, per non parlare della sua reputazione, che probabilmente ne sarebbe uscita a pezzi.

Anche Yang stava ripensando alla proposta. La sua copertura e la sua carriera non sarebbero state compromesse e l'indagine sui cadaveri sarebbe rimasta dov'era, su un binario morto. Il sequestro della merce contraffatta avrebbe destato scalpore per qualche giorno al massimo, ma quello era un business che tutti sapevano essere tipico dei cinesi in Italia, non avrebbe destato quell'allarme sociale nella popolazione italiana che lei doveva a tutti i costi impedire. Per quanto riguardava Wong Chong, nessuno ne avrebbe sentito la mancanza, nemmeno i suoi capi a Hong Kong.

Baroni osservò il fumo salire lentamente dal sigaro e infine porse la mano a Yang. – Ci sto.

Lei la strinse, sempre con quel sorriso d'intesa che in altre circostanze, prima di conoscere Anna, Baroni avrebbe colto come un invito ad approfondire la nuova amicizia. Yang gli lanciò un ultimo sguardo a ulteriore conferma dell'accordo, poi si alzò e sparì nella fiumana di persone che stava affollando la via.

In quel momento, squillò il cellulare di Baroni. Era Anna, preoccupata per lo strano messaggio ricevuto su WhatsApp. Lui la tranquillizzò e le promise di spiegarle tutto quella sera stessa, al suo ritorno da Milano. Saldò il conto e fece una breve passeggiata lungo via Paolo Sarpi. Acquistò di nuovo i ravioli cinesi, che erano tanto piaciuti ad Anna, e rifletté nuovamente sull'accordo che aveva appena stretto con Yang. Poteva menzionarlo nella sua relazione di servizio? Sicuramente no. Non poteva provare nulla, se non l'incarico sotto copertura di Yang, che aveva peraltro scoperto violando tutti i protocolli del caso. Non sarebbe servito a nulla. Non sarebbe stata una buona idea.

Salito in macchina, l'ispettore si accese di nuovo un sigaro, di quelli della scorta di emergenza che teneva sempre nel cruscotto, e abbassò il finestrino. Aveva bisogno di riflettere e guidando lo faceva al meglio. L'orologio segnava l'una e mezzo del pomeriggio. Il traffico dei pendolari sarebbe ripreso solo diverse ore dopo. Decise, quindi, di prendersela comoda e di tornare a casa seguendo le strade provinciali, come il giorno prima, imboccando la Paullese per passare poi per Crema, Cremona, Piadena.

La strada era come previsto molto meno trafficata del solito, e lui avrebbe avuto tutto il tempo per ripensare all'incontro e all'accordo fatto con Yang e assicurarsi che non gli fosse sfuggito nessun particolare importante. Ripercorse mentalmente le tappe salienti dell'indagine, dall'interrogatorio di Ferrari fino all'incontro con Yang. Alla fine si convinse nuovamente che non vi erano alternative praticabili alla soluzione che gli aveva prospettato la sua amazzone. L'unico modo per fare giustizia in quel caso era di incastrare quel Wong Chong, mentre per tutti i cadaveri sepolti in passato sarebbe stato impossibile fare giustizia, trovare i responsabili. Per quanto riguardava Ferrari, le ricerche sarebbero continuate, ma con ogni probabilità senza esito. La sua punizione era l'esilio, lontano dalla figlia, da casa e dall'Italia. E Yang? Non si poteva imputarle nemmeno il sequestro di Ferrari. La sua posizione era chiaramente discutibile sotto un punto di vista legale, ma cosa avrebbe comportato denunciarla e far saltare la sua copertura? Sarebbe stata rimpatriata e l'avrebbero sostituita con qualcun altro, nulla di più. Era meglio, come diceva lei, avere un collaboratore di peso all'interno della comunità cinese.

Baroni continuò a rimuginare su cosa avrebbe potuto o dovuto condividere di tutto ciò con i suoi colleghi d'indagine.

Appena passata Crema e per quasi tutto il tragitto fino a Piadena non poté evitare di osservare i vasti terreni che si estendevano, per chilometri e chilometri, su ambedue i lati della strada. Le colture erano variegate e seguivano ciascuna il proprio ciclo.

La vista di un campo agricolo aveva sempre evocato in lui sentimenti di pace, di serenità, in qualche modo lo rassicurava. Si era sempre illuso che quello fosse ancora un mondo a sé, genuino, non contaminato dalla modernità.

Quel giorno, tuttavia, fu diverso. Baroni continuò a pensare alle parole di Yang e ai numeri dei cadaveri sepolti abusivamente nei campi. Non sarebbe mai più riuscito a guardare un campo agricolo con gli stessi occhi, con le stesse emozioni di prima.

Zona industriale, periferia di Milano
Due settimane dopo

Alle ore quattordici e ventuno, Baroni sedeva in un'Alfa Romeo Giulietta della Guardia di Finanza accanto al maresciallo Salvemini. Di fronte a loro, lato passeggero, un capitano del G.I.C.O., le forze speciali della Guardia di Finanza, con in mano una ricetrasmittente. Si erano appostati, insieme a una ventina di altre pattuglie di Carabinieri, Polizia e Guardia di Finanza, nel parcheggio di un grande capannone alle porte di Milano. Erano in un'area industriale nella periferia del capoluogo lombardo, occupata soprattutto da spedizionieri e altre imprese del settore logistico.

Rimasero in attesa per oltre due ore, e Baroni, con il permesso del capitano e del maresciallo, si era già fumato due sigari quando, finalmente, un ricognitore del G.I.C.O., nascosto sul tetto di un fast food, confermò via radio l'ingresso di Wong Chong nell'edificio. Baroni, a quel punto, intonò sottovoce il *Nessun Dorma*: – Ma il mio mistero è chiuso in me... – mentre il capitano diede il via all'operazione.

Il blitz si consumò in pochi minuti. Le volanti circondarono a sirene spiegate l'intera area dell'obiettivo, e una cinquantina di agenti accorsero verso il grosso capannone. Wong Chong e le guardie del corpo erano intenti a ispezionare il carico di tre camion appena arrivati dai suoi laboratori clandestini in Toscana, quando una squadra del G.I.C.O. forzò il portone del magazzino e irruppe ad armi spianate, facendo da apripista agli agenti. Wong Chong e le sue guardie non opposero resistenza, e vennero tutti arrestati in flagranza insieme ai loro complici.

Il sequestro sarebbe finito sulle prime pagine di tutti i quotidiani e telegiornali nazionali come uno fra i più grandi mai avvenuti in Italia: oltre trecento tonnellate fra capi di abbigliamento, borsette, scarpe e accessori dei più prestigiosi marchi italiani e stranieri, tutti contraffatti, destinati alla vendita in Italia e all'estero. A questi si aggiunsero due tonnellate di pasticche dei devastanti Yaba e Shaboo, due droghe sintetiche prodotte in Cina, e di Fentanyl, un oppioide sintetico prodotto in Cina cinquanta volte più potente dell'eroina, denominato anche "droga degli zombie", destinato al mercato americano.

L'operazione venne coordinata dalla DIA di Milano ma, su indicazione del commissario Ardenti, il questore Orlando si impuntò affinché alla preparazione ed esecuzione del sequestro partecipassero anche il maresciallo Salvemini e l'ispettore Baroni, in quanto confidenti della fonte anonima che aveva rivelato l'ubicazione del principale deposito in Italia delle Triadi cinesi.

Baroni guardò soddisfatto gli agenti che portavano via in manette Wong Chong e i suoi complici, estrasse dalla tasca un ammezzato e se lo accese. Poi prese il cellulare e fece alcune telefonate.

La prima fu per Anna, per dirle che era andato tutto bene e che avrebbe fatto in tempo a raggiungerla per la cena. Subito dopo chiamò il commissario capo Ardenti e il questore per riferire loro del successo dell'operazione e per ringraziarli del sostegno. In quel preciso istante il suo cellulare lo avvisò con una vibrazione dell'arrivo di un messaggio istantaneo. Conclusa la telefonata con il questore, Baroni guardò il messaggio e sorrise. Era una faccina che strizza l'occhio. Mittente: numero sconosciuto.

ANUNNAKI – Collana di Narrativa

Cornelia Campidelli, *L'ignoto capovolto*
Fausto Bertolini, *Gli omicidi del Colosseo*
Adriano Bernasconi, *Eterofobia*
Ruco Magnoli, *Sharon visita*
Ruco Magnoli, *Sharon sconfina*
Lorenzo Zani, *A. Strano*
Alice Cesarini, *Abraham*
Edoardo Francesco Taurino, *Ātman e Poesia*
Maria Renata Sasso, *La cardatrice*
Cristina Brutti, *Un cammino, il mio*
Nicola Calza, *L'eredità degli uomini*
Andrea Bucci, *La leggenda del dono di Taon*
Chiara Furlotti, *Lacrime d'inchiostro*
Martino Malgesini, *Morfina*
Marisa Gianotti, *Un giardino veneziano*
Franco Brighi, *Il giorno in cui morì Alejandro Jodorowsky*
Roberto Tondi, *Sulle ali*
Alberto Costantini, *La donna del tribuno - L'avvincente storia di una donna ai confini dell'Impero Romano* di Alberto Costantini
Paola Azzoni, *La Piccola*
Jennifer Hamilton, *L'ultima ninfa*
Gabriella Paola Zurli, *La maison qui touche aux bois*
Luigi Randaccio, *I quesiti di novizio Calabrone*
Claudia Melegari, *Di visione*
Claudia Mereu, *Il mondo a culo in susu – Quando l'amore non ti lascia morire in pace*
Ruco Magnoli, *Sharon rifiuta*
Ruco Magnoli, *Sharon esorcizza*
Claudio Fraccari, *Le spine della rosa – Commedia breve in prosa*
Francesca Bonetti, *Un mare d'amore*
Vivien Zinesi, *Sogni di carta*

Fabio Giagnoni, *Infernorama*
Fausto Bertolini, *Negli occhi delle donne – Vita sentimentale di Cartesio*
Ana Danca, *La voce del silenzio*
Maria Beatrice Bandera, *Banda bandera*
Antonino Moschella, *Il sarto di Zeus*
Emilio Salgari, *Il corsaro nero*
Fabrizio Ferloni, *Il mare di Cristobal*
Stefano Iori, *I semi dell'incanto. Racconti 1972 – 2020*
Massimo Petrilli, *Io sono colui che sono*
Michela Guindani, *Come un campo di papaveri*
Massimo Baraldi, *Nagottville*
Alberto Costantini, *Donne ai confini dell'Impero*
Alessandro Gianesini, *Relazioni pericolose – Amori e altri disastri*
Marcello Tarozzi, *Le città dei sogni – Racconti del nostro tempo*
Vittorio Cicirata, *I tre demoni*
Giulia Elisabetta Bianchi, *Vite traverse*
Fausto Bertolini, *L'ultimo amore di Casanova*
Francesco Torreggiani, *Sentenze mortali*
Maria Renata Sasso, *I miei Balcani*
Anna Bertuccio, *L'isola delle donne volanti*
Antonio Badolato, *Quirinale: operazione Ultima spes*
Marcella Guidoni, *Il cammino delle oche selvatiche*
Cristina Danielis, *Nostalgia degli incontri*
Stefano Montruccoli, *L'ultimo assolo*
Emanuele Gualerzi, *Le false verità*
Alberto Costantini, *La schiava dei libri*
Franco Brighi, *Le parole sospese*
Luigi Guicciardi, *I segreti non riposano in pace*
Giulia Deon, *Vladimir Korsakov*
Sergio Rossi, *Le donne del lago*
Myriam Mantegazza, *La verità dell'agave*
Stefania Miotto, *La preda*
Andrea Del Ponte, *Il professore e la strega*
Silvia Peroni, *Riparto da qui*
Marisa Gianotti, *La ragazza con i libri in testa*
Gwenliam Starwild, *Maudite*

Riccardo Pozzi, *Nel centro della pianura*
Alberto Costantini, *L'ultima amazzone*
Alice Cesarini, *Ludwig*
Irene Rossi, *Delitti imperfetti*
Eugenio Mealli, *Nemico globale*
Mauro Acquaroni, *Morte presunta di un notaio*
Daniele Vazquez, *Tutti i bravi bambini vanno in paradiso*
Luigi Schifitto, *Una persona scorretta*
Fausto Bertolini, *Il giallo del giallo*
Laura Medei, *La goccia*
Alberto Costantini, *Oltre l'ultimo limes*
Michela Guindani, *La casa che respirava ancora*
Paola Sbardaba Ferrari, *Il casolare sull'aia*
Ana Danca, *I cinque punti cardinali*
Alessio Bussi, *L'ordine*
Corrado Grossi, *Mai più nessuno come noi*
Cornelia Campidelli, *Lettere da un'anima*
Barbara Perini, *L'amore è la via*
Lorena Marenzi, *Prima o poi un libro lo scrivo*
Alberto Costantini, *Attila, il Principe delle Lucertole*
Giorgio Montanari, *La ragazza che parlava alle api*
Angelo Lamberti, *I laghi di Mantova*
Marco Minicangeli, *Le ali di cera*
Luigi Guicciardi, *Tre storie di sangue - La nuova indagine del commissario Laudani*
Silvia Peroni, *Uomini smarriti*
Angel Luìs Galzerano, *Isole comprese*
Elena Bertocchi, *Fidati di me*
Simone Bonomelli, *Nelle terre dei risorti*
Fausto Bertolini, *Il giocoliere e la rosa – Vita erotica di Gabriele D'Annunzio*
Alberto Costantini, *Le quattro morti di Postumia Sabina*
Anna Zucchi, *Un freezer pieno di colli di tacchino*
Elisabetta Baraldi, *Le stagioni di Teresa*
Enzo Riccò, *Il dodicesimo padre*
Paola Sbarbada Ferrari, *L'oblio nei tuoi occhi*

Ruco Magnoli, *Sharon ispeziona*
Ruco Magnoli, *Sharon soccorre*
Ruco Magnoli, *Sharon europeizza*
Ruco Magnoli, *Sharon riposa*
Ruco Magnoli, *Sharon evoca*
Ruco Magnoli, *Sharon filosofeggia*
Ruco Magnoli, *Sharon parcheggia*
Alessandro Martellini, *La vela bianca*
Luca Gambardella, *Segni particolari: tatuaggio con una stella a 5 punte sul polso sinistro*
Elena Bertocchi, *Il dolce profumo della pioggia*
Marzio Zaini, *Non c'è più casa per Jan*
Paolo M. Durante, *Tornanti*
Emanuela Rastrelli, *Sulla rotta della Queen's Anne Revenge*
Mariangela Biffarella, *La figlia della luna piena*
Nicole Sabatini, *Lo sguardo nudo*
Elvira Onorato, *Infinitamente di più*
Roberto Zaupa, *The Wall Streeter*
Mauro Acquaroni, *2040*
Enrico Beretta, *Conrad l'infame*
Gloria Vana, *La scelta*
Marisa Gianotti, *Venezia, Zanetta e putte di choro*
Matteo Felici, *Ronin*
Luciano Ballerini, *Un pugno in più*
Christian Monti, *Delitti d'arte – Il secondo caso dell'ispettore Baroni*
Angelo Rossi, *Il cammino di Assisi*
Fiorella Parolini, *Amore in corsa*
Amelia Squitieri, *Delitto in una calda notte estiva*
Aurelia Rossi, *La lanterna di ferro*
Sergio Rossi, *Racconti del pulmino*
Christian Monti, *Il Piano Grande Cina – Il primo caso dell'ispettore Baroni*
Claudio Fraccari, *Scorie di vita – Racconti senza trama*
Alberto Costantini, *La controfigura – e sei racconti ispirati alla serie delle "Donne di confine"*

Gilgamesh Edizioni

www.ingramcontent.com/pod-product-compliance
Lightning Source LLC
LaVergne TN
LVHW091256150826
845673LV00006B/1438

* 9 7 8 8 8 6 8 6 7 7 5 8 9 *